国家出版基金项目
NATIONAL PUBLICATION FOUNDATION

华北抗日根据地及解放区文艺大系

陈 晋 郑恩兵 主编

《晋察冀日报》文艺文献全编

小说

第二卷

郑恩兵 编

河北出版传媒集团
河北教育出版社

化创新意义被严重遮蔽。这些史料文献主要以党报党刊的形式呈现，梳理汇编这些党报党刊中的革命文艺史料，借之以探索华北革命文艺的发展路径、发展方向、创造机制和创新经验，是深入贯彻习近平总书记关于“把红色资源利用好、把红色传统发扬好、把红色基因传承好”，“用好红色资源、赓续红色血脉”等系列重要讲话精神的有力举措，也是新时代文艺研究者不可推卸的责任。

2017 年 6 月左右，我们去中国社科院文学所拜访时任所长刘跃进先生，协商合作研究事宜，寻求中国社科院文学所的帮助。请教过程中，刘先生建议我们结合地方特色，做好地方红色文艺文献的搜集整理与编纂出版工作。经过一段时间筹备，2017 年底，我们以“河北红色经典系列丛书”为名，正式申报“2018 年度河北省省级宣传文化发展专项资金”项目并成功立项，旨在通过选定刊行河北红色经典作品、梳理汇编河北红色经典研究资料、系统阐述河北红色经典发展历史等基础性工作，打造一个集大成式的河北红色经典文献资料库。

项目最初设计共二十四卷，包括六大板块：《河北红色经典史》一卷、《河北红色文艺作品选》六卷、《河北红色经典作家作品索引》三卷、《河北红色经典研究资料汇编》四卷、《〈晋察冀日报〉副刊文学作品全编》六卷、《晋冀鲁豫抗日根据地文艺作品及〈新华日报〉太行版文艺作品汇编》四卷。但在项目实施过程中，我们充分吸收专家意见，认为网络时代和大数据背景下的科研活动有了很大变化，《河北红色经典作家作品索引》与《河北红色经典研究资料汇编》的编纂工作，在当前学术生态中价值不大，并予以取消。同时，在项目实施过程中我们发现，《晋察冀日报》《人民日报》等党报除刊发大量文艺作品外，还有大量记录边区文艺工作者行迹，反映边区戏剧、音乐、文学、美术、舞蹈、曲艺活动与报刊书籍出版发行等各方面情况的文艺史料，以及体现我党文艺方向、方针变化的政策文件与重要领导讲话，是华北地域党和人民对敌作战的重要宣传武器，更是飘扬在华北地区军民心中一面旗帜。这些史料是华北地域革命文艺发生、发展与壮大的真实记录，对我们正确认识革命文艺的特点与历史地位有重要的决定性作用。

为此，我们精心整理了《〈晋察冀日报〉文艺文献全编》《晋冀鲁豫〈人民日报〉文艺文献全编》《〈晋察冀画报〉文艺文献全编》《晋察冀日报社人物志》（共五十一卷），同时收入全国抗战时期和解放战争时期与河北地域相关且被广大群众所喜爱并广泛传唱的红色文艺作品，结集为《河北红色文艺作品选》（共六卷），至此形成丛书目前的五大板块，而且将名称由“河北红色经典系列丛书”改为“华北抗日根据地及解放区文艺大系”，方便以后在此基础上做进一步拓展。

二、地域范围及文艺特质

华北抗日根据地包括当时山东、河北、山西、察哈尔、绥远、热河全部及豫北、苏北、皖北部分地区，分晋绥、晋察冀、晋冀豫、冀鲁豫、山东五大块。1941 年，冀鲁豫合并到晋冀豫，称晋冀鲁豫。其中晋察冀抗日根据地作为开辟最早、地域最大、人口最众的模范抗日根据地，是华北抗日根据地的坚强堡垒，牵制和抗击了三分之一以上的华北日军和二分之一的伪军。

在河北及其邻省周边地区开辟与创建华北抗日根据地，是红军长征到达陕北之后党中央迅速做出的重大战略决策。这些根据地地处对日武装斗争最前线，不仅打开了抗战的新局面，成为华北敌后抗战的主战场，而且进行了新民主主义社会的实践探索，对解放战争的历史进程产生了巨大影响，成为我党开辟东北解放区的前进基地和逐鹿中原的战略后方。随着抗日根据地的开辟，延安文艺工作团、西北战地服务团、东北促进纵队干部队、八路军总政治部前线记者团等大批文艺工作者，随同党政干部一道陆续抵达华北，东北、平津的青年学生也纷纷冒着生命危险来到边区。他们一手拿枪，一手拿笔，深入农村与抗战前线，切身体会工农兵的生活，深刻了解工农兵的需求，从而根本上克服了艺术至上主义思想倾向。所以，华北抗日根据地及解放区文艺，既响应了伟大的民族抗战对文学艺术提出的时代要求，亦充分兼顾到广大人民群众的接受习惯和欣赏水平，真实地反映了华北人民火热的战斗与生产生活。很多作者本身就是农民、战士或基层工作者，他们把自己的经历和熟悉的人和事，通过小说、戏剧、诗歌、报告文学、歌曲、绘画、舞蹈等文艺样式记录下来，语言通俗平实，富有生活气息。由于产生于特定时代、特定区域而又适应特定需要，故而无论是题材、语言还是风格，在体现革命大众文艺共性的同时，又具有强烈的华北地域特性。

华北抗日根据地及解放区文艺的繁荣发展，是专业文艺工作者与工农兵群众共同创造的结果。人民群众不仅是革命文艺运动的主导主体、推进主体、受益主体，还是一切成败得失的评判主体。华北抗日根据地及解放区文艺，归根结底，是“以人民为中心”的文艺。

三、学术价值

今天的河北在抗日战争、解放战争时期是晋察冀、晋冀鲁豫两大根据地的中心区域，有着悠久的革命历史传统和丰厚的红色文化底蕴。据不完全统计，抗日战争和解放战争期间，仅晋察冀边区专区以上就办有报刊四百余种，编印图书五百余万册。如果将这种统计扩大到环绕河北的整个华北抗日根据地及解放区，时间扩展至从中国共产党成立到中华人民共和国成立，数据更为可观。这些红色图书、报刊的出版发行，团结了一大批来自全国各地的著名革命文艺家和专业文艺工作者，其中有大量文艺相关信息，是研究近现代中国革命文艺的重要史料。但因受当时物质条件及复杂局势影响，它们传播范围有限，保存困难，如今已普遍出现老化或损毁现象，面临着消失、断层的危险。

长期以来，由于对抢救、整理和利用红色文艺文献的意义认识不足，现行的科研评价、出版机制亦难以有效刺激科研工作者积极从事老旧报刊等红色文艺文献的系统整理，大量有待整理的红色文艺文献尚未进入学界的视野。特别是华北抗日根据地及解放区的文艺文献，有很多甚至还是学术盲区。如《冀中导报》《救国报》《边政导报》《冀南日报》《团结报》《前进报》《新察哈尔报》《冀热察导报》等各类党报，以及《冀热辽画报》《冀中画报》《北方文化》《五十年代》《新长城》《新群众》《诗建设》《诗战线》等期刊，虽有部分学者对其办报（刊）历程、思想以及传播等方面予以研究，但均无系统的文艺文献整理本。“华北抗日根据地及解放区文艺大系”整理的《晋察冀日报》、晋冀鲁豫《人民日报》、《晋察冀画报》，是当时华北抗日根据地及解放区党报党刊的典型代表，是党的理论和实践同文艺结合的主要媒介和载体，是华北革命文艺重要的传播平台。这些报刊，既客观记录了华北革命文艺的传播与发展，也完整展现了华北革命文艺的特殊使命与风格特征，具有极其重要的史料价值。在此基础上，我们还会将视角延伸到《晋绥日报》《新华日报·太行版》《新华日报·太岳版》等党报，不断地充实这套大型文献史料丛书，以此来系统建构华北抗日根据地及解放区的“文艺史料学”。

四、丛书特色

这套丛书的编纂，主要以抗日战争及解放战争期间华北境内各根据地、解放区出版、发行、制作之图书、期刊、报纸等红色文献中的文艺资料为内容。编纂特色主要包括：

（一）抢救珍贵历史文献，弘扬伟大建党精神。

华北抗日根据地及解放区的红色文献发行于条件艰苦的战争年代，数量少，印制质量粗糙，历经岁月的洗礼，留存下来的品相完好者已经很少，有些到今天已成孤本。这些文献作为特定历史时期和区域的产物，见证了中国共产党领导华北人民争取民族独立和人民解放的伟大历程，反映了华北近代社会的巨大变化，蕴含着珍贵的史料价值和鉴往知来的现实意义，是中国共产党领导的文艺事业、新闻出版事业与意识形态建设发展的历史见证。它们诠释了党的初心和使命，蕴含着坚定的理想信念与崇高的革命精神，到今天仍然具有强大的感染力与说服力，是陶冶情操、磨炼意志，走好新时代长征路的有效精神资源。抢救性搜集、整理与研究这些珍贵历史文献，有利于增强党政干部政治信仰，弘扬伟大建党精神和践行社会主义核心价值观。

（二）文艺与党史密切融合，拓展革命文艺与党史研究的新视野。

革命文艺作品的创作、发表和传播，和党的历史任务和奋斗实践是分不开的。在艰苦卓绝的革命岁月，奋斗前行的中国共产党始终强调，既要拿“枪杆子”，也要拿“笔杆子”。革命的文艺工作者，一手拿枪，一手拿笔，深入农村与抗战前线，以人民大众易于接受和欣赏的形式，宣传党的政策，推行党的方针，为中国共产党顺利完成不同历史阶段的中心任务和伟大使命发挥了独特而重要的作用。本套丛书收入的文献史料，主要是抗日战争与解放战争时期党报党刊中的文艺作品与文艺史料，它们鲜明生动地体现了党的历史，党领导人民争取民族独立、人民解放的奋斗历程和精神面貌，从而为学界从文艺角度研究党史和从党史角度研究文艺提供了有力支撑。

（三）作品汇编与史料梳理并行，还原革命文艺的历史场域。

“华北抗日根据地及解放区文艺大系”的编纂，全面辑录华北抗日根据地及解放区党报党刊上刊登的诗歌、小说、戏剧、报告文学、散文、歌曲、版画等文艺作品，并系统梳理当时文艺发生、发展、传播以及社会各界文艺活动的各类消息和报导，同时选编了大量的河北红色文艺作品作为补充。这种文艺史料与文艺作品的配合整理，还原了革命文艺的历史场域，有利于构建对革命文艺的科学认识。

五、丛书内容

（一）《〈晋察冀日报〉文艺文献全编》共三十八卷：

诗歌三卷

戏剧一卷

小说二卷

文艺评论三卷

文艺史料九卷

外国文艺二卷

散文报告文学十七卷

歌曲版画一卷

（二）《晋冀鲁豫〈人民日报〉文艺文献全编》共十一卷：

诗歌一卷

戏剧、小说、文艺评论一卷

散文报告文学五卷

文艺史料四卷

（三）《〈晋察冀画报〉文艺文献全编》一卷

（四）《晋察冀日报社人物志》一卷

（五）《河北红色文艺作品选》共六卷：

诗歌一卷

戏剧一卷

散文一卷

小说三卷

六、编纂体例

（一）整套丛书题材丰富、门类众多，在体裁上不做强行统一。

（二）丛书中所录作品均为当年报刊发表的原文。为确保丛书的文献性、学术性、专业性和资料性，丛书编辑加工的总原则为保持文献原貌，内容上不做改动。

（三）文字的使用

1. 丛书中文字的使用以 2013 年教育部、国家语言文字工作委员会公布的《通用规范汉字表》为准。

2. 丛书中的古体字、通假字、俗体字，以及所涉及姓名字号、职官地理等专用字，均予保留。

3. 丛书原文字迹模糊残损，但仍可辨认或可依上下文校正，以字外加方框“□”表示；原文缺字或无法辨识，且无法校补，每字以一个方框“□”表示；如无法统计所缺字数，则以“▨”表示。

4. 丛书中数字的使用，保持原貌。

（四）标点符号及其他符号的使用

1. 丛书在不改变原文意义的情况下，将旧式标点改作现行标点符号。

2. 丛书原文中出现代表文字的符号，如“×”“△”“○”“▲”等，保持原貌。

3. 丛书原文中的着重号、专名号等不再保留。

（五）其他

1. 丛书原文中的注释，保持原貌；编者亦出部分注释，供读者参考。

2. 因为原始文献本身产生于战争年代，保存不易，漫漶不清处较多，丛书疏误之处在所难免，希望专家读者批评指正。

七、鸣谢

本套丛书得以顺利面世，要特别感谢中共河北省委宣传部、河北省社会科学院、河北教育出版社的资金支持，以及北京大学陈平原教授、中国社科院文学所刘跃进研究员、南开大学文学院李扬教授、河北师范大学文学院王长华教授等，为丛书编纂提供了多方面的学术支撑；晋察冀日报社老报人及报史研究会诸位老师，中国社科院文学所现代室、中国丁玲研究会、中国现代文学馆各位专家，也在丛书编纂过程中提出了许多建设性意见；院内外的数十位年轻科研工作者，在原文录入和校对方面付出了艰辛劳动，确保了项目的顺利进行。在此一并致谢。

把艺术交给大众（代序）

——祝贺“华北抗日根据地及解放区文艺大系”结集问世

中国社会科学院　刘跃进

由河北省社会科学院文学研究所编纂、河北教育出版社出版的“华北抗日根据地及解放区文艺大系”结集问世，值得庆贺。

文艺是时代前进的号角。1937 年 7 月 7 日，卢沟桥事变爆发，全面抗战由此而起。广大的爱国知识分子和青年学生，表现出同仇敌忾的民族气节，走出书斋，走出校园，用知识，用智慧，用不屈的精神力量唤醒民众，用实际行动担负起抗日救亡的历史重任。在此后的岁月里，延安文艺和华北抗日根据地及解放区文艺，是中国共产党领导下的两大主体，双峰并峙，展示着那个时代的风貌，引领了那个时代的风气。

随着抗日根据地的开辟，延安文艺工作团、西北战地服务团、东北促进纵队干部队、八路军总政治部前线记者团等大批文艺工作者，随同党政干部一道陆续抵达华北，东北、平津的青年学生也纷纷冒着生命危险来到边区。他们一方面积极创作大量街头剧、活报剧、街头诗、墙头小说、木刻版画、歌曲、舞蹈等革命文艺，开展抗日救亡宣传运动；一方面也通过开办文艺干训班，开展各行业、各阶层甚至全民的文艺创作与评选活动，吸引工农兵群众加入文艺队伍，掀起了“晋察冀一周”“冀中一日”等具有深化性质的群众写作运动，以及“创造模范村剧团”“穷人乐”等群众戏剧运动，为晋察冀文艺史添上了浓墨重彩的一笔。

说到这里，我想起2009年参加《北平学生移动剧团团体日记》捐赠仪式的一段往事。从1937年到1938年，在中国抗战史上唯一以大学生组成的“北平学生移动剧团”在长达一年半的时间里，历尽艰难，转辗于国民党第五战区的各个战场，演出话剧，创办报纸，宣传抗日，鼓舞斗志，谱写出响彻云霄的时代赞歌。移动剧团的成员每人一周轮流记述，用日记形式记录了那段不平凡的岁月，《北平学生移动剧团团体日记》就是这部历史的记录。它不是写给个人看的私密记录，也不是为将来面世扬名。作者完全出于一种历史责任，真实客观地记录了那段鲜为人知的历史，体现出强烈的史家意识。日记封面上有这样一段题记，“北平学生移动剧团·愿我永恒·中华民国二十七年二月二十三日始·璧华”。孤立地看这部日记，也许没有什么轰轰烈烈的战斗业绩，也没有什么感人肺腑的情感纠结。客观、平实是它的本色，正是这种本色，为那个历史年代留下一段真实。“北平学生移动剧团”的抗日活动，是文艺工作者投身抗日洪流中的一个历史缩影。

随着抗战的胜利，察哈尔省会张家口解放，晋察冀文协、晋察冀剧协、晋察冀音协、晋察冀美协、晋察冀通讯社、晋察冀边区剧社、晋察冀日报社、晋察冀画报社等文化团体随中共晋察冀中央局和军区领导先后开赴华北根据地，一大批文艺工作者也随之来到华北，开展丰富多彩的文艺活动。他们坚持毛泽东《在延安文艺座谈会上的讲话》中指出的方向，一手拿枪，一手拿笔，深入农村与抗战前线，既为切身体会工农兵的生活，也为深刻了解工农兵的需求，从而在根本上克服了自身相当普遍和严重的艺术至上主义思想倾向，为工农兵而创作，为工农兵所利用，以人民大众易于接受和欣赏的形式，普遍写人民大众的生产战斗故事。譬如左翼作家邵子南，于1938年10月随西战团到晋察冀，主持战地社日常工作，主编《诗建设》；1943年整风运动后，他到阜平任小学教员，在反“扫荡”中与群众、民兵一起转移、战斗，还直接在五丈湾跟随李勇的游击组对日寇展开地雷战；1944年5月随团回延安，在鲁艺任教，后调陕甘宁文协搞专业创作，开始大量创作反映晋察冀边区生活的小说。他以亲身体验为基础创作的短篇小说《李勇大摆地雷阵》（后改为《地雷阵》），运用阜平农民群众的语言，以口语化方式讲述了爆炸英雄李勇的抗日故事，明显吸取了民间说唱文学的优点，特别是在白话叙述中还插入不少快板式的韵白，更适合群众的喜好，因而在当时广为流传，家喻户晓，起到了很大的宣传鼓动作用。其他作品，如《荷花淀》《太阳照在桑干河上》《漳河水》《赶车传》《王九诉苦》《孟祥英翻身》《新儿女英雄传》《白求恩大夫》《我的两家房东》《穷人乐》《李殿冰》《戎冠秀》《没有共产党就没有中国》《团结就是力量》《没有土地的人们》《白毛女》等，都是成功的文艺典范，在现代中国文学史上占据比较重要的位置。

在华北抗日根据地及解放区的文艺创作成果中，还有数以万计的文艺作品和极具研究价值的文艺史料刊发在根据地及解放区所办的报刊上。很多作者，本身就是农民、战士或基层工作者。他们把自己的经历和熟悉的人和事，通过小说、戏剧、诗歌、报告文学、歌曲、绘画、舞蹈等文艺样式记录下来，语言通俗，富有生活气息。人民既是历史的创造者，也是历史的见证者；既是历史的“剧中人”，也是历史的“剧作者”。让故事中的人物自己编词、自己表演的创作方式，很好地反映出人民的心声，并让人民群众从生动活泼的艺术作品中得到教育，这确实是一个成功的尝试。

配合党的中心工作，“把艺术交给大众”，通过文艺唤醒大众，这已成为华北文艺工作者的自觉意识。他们积极响应伟大的民族抗战对文学艺术提出的时代要求，充分兼顾到广大人民群众的接受习惯和欣赏水平，创作了大量的作品，真实地反映了燕赵儿女火热的战斗与生产生活，起到了良好的宣传教育与鼓动激励效果。刘萧无编排新闻报道剧《李殿冰》，编剧与演员一起住到李殿冰家里，以便于熟悉主人公的生活，搜集真实生动的群众语言，还模仿他们的动作，理解他们的心理，甚至还让主人公李殿冰等直接参与剧本的修改和编排。描写群众的生活，邀请群众参与创作，这是当时文艺工作者走群众路线的生动体现。该剧演出后获得当地老百姓的极大赞赏，鲁中实验剧团还专门学习该剧的创作方法，创编了三幕五场话剧《过关》。艾思奇《前方文艺运动的新范例》更是誉其开创了前方文艺的新范例。抗敌剧社的《王老三减租小唱》、冀中火线剧社的话剧《我们的母亲》，也都具有这种特色。

这些文艺作品，可能略显仓促，有的甚至急就于战火中，所以在素材提炼、人物形象塑造以及语言的使用、细节的刻画等方面还有很多不足。但是，这不是一般意义上的创作，而是燕赵大地为争取民族独立、人民解放的集体记忆和行动号角，是中国革命事业的重要组成部分。华北抗日根据地及解放区的文艺，有很多这样未经沉淀的纪实作品，不管其艺术性如何，但在发动群众、组织群众、铸就抗击日寇和国民党反动派铜墙铁壁方面，发挥了无可替代的作用。20 世纪五六十年代，河北地区涌现出大量的红色经典，便是华北抗日根据地及解放区文艺的传承和发展。

2017 年 6 月，河北省社科院文学所郑恩兵所长来京与我们协商合作研究事宜。我根据所了解的信息，建议他们结合地方特色，做好地方红色文艺文献的搜集整理与编纂出版工作。“华北抗日根据地及解放区文艺大系”就是那次商讨的成果。全书由五个部分组成：第一部分为《晋察冀日报》文艺文献全编，第二部分为晋冀鲁豫《人民日报》文艺文献全编，第三部分为《晋察冀画报》文艺文献全编，第四部分为晋察冀日报社人物志，第五部分为河北红色文艺作品选。全书收录各种文体的作品六千余种，包括小说、诗歌、文艺评论、戏剧、报告文学、散文、文艺通讯、美术、书法和音乐、文艺史料，还有文艺信息、文艺广告，基本涵盖了华北抗日根据地及解放区的文艺创作情况，具有很高的研究价值。

时值中华人民共和国成立七十五周年之际，我们有机会阅读这部皇皇五十余册的“华北抗日根据地及解放区文艺大系”，更加深切地感受到新中国的建立真是来之不易，她是无数条战线的可歌可泣的人们不懈奋斗的结果。在这样一个特殊的日子里，我们感念当年那些有名无名的作者，感谢参与整理工作的学者，当然，更要感激我们这个伟大的时代。

目录

骨　　肉

——一个武工队员的回忆

杨朔

一九四二年冬天，是个月黑头。我和另外两个武工队的同志摸进据点，没惊动一个人，用□刀子收拾了死不回头的伪警察所长。翻出圩墙时，顶头遇见一阵大风大雪，我们勉强走出五六里地，风却吹得更猛，卷着雪片，朝脸上乱打，逼得我们抬不起头、喘不过气。我们为避避风雪，便□到一个村，投宿在李大娘家里。

她老人家还在□着灯纺棉花。我们依着平常约定的暗号敲开门，走进灶间。她掌着菜油灯，颤巍巍地走出屋子，拿扫炕笤帚帮助我们扫身上的雪，一边说："唉！天气这样坏，旁人都早睡了，你们还是东跑西跑的，冻得不成样子！"说着，难过得眼圈都红了。

她就是心慈，像是观音菩萨，论年纪，她还不满六十岁，可是一生忍冻挨饿，头发全白了，脱得稀稀落落的，好像顶着一头霜。早些年，河北闹旱灾，穷人组成"棒子队"，四处暴动，儿子就在暴动里被打死了，她下地带着孙子缺儿，过了这许多年。她对待我们，不两样亲骨肉，一到，不是煮鸡蛋，就是包饺子给吃。我们推辞，她反倒不高兴，再四再五地说：

"这口东西算什么？八路军不来，我老婆子哪能吃得饱、穿得暖！就说我这十几亩地吧，早年借了财主家几升粮，一时还不起，叫人家把地硬霸去，有冤没处诉。多亏你们来了，原地归还了，日子才算翻了个身！"

这么，不管多晚，她总是抢着和缺儿两个替我们烧水、烧炕，又抽出一床被，让我们睡在她对面屋里。外边风雪没停，刷刷地，打着窗纸，小屋也似乎摇晃起来，我们三个人挤在一起，却像睡在家里，梦都没有。

★★★★★★

第二天拂晓，村里发现了敌情。事后听说是敌人发觉伪警察所长被人杀死，立刻出动，包围了临近一些村庄，要来一次“清剿”。我跳下炕，一边往脚上提着鞋，一边抢到灶间。李大娘也撩起门帘，左手还在扣着棉袄扣，探着头问：“你要往哪去？”

一个同志跟在我背后，接口答道：“要离开这里，别连累你老人家。”

李大娘赶紧出来拦住我们，摆着手说：“你们听听，满街都是敌人，出去送死不成！”

果然，远远近近地，传来敲门声、吆喝声。她打开灶房的门，风雪停了，地上积的雪足有两寸厚，天气出奇地干冷。她掉过脸说：“不用慌，我把你们藏起来……”就拉住我的胳膊腕子，领我往院里西面一间堆草的空屋走去。平常，她的举动很慢，两条腿像有几十斤重，拖都拖不动，于今不知她哪来的力气，两只脚□着深雪，忙叨叨地走着，也不摔跤。

空屋的右手是一堆高粱秸，左手是一个红薯窖子，她掀开窖口，等我们三个人下去后，点着头叮咛道：“要是敌人搜到这，你们就打好了！烧房子也不怕！”随手又把窖口盖严，撒上几把乱草，掩盖住了。

我蹲在窖口，寻思敌人也算诡了，搜起来，耗子洞也不放松，这里哪能藏得住？三个人就把枪顶上子弹，等着要打。我竖起耳朵，听见李大娘在院里咳嗽着，沙沙地打扫着雪。不一歇，有人拿脚使劲地踢大门，还在骂着。

只听见李大娘装出不耐烦的声口说：“这是谁呀？大清早起就闹

上门来!”

大门吱扭地响了一下，一个人的嗓子又粗又哑，像是公鸭子叫，诈着她问：“我知道你家里有武工队，藏在哪里?”

李大娘的耳朵本来不大灵，于今□□装起聋来，她不回答旁人的话，反倒焦急地说：“你们来做什么，我孙子害伤寒病，正出汗，怕见生人!”

不管她怎样阻挡，来的人还是打着哈哈闯进院子，脚踏得雪吱咯吱咯地乱响，听声音，总有五六个敌伪军。他们一进李大娘的屋子，便听不清叫些什么。不过，箱子、柜不停地响，一定搜得很凶。过了许久，公鸭嗓子又在院里响起来：“来，再搜搜这间屋子!”草屋的门便砰地撞开，杂乱的脚步好像踏在我们头顶上。

我的眼紧盯着窖子口，枪向上仰着，只等敌人一揭开盖，迎头给他一枪。脚步在我头上踏来踏去，可是窖子的盖依旧不动，倒有些什么东西抛到我的头上。我细细地辨别，一下子明白了，敌人没注意红薯窖上那几把乱草。反倒去翻那个柴火堆。他们翻得很细，把高粱秸从右面抛到左面，一层一层地压到我的头顶上，把窖子掩盖得比原先更严密。我松了口气，忍不住偷偷地笑。

地面上这样闹了一阵，又听见那个公鸭嗓子的人说：“算了，算了。到旁的家搜去吧!”末尾那句话的声音很远，大约已经跨出门去。

但在这时，有人忽然叫道：“哎，这是什么?”

脚步起了一阵骚乱，公鸭嗓子的人又跑回来，慢慢地大声念道：“《晋察冀日报》!”

我听了，不觉一惊，赶忙用手去摸口袋，原来藏在我身边的一张报纸，在我进地窖子时，不小心，掉在地上。我从心里骂自己粗心，可是晚了，公鸭嗓子的人，早像□似的叫起来：“你这个老□!还说没有武工队，这张报是从哪来的?”

李大娘还想装聋作哑地支吾，但是还没说上半句话，忽听凄惨地叫道：“哎呀，你想打死人吗?”

公鸭嗓子的人喘着粗气，大概是拿枪托子下死劲地打，一边逼问道：“快说，武工队藏在什么地方?……”

李大娘老得差不多只剩骨头，怎么能熬得住这种苦刑?她叫得不像人声，在地上滚来滚去，但是什么都不肯吐露，只是嚷着：“不知道！不知道!”

我的眼睛潮了，枪托子响一下，就像打在我身上，李大娘叫一声，我的心便一缩。

公鸭嗓子的人打得急，骂得凶，逼问得也就更紧：“还不说！还不说！再不说就活活揍死你!”

李大娘叫着叫着，蓦然喊道：“不错，不错，我家里是藏着武工队！……”

公鸭嗓子赶忙问：“到底在哪!”

李大娘嘶哑喉咙喊：“我就是，我孙子也是，全村的人没一个不是！早早晚晚，非杀死你们这群昧良心的东西不可!”

好几个人同时吼了一声，大约又有人跳上去，一齐动手打她。她大骂着，在地上打着滚，声音越来越低，气力完了。公鸭嗓子恶狠狠地说：“带着她走，回去好好地拷问拷问她!”

脚步又乱起来，走出屋子，接着是敌伪军的吆喝声，李大娘的呻吟声，还夹杂着缺儿哭着叫奶奶的声音。脚步越来越远，走出大门，缺儿叫奶奶的声音也跟到门外，一直跟下去，终于听不见了。

过了半顿饭的工夫，我和两个同志顶开红薯窖子的口，扒着高粱秸子爬出来。街门大敞开着，屋里院里乱得不成样子，好像抄过家似的。草屋的地上溅着血，雪地上也有血滴，点点滴滴地，从院里连到街上。我觉得好难过，好像丢掉什么东西，又像有什么要紧事要做，浑身的血都滚起来。

★★★★★★

半个月来，我无时无刻不想着李大娘，听说那个村四百多户人家，一□□□□逮走八百多，每人需要五百元的赎金，不知李大娘是死是活？一天□□□□带着好些东西去探望她，才知道她叫敌人抓进据点，吊在□上，打得死去活来，也没透露半点消息。敌人本来要诈财，得到五百元赎款，也就把她放了。

她躺在炕上，头上扎着伤，脸上一块青、一块紫的，肿得变了模样，饭也不能吃，每天光喝米汤。她的眼睛本来乌黑，像是枯井，但是看见我来，瞳仁映着菜油灯，一时闪出动人的亮光。我望着她，亲切地体会到一种骨肉的爱。

（《晋察冀日报》1946 年 1 月 13 日）

杨生聚的翻身

俞林

在八月里，秋收才安排着下手，日本鬼子就投了降。杨生聚老头子听到这消息的时候，正在地里浇菜。后街的暴廷臣从棒子地里满头大汗钻出来，一见老头子正弯着身子用锨挡水，就赶紧地招呼了：

“杨大叔，你还不知道吗?”

吃了惊的老头子一边用锨铲着土，一边抬起头来问道：

“什么事，看你那个慌张样子!”

“杨大叔，你该高兴了——日本鬼子投降了!”

杨生聚老头子没有弄清楚他的意思，至少是没有弄清鬼子投降和他有什么关系。他仍然挡着水，两只黑瘦的有力的胳膊突出尖楞的肌肉来。

“杨大叔，这回鬼子一完蛋，我们不再受保长的气了，还有他的日本靠山，他就完啦。”

杨生聚老头子听了这一番话，像刚喝过酒，醉醺醺的了，他不再追问什么，又拿起了锨，已经挡上了满了水的畦。

一进街，他偷着看看街上的人，看他们是否已经知道了这个消息。街上还和往常一样：庙台上还照旧摆着小摊，金黄的新柿子引诱着人。他低着头在人面前走过去，怕别人看出他脸上有兴奋的神采。他匆忙地走到保长家的大门口，门关得紧紧的，一点动静也没有。老头子走进自己的家，悄悄地把消息告诉给老婆子。

西山里面的八路军下来了。

县大队到村里住过两夜，几年就常听见说八路军，这回人们可真看见了。鬼子在的时候，说八路军是小游击队，可是他们看到的八路军都穿着整齐的军装，一人一杆三八大盖，子弹带满满的，一个个都精神饱满，看样子就是能打仗的队伍。区里来了一个老张到村里工作，一天家庙里满满的人。老张虽然是外路人，说话办事可和气得很。

暴廷臣像知道的事多似的，一到天黑吃饭的时候，他就端饭碗到老头子家里来，在台阶上一坐，捧着饭碗边吃边说：

“杨大叔，这回可好了。”

“怎么？有什么信？”老头子很想知道点新消息。

“老张今个给咱们开会啦，说要减租减息，今年秋天的租子就要减呀，往年的租子还往回里退呢！还成立农会，开清算斗争，旧账都要清算。这回保长这狗日的就要下台了。”

他的老婆子听了这些话，使劲地睁着迷缝眼，问了一声：

“八路要给咱们减租，真是青天睁开了眼，俺们种保长家里的地。”

暴廷臣见引起了老婆子的兴趣，就转过脸来对她讲了：

“大婶子，哪能不给减！八路军办事可实打实的，保长也不是三头六臂呀！”

老婆子高兴地咧开没门牙的嘴笑了：“这回冬天不用上愁了。”

一个深夜，暴廷臣找到了杨生聚，对他说：

“杨大叔，我对你说吧，区里老张一早就在我家里来找咱们俩，咱们村里就要清算斗争保长这东西。逼迫我们，给日本交官粮，每回一亩地出一斗，全村有一顷多黑地，穷人们按着亩数一斗一斗地交上来，等保长再交日本的时候就少交十多石粮食。他这几年是怎么肥的呀！谁也看得清清楚楚的，就是把气闷在肚子里不说。八路军下来，咱们该出头了，杨大叔你有话和老张说吧！”

受了暴廷臣的鼓励，老头子又往前坐了坐。烟袋的火已经淡下去了，他也不再去抽，低着头想着事。窗外一阵风吹动着窗纸，远处一阵狗叫声，隐约地听到几声枪响，暗淡的灯光急促地跳动着，墙上粗大的人影也就不断地移动。风过去，外面又是一阵沉静。

暴廷臣见老头子还是不说话，又催促了：

“杨大叔，你还是不敢说话，老张可不是外人，你家的光景他都清楚，八路军共产党可是真心为咱们老百姓呀！我知道你怕什么，你看保长还在村公所里办公，看他总是跟着老张的屁股转。你可看错了，村里的事哪能一下子不用他呢？可是慢慢就踢开他了。老张在我家里坐了一天，都给我讲清楚了，你给老张学说学说自己的苦处吧！”

老张往后仰了仰身子，打了一个呵欠，做出很随便的样子好鼓励杨生聚说话。

“老杨，你还有些见外吗？你有什么难处，说说吧！”

杨生聚老头子抬起头来，在灯火上点着烟，连吸了两口，叹了口气，才说：

“实话对你们说吧，我真是有些害怕办公的人，不是我害怕，这些年我尝的受的太多了。中国人、外国人、本地人、外来人，都一样，哪里有公家人不欺压老百姓的。这个地方老张不知道，从打有朝廷的时候，老百姓就和公家打过官司。这一片都是和珅圈的地，连村西这一架山，和珅楞要霸占，老百姓合伙和他打官司，结果叫人家抓的抓、下狱的下狱、充军的充军、杀头的杀头，倒了还是断给和珅了。直到以后和珅犯下罪，这地方才归了别人。从打那事以后，老百姓谁再敢和公家打官司，一见官人就打哆嗦。保长家多少辈子主事了，提起来谁敢惹！”

暴廷臣出了口闷气，想说话，老张抢着说了：

“老杨，你的话也对，以往办公的人就是这样，这回咱们八路军下来，世界该变个样了。”

暴廷臣接着说：

“杨大叔，你看人家老张像从前那种办公的人吗？日本人在的时候，他妈的来一个特务，村里也不是得用大米白面伺候，抽烟、喝酒、要女人。人家老张今个在我家吃棒子糊糊，一边说话，一边给我剥棒子，有这样办公的吗？”

老两口子都说：“老张可不是那种人！”

杨生聚又装上一袋烟，也不去点火，颤抖的手在空中舞动着烟袋说：

“我是一辈子怕公家怕的。老张可真是替穷人打算的，才来几天，连我家里的事都知道得清清楚楚了。我对你学学吧，今年的困难没别的，就是一样：冬天来了没吃的，租子重你说过了，支应鬼子汉奸队的款重，保长他们装了腰包。他们越肥，俺们这一伙人就越瘦，我眼下欠村里的款还拿不出来，秋后再交三石租子，我往哪里去打这个饥荒……”

老婆子也凑过来，一只手还拿着棒子，插嘴说：

“还有，还有，俺家没有吃的……”

杨生聚用胳膊肘子一碰她，说：

“你等等再说，先叫老张听听咱们过日子，俺家人口可不多，人不多也花销不小呀，东西这样贵。”他说着看看老张。

灯碗里的油渐渐干了下去，豆大的灯火急促地跳了两下子就灭了，屋里一下子变成了一片漆黑，窗外的风又大起来，窗纸咯咯地响着，谁也没有动，听着老头子讲下去！

★★★★★★

农会成立，会上，杨生聚老头子出了席，但是他没有说什么话。暴廷臣是顶年轻的会员，可是竟选他当农会委员。会后，他埋怨杨生聚不说话，老头子也没有因为年轻的人对他态度不好就生气，干笑了笑，说：

“我什么也不顶事了，还是你们年轻的人能干。”

“老张白和你谈上一宿，你还不明白。”

老头子还不清楚暴廷臣的意思，怕年轻的人们不高兴，答应他以后尽力替农会办事。其实杨生聚心里还是拿不定主意，他看着年轻的孩子们太冒失了，说干就干，不掐不算的。人家保长是多少辈子了，莫非今个真是世道变了，老百姓真能连人家弄倒？他的粮食都打回家里来了，虽然农会通知不叫交租，清算斗争还要退租，可是他已经把三石谷子预备出来了，能退租当然好，退不了就按着老规矩交吧！

村里的风声变了，保长大概是知道了，不常见他到庙里去了。农会开会一宿一宿的，民兵的岗哨也加强了。在庙台上闲聊天的，不是聊别的，都是清算减租的事。外村清算的消息也传来了！南安河公审活阎王联保长周通，人们都兴奋起来了。八路军真给作主。

夜间，老头子睡好了，也许他太疲劳了，他一直睡到半夜、窗外有人使劲敲窗户才把他震醒，他猛一下坐了起来，问一声：“谁？”

“杨大叔！”是暴廷臣的声音。

“有什么事吗？”

“杨大叔！斗争保长准备好了吗？”

杨生聚点了点头。

“那么我们明天就开始吧！”

准备的斗争大会开成了。在老百姓的压迫下，旧保长承认了错误，答应给佃户减租，把贪污的钱赔偿出来，革了职。

清算后，又来了一个民主大选举，杨生聚的侄子当了村长，是个顶正直的人。杨生聚背回了七石粮食，村款也不出了。他把老张拉到自己家里去，请他坐在炕头上，给他斟上酒，炖了白菜、山药蛋、粉条的菜，蒸的黄干粮。他坐在老张对面，老婆子在地下给他们盛菜、捡干粮。锅里冒着热腾腾的香气，把一只老花猫馋得在桌子底下喵喵地直叫。

街上锣鼓喧天的红火极了，孩子们唱着《没有共产党就没有中国》，简直连过新年也赶不上这样热闹。老头子笑嘻嘻地又斟上一杯：

“喝吧，老张，这回有咱们喝的了。”

★★★★★★

杨生聚今年秋耕比去年耕得深得多，他用鞭子抽打着在湿润的土地里吃力曳着犁的耕牛，满身发起热来，汗味从脖子里冒出来。他估计着今冬落场大雪，明年的麦收一定错不了。

多少辈子他们都是在人家脚底下活着，喘不过一口气来。东西任人抢走，人任人绑走，他只能把气闷在肚子里。可是这回他们竟翻了身，他的侄子，那个好老实人，在村里成了顶事的人，村公所的戳子一拿，主起事来了；从前他哪敢说一句话，现在也是东家来问，西家来找，这个世界变得他眼花缭乱了。

一群打柴的孩子背着筐在道旁边，唱着：

“……想起了毛泽东，毛泽东就是咱们的救命星……”

老头子抬起头来，望望孩子们，皱纹展开了，笑着对他们说：

“你们再唱唱，毛泽东怎么样？”

孩子们又唱了起来，老头子愉快地流下眼泪来，随着他们的声音嘟念着：“……毛泽东……救命星……”

（《晋察冀日报》1946年1月28日）

七个和一个

宋玳

太阳已经落到山后去了，狂风向大地肆虐，枯草随风飞舞，大地是一片苍黄。

鬼子兵有的端着上了刺刀的枪，有的提了指挥刀，押着全村的老百姓，朝村子里走。老百姓在刺刀缝里偷偷抽泣、流泪。躲在妈妈怀里的孩子们，抬着那个小头，看着妈妈哭肿了的眼睛，鼻涕流到下巴上……突然，那闪亮的刺刀跑到前面来了，几乎碰到孩子的小脸，孩子哇哇哇地大哭起来，接着另一个孩子也跟着嚎，大人们抽泣渐渐高起来……

“谁哭？死了死了的，跟那坏人一起死。”野兽那样的吼声起来了，刺刀接着这吼声向人群中挑去。人们本能地向后退缩，抽泣窒息了，孩子们的哭声被闷在妈妈怀里。几分钟后，人们又继续着朝村子里走去，活像被赶着的羊群。村子里是冷清清的，什么声音也没有，被赶到村子里的人们，在广场上集合，很快就解散了，像突然松了肚带的马，穿过狂风四散过去，匆忙而急促地朝自己屋里钻去，随手把门紧闭着，年轻的女人把孩子掷在冷炕上，自己倒头就埋在破棉絮里哭，放声地哭；老人们摸着花白的胡子，蹲在墙角边上，唉声叹气；老太婆哆哆嗦嗦地靠在炕头上，低垂着头，淌着泪——这时全村的人，都为那七个年轻人而难受。在那七个年轻人里面，有的是自己的丈夫、儿子或侄子，他们全都熟悉，甚至他们毫毛的粗细，也为自己所熟悉。平时他们一起耕种，一起对付鬼子，而现在呢？这七个年轻人被维持会长向鬼子告密了！全村人为了这七个年轻人的被捕，曾拿自己的生命来担保，并揭发了维持会长王保山的罪恶，各方证明王保山是个坏蛋，要求鬼子释放这七个年轻人，扣起王保山来。可是鬼子就是狡猾的狐狸，他承认了王保山是坏人，但也并不放这七个年轻人。一直到今天，就让那坏蛋陪着这七个抗日分子，活埋在村子外的乱坟场里，硬迫着全村的人去看他们跳下为自己挖的坑——恰好一个人站在里面，四面填满了石块，只留出一个头在地面上。七个人一字排得背对着炮楼，而王保山却一个人面对着这七个被他告密的人，一样等待着死——全村的人却为了不能救出这七个人而痛苦。

★★★★★★

夜深了，特别冷。

这时，王保山闭着眼睛，眉毛紧锁着，皱纹像蚯蚓一样爬在他脸上，夜风吹着他的秃顶，毫毛一根根竖起来，头尽朝领子里缩，可是脖子四周被尖粗粗的石头顶着，没有办法再缩进去。他又睁开眼睛，扫视离他一米远面对着他的七颗人头——在昏暗中，他老花了的眼睛，还能辨别他们。靠左手头一个是镇上的小学教员，瘦长的脸，现在显得更瘦，这时正低着头，闭着眼睛，一点表情也没有。第二个是顺子，是个穷小子，也就是王保山的表侄，是抗日分子的带头人。挨着过去是十五岁的小黑炭，那双大眼睛正像利剑一样瞪着他，王保山再没有勇气偷看过去，眼睛只好合下来，私自猜测那边几个人的眼睛也在看自己……

后半夜，飘起雪花来了。王保山的头，像重叠叠的向日葵垂着，挨着碎石子，口涎从嘴角流下来，慢慢变成白色的冰柱了。

顺子闭着眼睛，雪花凉凉的，贴上自己的额，他的脑子更清醒。他想到白天全村送他们的情形，想到这个村被敌人蚕食后的斗争，未完成的斗争，想到小黑炭太年轻，也跟着他们一起，被活埋在这土里，不久就要死，不由己地掉了几点眼泪。为了要阻止自己不流泪，不自主地抽动那被石子顶得麻痹的四肢，听着石块窸窸窣窣的声音，这才使他知道填进去的各种各样的石块瓦片还有空隙。这样他用全身的力量，把肚子迫得紧紧的，先耸动肩膀，石子沙土向下沉，他继续这样动，使得他的左臂可以弯了，左手露出地面。接着他就很快爬上地面，马上跳到小黑炭的坑前，肚子紧贴着地面，把小黑炭坑里的石子掏出来。小黑炭个子小，挖的坑大，使小黑炭能爬出这坑，还要费点劲呢！掏时，顺子轻轻告诉小黑炭跑的方向和任务，可是小黑炭不答应，经顺子再三说，小黑炭才像平时接受任务那样，高兴地咧开了嘴。当小黑炭爬上坑的时候，不留神，一块大石头向坑里滚下去，发出沉重的碰击声。王保山被惊醒了，睁大了眼睛，正看到小黑炭往林子里跑去，顺子蹲在小学教员的坑前。王保山懂得这是怎么回事，他脸上的肉抽动了一下，他想他现在应该赶紧地哀求这个年轻人，不要记他告密的仇恨，大家是中国人，应该救他一起跑出去。可是他想到前面是林子，林子那边是河，河两边是炮楼，这么几个人跑，一定跑不出鬼子的手掌心，要被抓回来，会当场给打死，那还不是一样死？不，还是让他们跑，自己埋在这儿，等天亮了，“皇军”发现那七个人跑了，看到我仍在这儿，证明我是忠于“皇军”的，一定会把我请出坟墓来。哟，那样不是太迟了么？把他们放走，他们会来报仇的，而且“皇军”一定说我私通，不向他报告……于是王保山就用足了气力喊：“‘皇军’！他们跑了，他们……”他的话还没有喊完，顺子搬的大石头已经掷中他的头顶，血流着……

炮楼上的机枪嗒嗒地扫开了，顺子、小学教员在枪声中，穿过了树林……

★★★★★★

天亮前，全村的人都听到枪声，畏缩在炕上的人，全跳起来，家家户户全到门缝里瞭，只见一片白雪，什么动静也看不见。老人们担心那七个年轻人全被鬼子弄死了，又在唉声叹气。

人们还没洗个脸，鬼子下炮楼了，锣声响起来了，叫到村头上去集合，妈妈们把胸解开口把孩子裹在怀里，老人们支着棍子，雪打在他们脸上，迎着风向村头上走去。

当他们到了昨天活埋那七个年轻人的地方，看见三个坑是低凹下去，被雪封盖着，其余的隆起成了雪堆了。

鬼子哑声地说："抗日分子跑了三个，其余统统的死，你们保的抗日分子，都是坏了良心的……"机枪架在全村人的后面。

突然炮楼里发出爆炸声，火花带了石子冲上天去，人们四散，机枪扫开了……

小黑炭带领了一支队伍向村头上冲来，鬼子向林子里退去，林子里枪声也响了，全部鬼子躺在林子里，再也爬不起来。从此，人们可以在这个村子里自由地走来走去了。

（《晋察冀日报》1946年2月10日，《每周增刊》第2期）

真假李板头

刘石

一

同志们待他像亲兄弟，都叫他板头。板头年纪小，站起队来在排尾。老乡们见了说："这是个娃娃么!"

板头个子低，背上三八枪，倒挂着，枪口顶到地，使起来可费劲。上级给他发了一支小马枪，板头很高兴，他笑着，嘴里露出两颗小虎牙（双层牙）。

冬季大练兵，操场上好热闹，蹦的蹦，跳的跳，真紧张。大家练刺杀，操场上的障碍物谁也通过去了！板头个子低，腿子矮，连低栏也跳不过。板头有决心："快反攻啦!"再不学点本事，将来下山打鬼子还不是"挂球蛋"。他移了一条长板凳放在当院里。跳过来，跳过去。跳得差不多了！凳脚下面垫上砖头块再跳。砖头一块加一块垫得更高了！他到操场上面一试达，高栏、低栏、战壕再也挡不住他了。人们都说："板头年纪小，志气高。"

在操场上做刺杀动作的时候，军事学习小先生许厚德对大家说："枪刺出去，注意后腿不要打弯。"只要问题一提出，李板头就把事情操在心了！早起床晚睡觉，小小的马枪老是不离手，走路的时候也要抓机会做几动预备用枪，或是来几下向前直刺。

熟生巧，工夫到，本事自然真。板头的刺杀进步真是快，全连第一个"后腿不打弯"的就是板头先做到了。有一天早晨，大家在操场做动作，刺起枪来谁的后腿也打弯。大家好着急，八班副孙三说："板头后腿不打弯，他有点门路，咱们叫板头来教格一下。"大家就扭头找板头，板头不在场，听说在岗哨上。大家就嚷叫："谁个换他去？"贾子令马上答应了一声："下一班是我的岗，我去。"持着枪跑着步，到了岗哨上。板头下了哨，走到操场上，大家围着他，这个说："板头！我们刺起枪来，为什么后腿老打弯，总是摸不到要领。"那个说："板头！你刺几动给咱们看一看。"板头不说话，又黑又红的小方脸带着笑容，嘴里露出两颗小虎牙，手里持着小马枪。嘴唇一闭，立刻显得雄赳赳。唰的一声，起了一个预备用枪的姿势，连接做了几下向前直刺。同志们的眼，瞪着他的两只脚，后腿蹬得直直的，真有劲。板头刺完了！收住枪，仰着头，笑眯眯地稍息站着。大家问他："板头，你给咱们说上个要领，你是怎么个刺法？"这可是叫板头作了□子了！你要他刺几动枪不费事，要他讲要领可就为了难。板头低下了头，小红黑的脸更红了，逼得他慢吞吞地说了一句："就是，多练么！"

板头的刺杀全连出了名，一有空，谁也愿意找他对刺，他那支小马枪对谁也对付得了。刘后子从生产组回来没有练过兵，刺枪刺得不得劲，板头就细心地帮助他，后子自己也肯努力，跟着板头学了不多几天，就赶上别人了！

营长知道了板头的枪刺得好：他的枪往前刺的时候，上身往上一提，左膝由弯挺直，右腿一上前，刺出去，左腿自然不打弯了！营长就把他这个要领向全营做了介绍。

直臂投弹不如曲臂强，曲臂投弹命中目标对敌杀伤大。去年练兵投弹用直臂，真是走了"弯弯路"，今年投弹一律要改为曲臂投了！板头用曲臂试了一下，才二十五米啊！胳膊还痛得不行。人家说他："年纪小，胳膊细，无力气，一斤四两铁疙瘩怎么能够打得远。"板头听了不吭气，心里有底细。你看！谁个投得远，他就站在旁边看。看完了人家怎样投法，他就提着手榴弹到另一边去投了！板头心里想："疙瘩打不远，没有臂力有关系。"他就找到了一个二十五斤的石锁。天还没有亮，司号员们还没有播号音，板头就下炕，提了石锁，到了当院举开了！石锁碰着地面上冻硬了的地皮，发出雷也似的响声。睡在被窝里的人们被惊醒过来，一个一个都起来了！他们走到当院，见了板头，就抢着上前："板头，我来几下。"板头放开了石锁，站在旁边喘了一会儿气，他觉得贴身的衣服已经被汗水沾湿。他带了手榴弹走出院子的大门，转到操场上。星星在天空中闪耀着，操场上有一个黑影子来去地奔跑，不断地可以听到手榴弹落在地上的声音。号音响起来了！东南角上的天空已经发亮，天上的星星渐渐地少去，操场上的人们可是越多了！大家看见板头那么小的娃娃都这样用心，谁个不称赞。这也就影响了引起大家苦练的热潮，以后，天还没有亮，老乡们的鸡还没有叫，操场上就点起火堆来了！火光照着手榴弹来回地飞舞。板头和他们有时也在火光下做着刺杀动作。练兵的情绪越练越高，在晚上，吹了熄灯号了，板头的被窝里空空的，别的炕上也是空空的，值星排长走到单杠前面硬督促板头和大家回去睡觉去。有时，院子里、操场上那里也没有人，原来是板头和大家到山上做战术动作去了！"假设敌"啊！"捉哨兵"啊！"侦察"啊！一直闹腾到半夜。

兵越练，战士们的武艺更高了！板头的投弹更是进步得快。有一天，板头在操场上掷着手榴弹，徐副营长站在旁边问他："板头，你能满上四十米吗？"板头见了生人不笑也不说话。他见了上级、同志们、熟人就先笑后说话。他笑着，他说："满上。"副营长说："满上了送你一支铅笔。"板头一舒胳膊，打了个四十四米。副营长亲自到营部拿了一支红漆的铅笔插到他的口袋里。同志们都说："板头可以代表四连参加全团检阅。"也有的替他担上了心，说是："怕他年纪小，体力不够，怕是成绩不巩固。"板头听了这些话，都不在乎，他只有越发地加紧练。

二

过年以前，政治处张干事和剧社里几个同志到了四连，大家讨论过年的时候战士们演秧歌。“演什么呢?”“演李板头练兵吧!”大家同意了就动手写剧本，剧本写成了就要排。却是缺一个饰李板头的角色。大家一看战士刘巨宽个子低，岁数也与板头差不上下，就问他：“刘巨宽，你装李板头吧!”刘巨宽也愿意。张干事就告诉他念台词，要他学李板头的动作和模样。他都很用心地去做，有时他独自个儿待在一边念台词，念着念着是想起来了：“板头过去和咱们差不过上下，他在家里放羊，我也在家里放羊，十五岁上参加了游击队，我也参加了游击队。自从他到了四团四连当战士，谁也把他当成小孩看。到如今人们都说他：‘锻炼出来了，娃娃变成好战士了!’谁个也赞扬他。现在又要把他排成戏演，这可是光荣的事情。”刘巨宽心里越想越羡慕，可是又有点不服气似的。

大年初几的那一天，四连的秧歌剧在全团晚会上演出了！第一个节目是《刘顺清》，李板头饰了剧中的一个开荒的战士。他一上台，下面的观众就有一种不服的情绪。四连的几个同志向着三营的几个同志说：“那是咱们连上的李板头，下一个节目就是演的李板头，就是他。你看吧！可是不赖。”当时三营的那几位同志就说：“哎！这就是李板头？那还是你们连上去年的生产模范啊！那还是个娃娃么！倒是了不起。”演完了第一个节目，下一个节目《李板头》开始上演了！李板头在后台卸去了装，站在背幕的后面，从幕缝里瞧着前台。前台的戏正在一场一场地演下去。演到刘义刚向李板头说话的地方：“板头！咱们比赛吧!”剧中的板头说：“比就比吧！我还比你不垮?”站在背幕后面的李板头一听这话，可是有点砸耳朵。心里马上一怔：“咱一满就没有说过这些话啊!”这时台下观众四连的同志也都纷纷地议论起来："哼！这个地方就不对头，不合乎事实，假板头说的这句话带骄傲，真板头一满不会说出这些话。"演完戏，回到连上，有的同志去质问刘巨宽："人家真板头就没有说过那句话。你为什么说那句话，你那句话可是带点骄傲。"指导员知道了，就向大家解释："这次演剧，演剧的人不注意，随便在台上加了一些话，原来剧本上就没有这个，以后演戏可得要注意按照剧本上说话。"

自从演了这次剧以后，四连有一个李板头，又多出了一个假李板头了！当人们每次喊刘巨宽为"假板头"的时候，刘巨宽的心里就会被触动："可是不敢骄傲，一句话的事情，人们都听出来了！……'我还比你不垮'这句话说错咧！咱以后可得要注意。比赛不是为的把别人比垮啊……板头是好，做下的事情好就当成戏演。这的确是好，我以后也得……"想到后来，"唔！我和他比赛吧！……"

三

从此后，假板头心事挂在心里头，一心一意要赶上李板头。真假板头之间时常有这样的事情发生，可是人们都还没有注意到这些事情。假板头一看李板头提着手榴弹出去了，他就跟着去看。看板头今天投多远，他也就到另一地方去悄悄地练，非赶上他不行。板头刺着枪，他也拿枪到一边去刺。可是真板头并不注意到刘巨宽准备和他比赛。有一天假板头向排长任鸿喜说："排长！我要向九班李板头比赛。"任排长去向李板头说："板头！刘巨宽要和你比赛呢！"板头听了，以为说着玩，并没有把这句话放在心里。以后刘巨宽看看板头只顾苦练兵，对自己并没有什么表示，他也就把比赛压在心里，嘴头上不说话。可是他悄悄地更加了油了！

三月三十一号，全连举行第二次技术测验，大家在投弹场上测验手榴弹。刘巨宽投了四十四米，他站在一边，胖胖的圆脸上瞪着两只眼，等着板头今天投多远。恰好板头这次也是投了四十四米，刘巨宽再也忍耐不住了！他站在队伍里面自言自语地说："我总要和李板头比一比。"指导员旁边听见了，就对他说："比吧！可以比么！"

当天，吃饭以后，指导员乔鸿俊把真假李板头叫到连部，指导员坐在靠桌子的板凳上向真板头说："板头！刘巨宽要和你比赛，你怎么样？"刘巨宽坐在旁边，等不得指导员说完话就插着嘴："咱是要比啦！"板头和刘巨宽并排地坐在炕沿上，斜对着指导员光是笑着脸不说话，两眼望着指导员。任何同志对他说话他都是很用心地听着的。待了一会儿，他慢慢地转过脸来向刘巨宽说："你要比，咱们就比上吧！"指导员就说："你们要比，那就订出个条件来。条件由你们自己按各人的程度去提。"当时刘巨宽先说了打手榴弹的条件："投弹四十米以上，再增加就要比较慢。咱不敢多订，今后一个星期增加一米。这个星期投了四十四，下个星期打四十五。"指导员问板头："你呢？"板头说："咱也一个星期增加一米，和他一样。"提到射击和刺杀，指导员知道刘巨宽射击技术比较板头高，板头的刺杀要比巨宽强。就向他们说："射击、刺杀各有高低，不能一般要求，你们各人说各人的吧！"刘巨宽说："三枪三中，十五环。"板头说了个三枪三中打十环。刺杀不算通过障碍，板头要求达到一百分。刘巨宽订了八十五分到九十分。两人的战术要求是一致。到末了，指员导提出："板头要帮助刘巨宽的刺杀。刘巨宽要帮助板头射击的进步。革命友爱的比赛，就得要有这个条件。这是最主要的，可是得要记住，比赛不是为了谁压倒谁，不是要把谁比垮。"两个听着指导员的说话，最后互相对视了下，都露着笑容。

当天晚上，指导员在点名的时候宣布了真假李板头比赛，要同志们都来参加评判。

过去真假板头学什么动作都是你在这边，我在那边，不常在一起。自从二人正式开始比赛以后，时常见到板头拉着刘巨宽：“走吧！操场里刺杀去！”板头出口令，刘巨宽做着动作。刘巨宽的枪一刺出去，动作不确实，身子偏了！板头就帮助他纠正，做示范给他看，板头一心一意地要帮助他的刺杀进步。

假板头呢？有一次，他跟着二班上了山放军事哨去了，有人从连部回去说：“连上有人投弹五十一米了！”刘巨宽一听，忙着连声问：“谁啊？谁啊？”“听说是板头。”假板头一听心里好着急。他向班长告了假，拿起假手榴弹就跑，骨碌碌，像一块石头从山上滚到山脚下，他到了平地上，独自个在那里打了半下午的手榴弹。记着那最远的距离已经到了四十八米。天黑得快看不见了！他才擦着满脸的汗，回到山上。班上的同志们问他：“刘巨宽！你今天投了多远啦？”他不说投多远，他说：“看明天。”

四月十八，冬季练兵结束举行总测验，投弹场上插着红旗和白旗。刘巨宽的心里比过去更是紧张了！他希望自己的成绩，一切都不要落在李板头的后面。他那活泼的说话和行动在今天都变得很严肃似的，连上的同志们也都要看看真假板头比赛的结果。

临到二班投弹的时候，评判员喊着：“刘巨宽！”刘巨宽答应了一声：“有。”他的心跳动得更厉害，他从队列中走到投弹线前面，一连投了三个手榴弹，最远的落在离第三把红旗□米凸的地方，那是四十八米。他很不满足于自己今天的成绩，他回到队列里。一个班挨一个班地测验过去。当李板头的名字被评判员叫到的时候，全连人的精神□然紧张地都集中在他的身上，有的同志给板头打气：“板头！加油！打上五十米不成问题。”板头不笑也不说话，他脱去棉衣往地上一撩，他从行列中走到投弹线后面，弯着腰拾起了第一颗手榴弹，身子往后退了两步，站定以后，他的眼一直地望准了前面的目标——最后的那一把红旗。右手提着手榴弹前后一摆动，细小的胳膊曲着往上一举，向前一掷，手榴弹在空中翻旋着，像一个小车轮一般呼噜呼噜地成弧形向前滚进（注），噗的一声，在第三把红旗上面落个正着，恰好五十米。人们齐喊了一声好。有的同志就说了：“板头的手榴弹赢了假板头了！”假板头不服气，当场他就向指导员提意见：“指导员！我还能重投不能？”乔指导员知道他的心事，笑着说：“经过评判委员许可以后，你和板头可以重投，但是检阅的成绩，刚才是已经确定了的，再投，就作为你们二人比赛评判的标准。”大家测验完了投弹，队伍已经转到另一个场所去测验别的项目去了！连长、乔指导员、一个评判员和营长还留在那里，看了刘巨宽最后投了两个手榴弹，投来投去还是四十八米，指导员问刘巨宽：“行了吗？”刘巨宽摇摇脑袋说：“今天不行了！赶不上他。”

下午是战术测验。这一天的项目测验完了以后，到晚上刘巨宽跑到连部问指导员：“指导员，今天的技术和战术测验，我的成绩多少分？”指导员思索了一下：“还不十分清楚，你的大概是八九十分。”刘巨宽接着问：“板头呢？”指导员说：“大概差不多。”任排长也在旁边，他插了一句：“板头可能九十多分。”刘巨宽一听，心里就似乎有点着急，当他离开连部时，指导员对他说：“今天你的成绩可能比板头差几分，明天你得加油啊！”

到了检阅第三天上午，枪声和号音在射击场响起来了！红色的报靶旗不断地在靶的前面隐现和摆动着。靠靶场的南面六七十米的地方，有一座柳树林子，那是打靶休息所。一排已经在射击场上开始射击了！二三排在柳树林子内休息。李板头在柳树林子内就地挖了一个卧式工事，他卧在工事内瞄准。有几个班长和许多同志都很关心板头的射击在今天能得到胜利，他们蹲在旁边告诉他：“击发要沉着，记住要领，切不可慌。”也有的同志在另一边悄悄地议论：“一百五十米距离的实弹射击可不是闹着玩。论起板头平时这样苦练，三枪三中一定不成问题。可是他那支小马枪，来复线都快要没有了。那么老的枪，偏差又大，要命中恐怕倒是费事情。”

指导员从射击场上往树林子走过来，很高兴地把消息报告给大家听：“今天射击，二班打得不错。假板头三枪三中打了二十二环。”他看了板头鼓励着说：“板头！今天你得好好打，不要慌。”指导员又对大家说：“今天射击，每个同志对自己使用的枪都要有信心，你们看，一排的今天不是都打得很好么！”

该三排射击了！到了射击场上，李板头三枪三中打了七环，人们说：“板头不赖，去年三枪脱了一靶，今年三枪都打上环了！”

第六天各项测验都已经完了！大家盼着宣布成绩。李板头到了连部问指导员：“指导员！刘巨宽的刺杀成绩多少分？”指导员告诉他：“一百分。”板头听了心里好欢喜，他笑开了！嘴里露着两颗小虎牙，指导员又对他说：“你自己的刺杀，这次比他差着一两分，不过他的刺杀好、进步快和你是分不开的，因为在平时，他受到你不少的帮助。他有这样的成绩，你应当更加高兴了！”这可说对了！板头本来就是这么的一个人，刘巨宽这次测验成绩好，他很高兴。

在一天晚点名的时候，指导员向大家宣布真假板头比赛的结果，战术和技术各项平均起来，每人的成绩都是九十六点二分，结果不分胜负。

后来连上选举练兵模范，真李板头得了满票，而假板头，也被选上了！现在全团谁也知道四连练兵模范有一个真板头一个假板头。

（注）曲臂投的弹，弹柄在空中翻旋着，直臂投则弹头在前弹柄在后，一缕子前进。

（《晋察冀日报》1946年2月10日）

过节

胡明

今年的八月节和往年不同了。八年来，在他肮脏狭窄的家里，头一次有着牛肉、月饼和水果。

早饭时，男人吩咐女人把昨天分来的两筒煤油卖掉。

女的噘着嘴："我不去!"

这是头一回拒绝他的"命令"。

"你说什么?"他瞪着眼。

"又不等钱使，过节的东西都有了，再说这是军用品，万一叫人查出来……"

"你说什么!"他又吼叫着，眼珠子几乎突出来了。

她不回答。

"叫你去，你就去!"

"丢人现眼的事，叫我去?我也是人，我还要脸哪!"

"那你就别吃饭!"

"不吃就不吃!"她把饭碗往桌上一放，站起来转身就走。他抓起了饭碗，向她掷去。她一闪身，碗从她的脊背上窜过去，碎在地上了。

风裹着黄沙，卷起她单薄的衣裳，吹乱了她的头发。她迎着风跑到街上去。男人随后追赶了来。

但他刚出门，就给一个八路军战士把他拦住："干什么呀?"

"我要打她!您别拦着我!"男的说，便想夺路而走。

八路军的士兵，镇静地微笑着，扳住了他的肩膀说："嘿嘿，干什么去?想打老婆吗?这个，如今不时兴啦。你老婆要告了你，你沾不了光的。回去吧！”

“是，是！”他不敢撒野，被扳转身子，推向原路了。

他生着闷气回来，把门摔得山响，仰面朝天倒在炕上了。

“……八路军来了，什么都变好了，涨了工钱，免了坏工头……可是，打老婆也不准？不行！这口气出不来呀！活了这么些年，什么气都受过：日本人的、经理的、师父的、师兄的、工头的、伙计的……只有老婆可以任凭自己摆布，出出气。怎么？打老婆也不准么？从今又要受老婆的气了……”

她从街上悄悄地回来，手抓住屋门，心怦怦跳着——“你想打老婆吗？如今不时兴了！”这话是真的吗？从今就能再也不挨他的打呢？

她推开屋门，又轻轻地关上。还没有定神，丈夫猛地从炕上跳起来，凶狠地扑住了她，一把抓住她的头发，雨点般的拳头就落在脊背上了。她连哭喊声也没有，忍耐着，脊背上一阵阵的剧痛。不知道为什么，这一下又吃起那旧想头来了：谁叫自己是女人呢？谁家女人不挨男人打呢？忍着吧！她想抬起头来跟丈夫说两句好话，腮上就迎着几个巨雷似的大巴掌。她震昏了。

“打死你娶大姑娘！”他牛似的喘着气，头上和额上的青筋像四股拧紧的小麻绳似的突起着。她的脸火辣辣的，头晕脑胀地卧倒在地上。突然，心里一阵酸痛，眼泪涌了出来，终于不顾一切地失声喊了出来：

“哎呀，大妈！……”

“你喊！揍死你！”

但拳头再也阻止不住她的声音了。她放开嗓子嚎着：“救命啊！……”

“你再喊！”男人一把抓起那掉在地下的油污的帽子，塞进她张大的嘴里，声音被阻塞住了，她窒息地困难地呼吸着，打着滚。酒瓶子翻了，在桌子上缓缓地滚着，终于从桌沿上坠下来，把洗菜盆子敲碎了。

邻居们聚拢来，吵嚷着拉着架，张大妈举着两只满是白面的手从人丛里挤过来抓住了那男人的膀子："你怎么往死里打呀！打死人要偿命哪！"

"大妈，你别拉，叫他打死我吧。"她喘着气，"早晚也是死在他的手里，倒不如早死了干净……"她趴在张大妈的怀里，放声哭起来。

"你别瞧着人多！你当我真不敢打死你吗！"

张大妈摇摆着大耳环子，挡住了男人："你打死她，你也别想活！八路军来了，不说好好过个八月节，倒两口子打架。一天打两通！把你媳妇惹翻了，到区里告你一状！这会儿的当官的是讲理的！看你怎么办？……孩子，别哭啦。洗洗脸好好过节吧！好容易熬出个吃白面的年头，还有什么可吵的？真是——"

"走吧大哥，上街逛去吧。"劝架的把男人拖走了。

她披散着头发，衣服散乱着，枕着胳膊，面朝里躺着。泪水像两股小泉似的涌着，顺着眼角流到耳朵里，流进头发里。在许多□□到脑筋里来的想头里她莫名其妙地抓住了一个死。

她跪起来，朝北给她爹妈磕了头，从煤油筒上□下了绳子，可是不会结扣，她急得跺脚："天哪！我死你都不给我留一条路！"

突然——

"……你想打老婆么？如今不时兴啦！你老婆要告了你，你沾不了光的！……"

军帽，帽檐底下闪烁着两只晶亮的眼睛。

"……把媳妇惹翻了，到区里告你一状，这会儿当官的是讲理的！……”

耳环子摇摆着，张大妈是一个好人哩！

告他吧！

她爬起来，揉了揉眼睛，来不及整头发，走出了大门，绳子滑落到地上。

街上是热闹的，她在人丛里走着走着，脚步慢了下来。

两口子打架谁来管呢？……真的吗？八路军的章程上不兴男人打女人么？……如今的区官又是什么脾气呀？……

她转过身来，往回走了。

回家又怎么过呢？……反正是死呀！……

她重新回转身，她看见了区公所，看见了站岗的兵，看见了枪，感到害怕：她畏缩地退回来。

可是已经迟了，带枪的人走了过来，她决一下心，正想跪下去叫“青天……”，可是没等她跪下，就已经被带进去了。

★★★★★★

在一个房子里，一个女同志劝了她半天，才使她停止了哭泣。

不知道什么时候，她的男人也被带进到这里来了。

女同志搬了一张椅子请她男人坐下，男人胆怯地卑微地鞠着躬。

“你要怎么呢？”女同志转过脸来问她。

“我要离婚！”她半晌说出这句话，又流下泪来。

“假如他不打你了呢？”女同志笑着，军帽底下闪着亮晶晶的眼睛。

“不打我，我还愿意跟他……”她低下了头。

女同志转过头问男的：“你是一个受苦的吗？”

“喔！……”他又想站起来鞠躬，可是被制止了。

“不要！我问你，你过去挨过人的打没有？”

这一句话使他为难，但他觉得这是好意。

“我挨的那打比我揍她厉害多哩！我受的那罪……挨打倒是小事……”他活泼起来，好像庆幸着自己找到了话说。

“哈哈！是小事……可是，现在怎么样呢？”

“现在……哩！现在好多啦！也不挨揍啦，也吃上大米白面啦。你们一来，我们干小工的可不受气啦。”

“你也知道受气挨打的滋味不好受么？那你为什么还打你的老婆呢？她是不是和日本鬼子、特务、汉奸是一号人呢？”

“不——是……”

“不是坏人，那么政府都要保护。女人也是人。凭什么要挨你的打呢！政府是保障人权的呀！现在她自己提出来跟你离婚，你打算怎么办？”

男的为难地皱起眉头：“那怎么行呢？离她家又这么远，她爹娘又不在这儿……”

女同志笑了：“是呀，她爹娘不在这儿，你就是她顶亲的人哪，你更应该多多体谅她呀！你为什么还揍她呢？”

眼泪在男的眼睛里旋转，迅速地滚在腮上：“我也不愿意打她……”

女同志说：“日子穷，两口子商量着过。”

“这工夫优待工人日子好过了！”男的用大巴掌擦去眼泪，“同志，您费心！是我不对。”

女同志凝视着他，追问他：“你打了人这就算了吗？”

他疑惧地看了一下同志，避开了同志疑问的眼，转过脸来望他的女人，想在她的脸上找出宽恕的表情。女的这回好像有了依靠了，理直气壮地站在那里，噘起了嘴巴，望着同志，却并不看着她的丈夫。

“你到底打算怎样呢？”女同志终于向她发问了。

她望了一下男人满是泪痕的脸，不由心里一阵酸痛，难过起来了，可是——他，真的就能改么？做男人的，就会不打女人吗？

“不，和他离婚！”她扭一下头坚持地说。

女同志开始为难起来，走到男的身旁：“打人不能白打，你们厂里对那个李工头是怎么处理的？”

“清算了他克扣的工钱，还开了个大会，他向大伙赔了不是，说欺侮我们不对……”

“你欺侮了你的女人，该怎么办呢，你说？”

男的怀疑似的望着同志：“我也和李工头一样吗？”

“一样，你也给她赔个不是，承认你的错，说以后怎么对待她……”

“我改。我再不打了，同志！我遇事和她商量，往后家里事她管，外头事我管，零碎事不管她，什么都由着她……”

“你对自己的女人说！”同志打断了他的话。

男的难为情地低着头，朝着自己的女人：“我错了，我……我不对，我改。什么都由你。你愿意卷烟你就去……”回过头来求助地望了同志一眼，于是规规矩矩地对着自己的老婆鞠了一躬。

“这就是了！”同志宽慰地叹了一口气，一把把女的拉到跟前，“你看，他给你赔了不是啦，你就别再生他的气啦！往后两口子和和气气地过日子，动不动就吵嘴、离婚，可不像话呵！……”

女的不动，她一边流着泪，一边责备似的瞟了一下自己的丈夫。

“他赔了不是了就行啦，以后再也不打你啦。刚才他不是答应你让你去卷烟吗？去吧！往后自己找个营生，不依靠男人，就不会再受男人的气啦！”两口子走出了门，她擦干了眼泪，笑着对同志说：“同志，明天你有空，请到我们家去用顿便饭……”

“不用啦！你们两口子回去好好地过一过节吧。”女同志笑着送出她们，轻松地望着他俩穿过了密集的人丛，一个稍前，一个稍后。男的忽然回过头来向女的提议着什么，女的点头同意了。于是，接着他们便在街角转弯处一家张灯结彩的鲜果铺的门首停留下来。

（《晋察冀日报》1946 年 3 月 17 日，《每周增刊》第 7 期）

一个区长

胡海珠

是五月的天气，太阳从蔚蓝色的天空落下去了，血红的晚霞在西天映照着。区长王大顺，手里提着个小包袱，很快地往前走着。

"……怎么也不能叫顾七这一帮日本人的狗腿子把住村政权，"他在心理对自己说，"老百姓太吃亏了，贪污浪费还打骂——非换了不行。"

村子里，烟筒冒着炊烟，家家都做晚饭了。

大白天过去了，黑夜就是我们的世界。

区长轻轻地松了一口气，加快地往前走——离张窝头还有五里地哩。他走着走着——仿佛后面有个什么东西在追赶着他，他向后面回顾了一下，看见：三个人在一堆，六只像贼似的眼睛正盯住他，指手画脚在说着什么，看见区长向后面回顾了一下，他们立刻装作若无其事的样子分开了。

区长一看——不妙，他心惊地几乎跑起来了。他立刻加紧脚步，更快地往前走，后面的脚步声也跟着加快了。心惊的区长使自己镇定了一下，又把脚步缓慢下来了——什么时候跟上的呢？离得这么近，反正是跑不了哪，不如大方一些索性装着逛着玩的一样吧。

后面的脚步声也缓慢下来了。

他娘的，现在不能往原来的目的地走了，可是到哪儿去呢？区长极力使自己镇静下来，然而他听见自己的心脏在通、通、通地像要从腔子里跳出来一样。

他往前面一看，已经到了一个村子，他就装作好像没事一样地走进村里去，可是脚步声也紧紧地跟进了村庄。

看样子这几个家伙是真想瞟住不放了。再往前走是危险的，区长踌躇了一下，就硬着头皮往一家敞开大门陌生的人家走进去了。

一进去，那个正在掏麦穗的年轻的女人吃了一惊，经验告诉她，这进来的人不是个普通的庄户主，等她再仔细一看——老天，这不是给俺小强儿他爹长工钱，见天给俺们开大会的王区长吗？什么人在后头追得他这么慌慌张张的呵？

区长很快地跑上去对她说："大嫂，快救我一下，三个特务狗腿子盯住了……"说着他就把手里的小包袱递给她。那个女人立刻明白过来了，她说："不要慌，区长。"说着她接过小包袱，很机灵地往麦堆里一藏，就拉着嗓子假装着骂开了：

"十几里地你正正儿地走了一天，谁家不是这会紧着场里打麦子呵，你一天光在外头浪荡，就不管家里紧着使人做活了……"

"我多会儿在外头浪荡的，这院里麦子不都是我收回来的呵？"区长低声地不知说什么好。

"屁大点事还表功，你看老总们来了，还不紧着去挑一担水回来，给老总们烧口水喝。"

区长偷偷地往四下里看了看——没有桶。

"桶在哪儿呢？"

"你看看你这个穷记性，昨儿个不是你自己放在西头二银子家没拿回来吗？这么会儿工夫就忘记了。"

"我只说你们早拿回来了呐。"区长低声嘟哝着往外走，他不敢抬头看那六只像贼似的发亮的眼睛。

那个头上扎着一块白布，穿着一身紫花色衣裳的汉子，叉着腰堵住大门口站着，看着区长走到面前冷不防把他向后一推。区长倒栽了几步，跌坐在地上了。

"想溜吗？哼，编的这个戏法可倒真像是有那么回事，呵！"特务狗腿子拔出手枪来了，手枪在他手心里翻了个身。

“干什么？你们要……”

“我们？要带你走，让你开开眼去见见日本大太君。”

“老总，先生，哈个不行呵，他是这村的农民，俺们家里可就指着他一个人做活呢，先生……老总……”

“别装着明白糊涂了，你也想跟着一块去见见日本人吗？妈的，不看你是个娘们……”

“你们不能随便乱抓人呵……我是这村的老百姓！这就是我的家。”区长惊慌得有些口吃起来了。

“别装孙子了，搜他！”特务狗腿子得意地冷笑着。

两个伪军上去摸遍了区长全身，也没摸出个屁来。

这一下特务狗腿子倒犹疑起来了，他又重新把区长打量了一下：

“他妈的，看你小子的派头就不对劲，带走！”特务狗腿子忽然像牲口似的吼起来了。

那个年轻的女人跑上去拉住区长的衣角不放：

“你们不能把我的丈夫带走，你们要带走他，就毁了俺们一家子了，要带一起走，不能光让他跟你们去。”

特务看准了女人的下身狠狠地一脚把女人踢倒了，女人叫了一声，在地下就打起滚来了。正在怀里吃奶的小强儿也摔在地上哇哇哇地哭起来了。

“你们仗着……”

啪！一拳打在区长的鼻子上，血顺着区长的鼻孔往外流出了，特务狗腿子连推带拉地把区长捅出去了。

女人痛苦地爬起来，全身流着冷汗，喊着：

“小强儿他爹，这不行，咱们得找乡长说说话去，日本大太君来了还不能抓良民呐，要走咱们一块到岗楼上去，走了你光剩下俺们也活不成……”女人拉着区长就往旁边的伪乡公所跑。

特务狗腿子也闹不清怎么回事，愣住了。

不一会儿，伪乡长满嘴露着黄牙笑呵呵地迎出来了：

“辛苦了，李队长什么时候来的？快到乡公所歇歇吧。”

乡长是好乡长，在岗楼密布得像蜘蛛网似的残酷的环境下，乡长只有把他的仇恨隐藏在微笑的后面。他知道：有一天自己的军队——冀中的子弟兵，要打回冀中来的，那时候朝廷又是老百姓来当了，到处飘荡着唱歌，那个日月过得多爽朗呵！如今还得咬咬牙熬着，但是这个日子不会太久远了。

那个年轻的女人哭丧着脸对伪乡长说：

“乡长，俺们这一家人不能活了，你快救救俺们吧。”

“救你什么？麦子才上了场就没粮食开锅哪？”乡长故意拉着乡长的架势说。

“不是这，乡长，这位先生说看着俺强儿他爹不对劲要带走呐。我爹这不是才死，我娘病到今个还没下炕呐，家里这会就指着他一个人干活。他要是一走，你说这可叫我……”女人真的哭起来了，哭得那么伤心。

“啧，哎，我当是什么事呢，回去吧，不要当着李队长哭了……嘻……嘻……这是我的侄儿媳妇……李队长屋里歇着弄饭吃吧，这天黑得这么快，你们今儿不要走了。近来这个八路呵，可闹得凶哩，见天来，你们别走在半道上……”

“快走吧，队长。天就要大黑了，别走到道上又跟这个碰上了。”两个伪军同时催促他，用拇指和食指这么一比画。

特务狗腿子一听说八路，就像酒醒了似的，一边骂着，一边提起腿就走：

“快走，他妈的，天黑得这么快……一会儿摸不着道了……”

大白天过去了，黑夜就是我们的世界——人民和带枪的子弟兵到处展开着出生入死正义的斗争。区长提着他的小包袱，向着原来的目的地匆匆地走去了。

（《晋察冀日报》1946年3月17日，《每周增刊》第7期）

调　　解

丁克辛

荣成媳妇走进村公所，县干部老吴、老孟、村长、村抗联会主任和农会主任都在等着。

一看九个干部的眼色，荣成媳妇一面说“叫你们等了”，一面就靠到墙壁，低下头站定，她想着尽是麻烦大家，不自在。

“好，”村长用嘴尖尖门外边说，“她也来了。”

大家一看老满嫂子枯黄的头发披披散散的，小脚刚跨进门，一眼就看见了她侄儿媳妇。她随即脸孔一板，屁股一撅，车转身来坐到炕沿上。

“都来了，说吧。”

荣成媳妇正要开口，老吴说：

“不，让她婶子先说。”

做婶子的对县里老吴不自然地笑了笑，说：“人家有理，人家先说。”

“不，你是长辈，应该让你先说。”老吴说。

“叫我说什么，我没有什么好说的。同村长、农会主任他们说过不知多少回了，我说我没有偷，人家一口咬定说我偷了她……”

“啊！老满嫂子，到现在你还这样说？两次三次说好话你不听！地里忙，咱们可没有这么多闲工夫，咄！”农会主任从地下站起。

抗联会主任拉他再蹲下，叫他不要急。

“真是！难道我说错了，真是！”老妇人嚷起来，“做人要凭良心，我有什么说什么……真是！”

村长等几个人都皱起眉头。

荣成媳妇忍不住说了："到底谁不凭良心？……你是婶子，说话要……"

"谁是你的婶子?！谁是你的婶子?！我没有这福气！……"

村长说："你们不要两对面吵啊……听老吴同志说。"

老吴再向老妇人："你说你有什么说什么，这很好！那么我问你，你要照实说啊！你侄儿媳妇回娘家去的时候，是把她屋里的钥匙交给你的不是?"

"是!"

"是在这回反'扫荡'以前还是以后?"

"以后。"

"她是说托你照管的不是?"

"说来着，可是……"

"慢点，听我说！那么现在她柜里的棉衣服，还有一只母鸡，都不见了，你就要负责啊。"

"我照管她屋子，谁又照管她柜子？哪知她柜里有不有棉衣服！她要说有金子银子也尽好说，栽害人这么容易？……我担当得起!"

"可是她没有说有金子银子，她只说有衣服，而且有件数，还有一双公鞋底子。"

接着荣成媳妇说："我反'扫荡'一过，就从坚壁洞里取回来，晒了晒，数了数，想过几天再坚壁。哪知我从娘家回来，母鸡不见了。我想跑了也就算了。哪知过几天再一看柜里，柜里什么也没有了！要不是我想拿公鞋底子上鞋帮，还不知道哩。锁还锁得好好的……"

"你说得真好听!"老妇人恶狠狠地盯她侄儿媳妇一眼，右手食指指向她!

"哼!"大胖子不耐烦了，说："可是有凭有据，我当抗联会主任不说瞎话。”

老妇人一时噤住了，但随即又大声嚷：

“好啊，有凭有据拿来，我才不怕呢！”

“你不要嚷嚷！”老吴说，“我说给你听：东岗村王老余家里新买了一只母鸡，那只母鸡是你侄儿媳妇的，可是王老余说是你卖给他的……”

老妇人愣了一愣，多皱的脸也变了色，但随即又强笑说：“是的，是我卖给他的，我怕她许多日子不回，我嫌麻烦。”

“噢，这回你说是你卖的了，为什么我问你的时候，你说是跑了呢？！”荣成媳妇说。

“你不要插嘴！”老吴止住荣成媳妇，然后高声一点，“好，话不要多，这个你承认了，是你偷了卖的……那么，别的也都明白啦。”

“好啊！”老妇人突然站到地下，两手摊开，小脚一摇一摇的，“我有，好承认，我没有，承认什么啊？村长、抗联会主任，你们倒是会欺侮人！”

“你要知道，偷东西是犯法的！”老吴有点火了。

“要偷了才犯法，不偷犯什么法啊？”

“你先就偷了鸡！”

“鸡是我卖的！”

怎么样也调解不了啦。反反复复说了多少遍，刚说上头绪，一下子又搅乱了。

“咄，说到天黑也是白说，我可是下地了！”农会主任愤愤地说。抗联会主任也很焦急，使劲敲打着烟锅里的烟灰，尽咂嘴。

正在这时，农会主任的媳妇找来了，她一见老满嫂子就做了个看不起她的脸色，并且对丈夫直嚷：“早起晌啦，还不下地？一个半天一个半天的不做活，指什么吃呀？要你多管闲事！”

"哎，嫂子!"村长笑笑说，"这是为她们好，为村里人们好，怎么是管闲事呢？"

"要管，叫我也要看看是哪一种人我才管……"

"你不要出口伤人!"老满嫂子龇牙咧嘴地说。

"伤人？我有气力来伤你？我是说我男人……"两只眼睛一斜也像在说话似的。

"好，好，你先回去吧，我就来。"

"怎么样？"老吴继续问老妇人，脸色变沉重了许多，"一句话，你到底承认不承认？大家都很忙，你刚才看见啦……"

"你们说怎样就怎样吧。"老妇人叹了口气，要哭的样子。

"那就好说了。"村长说，"衣服，你能照数拿出来还给人家，那是最好。万一不能，我们商量着赔两斗小米……"

"赔？"老满嫂子又嚷起来，"要我顶了个贼名头不算，还要我赔，你们办公事是这样办的？如今这里是边区啊……"

大家沉默了，你看看我，我看看你。

"依我看，怎么也不行啦。"胖主任对大家说，"有证据的她承认，没有证据的她就一口说没有，少见的落后！……我看大家不要多耽误时间了吧。"

"你一定说你没有偷，要是人家再拿出证据来呢?!"老吴严厉地问，一面在小本子上写着什么。

"看吧。"老妇人声音很低，"反正我有什么说什么，鸡是我卖的，我怕麻烦……棉袄不棉袄我实在不知道……"

"好，送区!"老吴说，把钢笔咵的一声装起来插在口袋里，从小本子上扯下写的那张折成个四方形。(注一)

村长连忙赶近一步说："老满嫂，怎么样？我开初原想村里能调解就调解了。为你们好，大家省事。可是说好说歹你不听，凭本心。

现在就是两条道：村里调解呢？还是送区？”

等了好久好久，老妇人突然尖声说了：

“看你们让我死还是让我活吧？反正我穷得没有法子过！”

“老满嫂，你怎么说出这种话？真……是！”农会主任脸都气青了，“如今这里是边区，你不要弄错了！”

“不理她！”老吴说，“这是送区的信，我替村公所写的。”

老妇人一下啼哭了起来，眼泪扑簌簌的，一面还大叫大嚷……

老孟一直在旁面注意看着听着，心里很难受，也很激动，但没有说话。

于是他趁大家不说话，就说：

“喂，老太太，你不要啼哭，慢慢说，慢慢讲理，话总说得明白的。你家里困难，大家知道。其实，眼前谁又不困难呢？看样子，东西是你拿的，人家不会凭空栽害你。都是一家人，一个婶子一个侄儿媳妇，谁还能栽害谁，也不应该栽害的。因此，你拿人家也是不应该的。你不是说，如今这里是边区了，做一个边区的公民，更不应该这样。大家也说过了，只要你承认，决不叫你为难。不过你要认识清楚，这件事是你做错的，因为生活困难，一时半时想错……这个困难只有恨日本鬼子，这回‘扫荡’把你家的衣服粮食都抢光了……”

“是啊！是啊！你这位同志算说对了！洋鬼子（注二）他要人的命，他不是人养的……不然我还有的吃有的穿……”老妇人激昂地说，但还挂着泪珠。

“所以都是日本鬼子害的！鬼子不让我们大家活，害得你一家争吵……可是话又要说回头，你要把粮食衣服坚壁好了，就不会让鬼子烧掉，你也不至于要拿人家的……再说，你侄儿媳妇坚壁工作做得好，没有受损失，你只有学她，更不应该拿她的……你看看，这许多事情说出来于你都不光荣！……可是归根结底来说：困难是鬼子给的，你一时做错事，害得你一家争吵不休，也都是鬼子的罪过，所以大家能原谅你……”

“东西要不烧掉，我就再也不会做出这种……事……可是，我怎么也不上区里去，我五十五六的人了，弄得见不得人……”

“我担保不送区，我帮你要求要求吴同志。”老孟说，看一看老吴，“谁愿意一定要把你送区呢？只要你……”

问题一解百解了。老妇人答应赔还四斗大麦，顶两斗小米。等过三两天大麦上场以后就还给，由村长和抗联会主任担保，眼前没吃的先向村合作社贷一点粮食。

可是侄儿媳妇低着头，还不愿意，过一会儿抬起头来说：“我那么多衣服……只两斗……”

“刚才不是说了吗？”大家说，“还是不能斤斤计较的了……你只有吃点亏，你婶子也实在困难，一家大小……譬如你没有坚壁好，也给鬼子烧了……你什么事都明白，是村里的妇女模范，难道这一层还想不通？……”

荣成媳妇头又低下去，可是说：“好吧，就这样吧……我再要争，对不起大家。我知我婶子原也是挺好的，不然我不把东西托给她……我要争，我跟鬼子去争去，不跟自家人……”她突然也呜咽起来……

屋里的人都为一种仇恨和苦难所窒息，半晌没有谁说一句话。不一会儿门外刮起一阵怒吼的旋风，全屋子的人都同时站起来。

两个妇人一先一后出门的时候，村长才打破了要爆炸的沉默叫住她们说：

“事情调解了，还得跟以前一样好，和和气气过日子。互相帮助，不要把这样的事老放在心上……”

“我明白……”老妇人幽幽地说，枯黄的头发披散着，眼梢头还剩留着眼泪的痕迹。

“我说啦，我要争也……不跟……自家人……”年轻的一个说，回过脸去用衣角擦着眼睛。

（注一）边区干部在艰苦抗战中，一般写信很少用信纸、信封。只随便找一张纸写好，折起来就算一封信。

（注二）“洋鬼子”，指日本鬼子。

一九四三年夏记于冀西狼牙山前，四五年冬到张家口重写

（《晋察冀日报》1946年3月17日）

我们的县长回来了

尼尼

初冬，塞外已经飘落了白雪。就在这时候，敌人又“扫荡”我们根据地来了。

这天下午，龙赤王县长，他带着一个特务员，还有一个区干部，来到龙赤边缘的一个山庄上。因为前天，敌人在这里杀了我们两个老乡，烧了他们的房子，叫他们说出县长藏在哪个山上，可是至死他们谁也没有说。

县长刚一进村，就听到老乡们的哭骂声，这声音，像针似的刺痛着县长的心，他知道这英勇的人民是为什么死掉的。

村民政委员和几个老乡抬着一个装裹了的死人走了出来。他一见县长，眼睛都红了，话也说不上来，只吞吞吐吐地说：“县长，他们至死也没有告诉敌人一句实话。”

县长听了一声，话也没有说出来，就过去抬那死人的棺木，区干部和那个特务员也过去搀扶着。老百姓们，都流下泪来了。

民政委员抹了一下鼻涕说：“乡亲们，难过死也没有用呀，我们只有给死人去报仇!”

大家都喊着：“我们报仇呵!”

★★★★★★

把死人埋了回来，天已经黑了。县长这才去到民政委员的家里，同着区村干部来开会，计划怎么坚持工作，老乡怎么打游击，全村有多少没有吃穿的，政府想办法好来救济……这些事情他们直开了多半夜。

睡觉的时候，县长连个被子也没有，就凭了他那张老羊皮，几个人就滚在土炕上，下面生着很大的火。

县长太疲乏了，一躺在炕上就睡过去，但是，不久他又醒了来。他不能太平观念，他看了看，天傍鸡叫了，赶快叫起特务员，叫他到山口上去放哨。

特务员拿起手枪就出去了，县长的眼又闭上了。

突然地，县长闭上眼还没有睡着，只听见外面响了一枪，接着又是好几枪。

人们都是一滚地起来了，外面已是杂乱的声音。县长知道这已是被敌人包围，他霎时间地镇静，向人们说：“同志们，今天是我们为革命流血的时候了。”他说着把枪里又填进了子弹。

民政委员急说：“不要紧，向北就是山沟。”说着他把门一脚踢开，提着手榴弹就出去了，别人也跟出去。

“捉县长呀，捉住一万块钱!”包围的敌人和汉奸乱嚷着。

民政委员向前边的人打了两颗手榴弹，县长打了一梭子枪，民政委员就拉着县长冲出去了。

直到他们跑了一里多地，民政委员才像块石头似的倒下来。后面的枪声也渐渐地稀了。

天黎明的时候，县长身上的汗水觉到了凉冰，他看一看民政委员，怎么躺在石头上了，他用手去推他，怕他受了凉。呵呀，怎么民政委员胳膊上的血把破棉袄都湿透了。

“什么时候受的伤呀?”

“一出村我就觉着受了一枪，可是我咬着牙，拉着县长……”

县长看了看民政委员拉的他那只胳膊上，也染上了鲜血，心里有一种说不出来的对他尊敬，急忙地把他的救急包和手绢取出来给民政委员的伤口包扎上。

民政委员坐起来了，望了望县长：“不打紧，县长出来我就踏实了……”

县长扶着民政委员，朝阳照在他俩的脸庞上。

★★★★★★

敌人退走了两点钟，中队长带着民兵来找他们的县长来了，每个人的脸上，都是焦急万分的。敌人临走的时候，在墙上写着：“县长被‘皇军’活捉了。”

★★★★★★

当中队长一见到县长的时候，他那种喜悦真是说不出来：“县长，呵，县长，你在那里——”

县长立起来，叫他们快把民政委员抬回去，又问了问。区干部和特务员都受了伤，抬到别的地方去，县长的眼圈都红了。

★★★★★★

中队长领着县长回到主村去，那里休息还方便，敌人打听着已退远了。

县长到了主村，同志们都惊喜地出来看他们的县长，连那小孩子们都说：“我们的县长回来了，没有叫敌人抓了去。”老婆子们摇着头：“我们的好青天，老天爷保佑呵！”

县长坐在老乡家里，人们给他烧水，给他做饭，给他报告鬼子汉奸的罪恶。

县长吃完饭的时候，村长领着一个七十多岁的老先生走进来，后面跟着全村的老百姓，老先生请县长到他家里去。

县长问了村长就跟着去了。

老先生把县长领到一个祠堂里，里面烧上香，摆了生猪生羊，还有大公鸡。

县长纳闷了。全村的老百姓都站满了祠堂，老先生在前面说：“我还封建，烧上香，可是这样做心里才痛快，我们的县长没有被敌人抓了去，我们摆大供呀！愿县长永远健康。”

县长被老先生这言词感动得要流下泪来，说：“乡亲们，我觉得万分抱歉，我给人民办的事情还很少……”

老人提高了嗓子向大家说：“今天杀猪宰羊，祝贺我们县长脱险！”

群众们高呼着：“拥护我们自己的县长！”

县长望着大家，就像被人民举了起来。

四六年三月，涿鹿

（《晋察冀日报》1946 年 3 月 17 日）

朝着太阳出来那边走

胡海珠

太阳快要落山了。高连长和战士们刚打完了球，他脸上冒着热气，自己打了一盆水，正在房子里洗手。

哨兵王大发站在门口说：

“报告连长，外面有一个小孩子到处打听八路军。我看他缩头缩脑，别是个小奸细，我把他带进来了，你盘问盘问他吧。”

“事情没弄清，你先别把人家孩子吓唬着了。”连长擦着手，走到哨兵面前说。

王大发点点头就去了。

一会儿，他领着个孩子来了。孩子约莫有十一二岁，穿着一身光板的羊皮袄裤，胳膊肘、肩膀头和半截腿，都露在外面。他也许是冷得打哆嗦，也许是见了当兵的心里怕得打哆嗦，一进门来，他连怎么站怎么说话都不知道了。

王大发对他说：

“这是我们连长，你有什么话跟他说吧，你为什么要到处打听我们八路军呵？”

孩子吓得直往墙角里缩，他一句话也说不出来。

高连长和蔼地看着他，然后对哨兵说：

“你先去吧，让我来慢慢地问他。”

哨兵立刻回到他的岗位上去了。

高连长把孩子拉到自己面前，一摸孩子的手像冰似的：

“你的手这么冰，你家里的大人怎么不给你多穿点衣裳呵？”连长慈爱地看着他，从炕上把自己的棉大衣拿下来，披在孩子的身上。

孩子没想到当兵的会对他这么好，他记得自己从记事的时候起，长了这么大，就没穿过这么好的衣裳。他呆呆地望着高连长不知说什么好。

“现在你不冷了吧。”

孩子点点头，还是发愣地看着高连长。

高连长用手抚摸着孩子的头，问道：

“你今年几岁了？”

“我不知道。”

“怎么你连自己几岁了都不知道呵？”连长开玩笑地说，“你叫什么名字呵？”

“我没有名字，我给孙二爷放羊，他们就叫我小放羊的。”

“哦，你原来是个放羊的呵？”连长握紧着小放羊的手，他忽然感兴趣了，“你给地主放着多少羊呵？”

“一百六十多只。”

“你的爹呢？”

“我没有爹。”

“那么你妈呢？”连长亲切地问。

“我没有妈。”

“怎么你爹妈都没有呵？那么你总有叔叔大伯、婶子大娘的了？”连长焦急等着孩子回答。

“都没有。”小放羊的摇摇头说。

“都没有？那么你的家在哪儿呢？”

“我没有家，从小我就跟二老爹一块给孙二爷放羊，我就住在那个羊圈里。”

高连长把小放羊的放在自己膝上，用怜悯的眼光长久地看着他。

“那么我问你，小放羊的，你怎么不给那个孙二爷放羊了，倒跑出来四处打听八路军呢?”

“你是真八路吗?你要是真八路我才跟你说呢。”

“你说吧，我是真八路，你看我们八路军，是不是不打人不骂人哪?”连长慈爱地笑着问他。

小放羊的点点头说：

“我说看着你们就跟西军不一样，二老爹就是叫我朝着太阳出来的那边走，来找你们，原来你们真的在这儿呵?”

“二老爹是谁?”

“就是我从小跟他在一块放羊的那个老头子。”

“他为什么叫你出来找八路军呢?”连长好奇地问道。

那一天早起，二老爹忽然病倒了，他躺在羊圈里呼哧呼哧地直喘气，小放羊的偷偷地给二老爹端了碗稀粥去。忽然孙二爷过来了，他拧起小放羊的耳朵说：

“你不用管他了，赶快把羊放出去吧!”

小放羊的连饭也没吃饱，赶紧着一个人上山放羊去了。谁知道太阳还没偏西呢就出来了一群狼，小放羊的吓得不行，满山坡跑着吆喝人，没人答应，狼一气咬死了十七只羊。这一下小放羊的可吓得没命了，孙二爷非要打死他不行。晚上小放羊的偷偷地回去告诉二老爹，二老爹摸着小放羊的头说：

“孩子，你快跑吧，孙二爷要知道了，你就没命了。”

小放羊的也吓哭了，他说：

“二老爹，我不死，我往哪儿跑呢?!”

二老爹说：“孩子，我听说八路军来了，不打人不骂人，是专救穷人的。你就朝着太阳出来的那边走吧，你找着八路军，你就有了活命了。”

小放羊的说：“二老爹，你也走吧，走了，孙二爷就打不着咱们了。”

二老爹淌着眼泪说：“孩子，二老爹老了，不中用了。你还年轻，有指望，逃出去了，可别忘记了你二老爹这一辈子受的苦楚呵。”说着，二老爹把小放羊的领出来。走到村边，他指给小放羊的一条路说：“孩子，你就一直往前走吧。”

二老爹的眼泪滴在小放羊的脸上了，小放羊的也想哭，幸亏二老爹催着他走，没敢哭出声来。

小放羊的一直朝着太阳出来的那边走，第二天，他就碰着一把子当兵的了，小放羊的问他们：

“你们是八路军吗？”

当兵的都哈哈哈地笑起来了，笑得小放羊的心里怪怕的，当兵的里头有一个高个儿的说：

“你找八路军干吗？我们这儿比八路军还好呢。走吧，给我们喂马去吧。”

他们不由分说地就把小放羊的拉走了，当兵的都拿着枪，小放羊的是小孩子，□不过他们，喂马就喂马吧。成天价跟马睡在一起，挨冻、吃不饱饭不说，他们还尽打小放羊的，谁愿意打了谁就打，有时候他们就像踢小皮球一样地踢小放羊的。这一下小放羊的可恼了，他在心里对自己说：“二老爹是叫我出来找八路军的，看着你们就不像八路军，哼，明儿我就走。”

当天夜里，小放羊的就偷着跑出来了。他记着二老爹的话，总朝着太阳出来的那边走，后来他就走到高连长他们住的这个村里来了。哨兵王大发看见小放羊的总在他旁边转，他就问道：“你是干什么的？小鬼。”小放羊的以为又是碰着了那一把子西军哩，吓得他扭头就走。他见着人就问：“八路军在哪儿呢？”人们都指着哨兵王大发说：“这就是八路军！”王大发奇怪地看着小放羊的，后来就把他带进来了。

“你们真的是八路军吗?”小放羊的还不放心地上下打量着高连长。

“是八路军。”高连长深受感动地抚慰着小放羊的。

“哈哈，那这一下我可真找着你们了，孙二爷再也打不着我了，你们收下我吧!”

“你年纪太小了。”连长微笑着说。

“收下吧，收下吧。”小放羊的急得紧抓住高连长的手摇晃着，他的眼眶开始潮湿起来了，“孙二爷会打死我的，我给你们喂马，叫我干什么就干什么，我不偷懒，收下我吧……”

“别哭，孩子，不让你回到孙二爷那里去，我是怕你年纪太小，吃不了苦。”

“不苦，不苦，我天天给孙二爷放羊比这苦多了。”

“队伍上要打仗，带着小孩子不方便。”高连长摸着脑袋想了想，他忽然站起来，走到门口说:“我去打个电话问问县政府，看他们能不能想个办法，送你上学堂念书去。”

连长出去了，有一顿饭的工夫他才回来，一回来他又抱起小放羊的说:

“小放羊的，行了，李县长说可以送你上学堂念书去。”连长显然是很兴奋的。

“念书?”小放羊的看着高连长只想笑，连长怎么哪，那么大人还没我小放羊的明白呢，“念书那是孙二爷小子的事，我们放羊的哪能念得起呢?我还是跟着你们，侍候你们吧。”

“不，八路军里头念书不要钱，你是一个没有父母贫困的孩子，公家可以给你饭吃，给你衣裳穿，你专心念书。等你长大了，你要不忘记老百姓，一心替老百姓做事，你说好不好，小放羊的?”

"好是好，你是骗我的。"

"不骗你。孩子，我们八路军里的战士跟你一样，有放羊的羊倌，有种地的庄户人，有扛长活的长工，都是劳动的人民，我们都是在八路军里头长大起来的。"

"真的？那么二老爹说的话是真的了？"

连长微笑着点点头。

小放羊的生平第一次高兴起来了，他足足地吃了三碗黄黄的小米饭，从来没吃得这么饱过，他竟打起嗝来了。晚上他睡在连长的被子里，做着梦，梦里他还记着二老爹的话。

"朝着太阳出来的那边走，找着八路军了，你就有了活命了。"

现在小放羊的跟一群差不多大的小朋友们在一起学习，他已经认识了三百多个生字和学会了二十多个歌曲了。

（《晋察冀日报》1946 年 3 月 24 日，《每周增刊》第 8 期）

父与女

流笳

灯焰跳动着，叫人醉呢。

映着灯光，在窗纸上晃动着老人的头。

“爹，看你！又写了，真是……”推门进来的女儿，向灯下一瞥，瞪了父亲一眼，挂在睫毛上的小雨星，一闪一闪的，使得那水汪汪的眼睛，更加发亮。

父亲抬抬眼皮：“这么晚才回来。”

女儿不答，把缝着白布边的草帽甩了甩，挂到墙上，顺手从炕角拖出一双鞋，一转身坐到炕沿边。

“今儿晚上，我们又开会了，明儿个要加紧锄奸工作！”

父亲没反应，还是伏在桌上，很吃力地一笔一笔地画。

村边传来几阵断续的狗叫，父亲搁下笔，凝神听了听，看了看碗里的油，对着正在揩抹小雨星的女儿笑了，从炕席底下，抽出一根小草棍，拨了一下灯花。

“主任说了，谁跟鬼子有牵连，这会儿还不赶快说明白了，咱们就锄他一锄，哼！”又瞪了父亲一眼。

“给鬼子通消息，那就是……哼！”

父亲眉头皱得更紧了，手上的青筋都凸出来。一笔一笔地还在画。

“爹，睡觉吧！什么大不了的公事！”

父亲抬起头，望着噘着嘴、绷着脸的女儿，心里又是爱又是气，“知啦”一口烟喷出来，灯焰晃动着墙上的影。

“爹，你不干这事行不行？干吗非……”

父亲有些急了，从凳子上站起来，一把拉住女儿！

“你过来看看，我写的是什么？我写的是什么？一进门你嘟囔了这半天，骂我、气我……你看看，你看看。”

“我认不了几个字。”女儿往炕里挪了挪。

父亲哈哈地笑起来，“我认得几个字吗？把你爹当成洋学生了，告诉你说，这还是憋出来的招儿呢！”

女儿眨了眨眼。

“这几个字你一定认得，不是也偷偷摸摸地上过半年什么学啦。嘿，爹明儿个开豆腐坊，还要你写豆腐账呢。”

女儿凑过去，父亲把纸条一张一张地摆在灯下，女儿看看这张，又看看那张，小声地念着，起初是结结巴巴的，三张念过以后，突然叫起来：

“爹，怎么全是一样的哪？”

父亲眯缝着眼睛看着她，才要笑，又连忙抹了一下胡子，挺挺下巴：“你念念，你念念。”

女儿看着父亲那股子得意的神气撩撩垂下来的头发：

“昨晚至今晨，报告大‘皇军’没事！”

“你再仔细看看，有没有错呵！马马虎虎，可不容易。”

女儿数了数一共十五张，全是一样的字，只有下边的年月日空着。

现在她有点怀疑了，气平下了一半，把身子靠在墙上，眼巴巴地看着父亲，等着什么。

父亲侧耳听了听，送来的是一阵风，窗外树上的水珠，哗啦了一阵，又归寂静。他安闲地装上一袋烟，坐在凳子上：“这回该我说了吧。”

女儿绯红的脸上，气已经消了，探询的眼睛，在辘辘地转动。

父亲猛地又推门出去，向院子的各处看了看。浮动的游云，正追逐着月亮西走，夜正沉呢。

“咳，爹不会老不知道好歹，爹虽说不像你‘民族意识’，民族意识对吧？……”

女儿点点头笑了。

“……那么强，可是爹五十多年……”

女儿看见父亲的两片薄嘴唇颤动起来，说话的声音有点抖：“爹，别提那老话了……”

“不！不！我五十多年，所看的、所做的、所受的，还不够明白吗？到这会儿，背驼了、眼花了，两只手没闲着过。可爹这会儿，连住的这个窝还是租着人家的！种那二亩半地，整天地逼着我喘不过一口气。你那死鬼妈，呸！”

“爹！”

“这五六年，爹是没听见鬼子大嚷大叫呵！还是没听见咱们这些人哭呵！你哥哥……”

“爹！”女儿的声音也有点抖，她记起哥哥脸上那一摊血，鬼子兵望着那摊血狞笑着走了，从那个时候，人们便过起生死不得的日子，慢慢地低下头去。

父亲的眼睛盯住灯。

窗外好像又亮了一些，顺着葡萄藤滑下来的雨滴，一下一下地击打着檐下的础石。

好久，女儿听见了像是一点软软的东西掉在桌子上，猛一抬头，父亲在哭。

“爹，你别哭。”顺手递过去手里的手巾。

“啪”的一爆，灯焰跳荡起来，父亲的一只手，重重地放在桌子上：“下一辈的仇，还要我报呢，我哭啥，我没哭！”他却用衣袖揩了一下眼角。

“就说这件事吧，爹是有话说不出。你知道，鬼子那么鬼，能叫我骗住吗？老是一样的报告，也不行呵，你再看看这一些。”说着从炕角上，掀起一块砖，在砖下面的小黑洞里掏出来一叠纸，女儿数了数，还是十五张，上面写着：

“‘红匪’五百多，昨晚从此过，枪炮挺齐全，手榴弹四个。”

女儿一惊，“爹，真的吗？你把这报告给鬼子？”

父亲又哈哈地笑起来：“爹连八路军的影儿都没看见的时候，才这样报告呢，吓唬吓唬这帮兔崽子们，你要看吗？这儿还有。”一只手又伸到洞里摸索着。

“那别的地方真有呢？”

“哪儿会那么巧！再说山里人到这一带来，来活动，这是一条必经之路。”

女儿心想，刚才怎么悄悄地跟主任说了那么多爹的坏话，他们要是真来锄，那不就……脸有点烧。

“有时候，到城里送信这个玩意儿，你知道有多少人指着脊梁背骂。不用说别的，连自己亲生的女儿，还疑惑我是老汉奸呢？”

女儿笑了：“那爹你别干了，何苦呢？”一面又盘算着怎样明儿一清早告诉主任去。

“不干！这是什么地方？游来游去的，什么王八兔子鳖的气都得受！鬼子、汉奸、警察、特务……连他妈的拿棍子给大乡公所站岗的青年团，见面都得叫先生、老爷！再说咱们八路军，不说咱们你又该撇嘴了，人家八路军也得这么个跑腿送信的是不是？豁不出孩子套不住狼，嗯，这叫猪八戒照镜子，里外不够人！”

“爹，你这不成了两面派了？”

“什么两面三面的，对得住老乡亲，八面都不怕。听说过吧，上回六月二十八，不是爹进了一趟城，破费了五块‘准备票’请东街上伺候鬼子的柱子，吃了一顿油煎饺，那十二个鬼子和三个特务，怎么会盖上了紫花被子，全部的……全部的叫八路军给收拾了。”

女儿转了一下眼睛：“对了，我们妇救会还送过一担西瓜去慰劳呢。八路军的同志，欢迎我和小男唱歌呢：‘一望无边青纱帐，游击健儿把身藏，单等着敌人……’”

父亲闭起眼睛，正想听下去，女儿却收住了。

“怎么？又不唱了。嘿，还有上月初三那天晚上，爹从城里跑回来……”

“嗯，就是初三那天夜里，鬼子来咱村挨家搜，大宝就是那回叫他们给抓去的！”

“别打岔，听着，搜，哼，要搜的不是大宝，是……五个穿便衣的八路军！”

“八路军？八路军来干什么？”

“干什么？你干什么？整天地跑呵、闹呵、谪呵，连这点理由还问？”

女儿臊红了脸，急忙说：“你怎么知道是八路军？”

“怎么知道？爹有耳报神！”

“爹，又瞎扯了，那回鬼子在村口都架着机关枪，包围得可严啦……”

“严！再怎么严也搁不住爹给他绕呵！”父亲的手摇晃了一下，得意地捋捋胡子。

女儿追问着“怎么走的？”

父亲的声音放细了：“掩护呗，有的是洞，别说是五个八路军，五百个也走了，哈……孩子，实话告诉你说吧，你走的是明路，光荣！人前人后，总有伸出大拇指的，说几声有出息。爹走的是暗路，笑在脸上，恨在心里，可是……爹这个暗路，却有个挺亮的灯笼给领着呢！”

女儿的眼睛直瞪瞪地看着父亲，突然：“爹，你为什么早还瞒着我？”

父亲的声音拉沉了：“你哥哥要不是叫得太高、喊得太响、蹦跶得太欢，何至于叫那些外面装好人，肚子里一把刀，给鬼子告了一状害了呢？”

“那……爹，你亲生的女儿还不信吗？”

“信，爹不信你还信谁？可是爹怕你年轻，气太盛，免不了要在人前人后显摆显摆，那时候……哼！爹还要在浑水里多活几年，看个究竟呢！”

“嗯，反正你不放心我，我知道！”

“爹不放心的不是这个，一年小二年大，眼高手低的，整天地在外面跑，别叫那些荒里荒唐的小伙子，拉住了你的心！”说完哈哈大笑，一锅刚点好的烟翻到地下。

“爹……”她双颊上泛起了红晕，一伸手，“爹，把烟袋给我，我给你装上。”

（《晋察冀日报》1946年3月24日，《每周增刊》第8期）

悲欢离合

刘振铎

“一趟马……

“两趟马……

“锵锵咯咚锵咚……敲鼓的、打锣的、彩车子、旱船、大头鬼、小头鬼、高跷、秧歌、霸王鞭过去了。

“‘洋鬼子’过去了。

“‘反动派’过去了。

“土匪——拧锁翻箱，摘俺奶奶耳环子，抢妈的手镯子的大烟鬼过去了。后头紧紧跟着的是八路军，指导员端着枪。枪叫土匪拿着就怕，枪叫八路军拿着就爱。穆存业担水一气把俺家大缸灌满，看他装扮了个小姑娘，俊哩！……”

荣荣笑着翻了翻身，嫂正在灯下给伤兵做棉衣，见她笑醒了，便问：“荣荣做的什么好香甜梦，还笑哩?”荣荣说：“做了个梦，老鼠爬水瓮，我一打，它一蹦。”不一会儿两只小手紧把着妈的胳膊又睡着了。

又梦见指导员推出了自行车，荣荣飞到了跟前：

“‘那咯……?’

“‘玩hl。’

“‘来驮上我……咳，驮……你……’

“‘上来，坐结实，手把住……’荣荣坐在大梁上，手把紧了车子把。快呀！荣荣眯合上眼，头发蓬松开，真晕！穿出了毛店巷，奔向麻桥，转过辘辘把巷，更快了，一会儿车子离了地，起飞了，像飞机，飞呀！飞呀！一直飞到连部，见了副连长和通讯员们，副连长

说：‘荣荣再坐不上飞机了，俺们走呀！’

“‘那咯……？’

“‘在城外住去呀，没事不叫我们进城，再也见不上面了！’

“‘胡说！净哄俺哩？’

“‘真的，荣荣，不糊弄你，你看东西都收拾齐备了，借的你家那口锅都还给你□！’

“荣荣信实了，迷迷糊糊地回了家，见了妈就哭，妈劝说不听，反回头跑到街上，队伍已出发了，指导员推着那辆新自行车，哧哧地发响，像是说‘荣荣小姑娘，以后再也不能骑我了’！荣荣急煎煎地上去抱紧了指导员的腿翻滚。”

猛然一醒，抱着的是妈。

第二天，正好妈和嫂替连部拆洗的棉衣，在头天晚上就赶齐了，还有毛掌柜家的拆洗的血衣也送来了。荣荣抱着一件——指导员那件，棉花像绣珠似的，妈抱着三件，嫂一手提着一件送到了连部里。指导员从玻璃镜往外一看，是她们娘仨送棉衣来了，急忙跳下坑，迎出门去。

“指导员穿上吧？妈做的！”一听就知道是荣荣，嘴又巧，音又好。

“呀！老大娘真是……咳！荣荣，怎么让你送来？”她们到了房里，通讯员忙地给倒水，副连长慌地给腾座。荣荣早已钻到了指导员的怀里，要教唱歌。指导员开口就来：“八路军呀老百姓，咱们永远在一起，咱们是受苦受难的一家人，咱们是骨肉相连永远不分离……”荣荣还没学会，她都是随每句最后的一个字，一唱头一点。指导员没有唱完，对荣荣她妈说：“老大娘，这两天可净麻烦你们了。”

“不麻烦！”不等指导员说完就插上了话，“吃水、扫地、哄小孩、抬抬扛扛费力气的活还不都是你们做了，咱们再好些吧，这拆洗二件子衣裳还挂在嘴上。”

接着嫂说：“上回要不着你们打，咱们毛店巷都得叫王英给叨光，八路军再好些吧。”

“荣头你在这玩吧？玩会就回去，别耽误老乡们的公事，咳，哪有八路军，哪就算烧了高香了……”说着她两个回了家，荣荣留下来，指导员问：“荣荣，谁给做的棉衣？”

“妈拆洗的，嫂做起的。”

“怎么四五件子棉衣两天就做好了，这么快？”

“妈说：‘十层单抵不住一层棉。’怕冻着喽，一天拆洗连晒干，一天做。指导员，黑间我做了个梦，说你们走呀！把我急坏了，就哭，哭醒来是个梦！你们不走吧？”

“不走，今年春天还给你们这种地开荒哩！可不走！”

过了两天后，队伍真的要走。这事一传出去，毛店巷的军民、商户、男女、老少都舍不得离开军队，军队舍不得老百姓。这事荣荣知道得晚，她住了半天老娘家，她要早知道了跑来连部一哭，哪个能不愁得落泪呢！指导员乘机开了个连务会，布置临走前的工作。副连长特别讲：“咱们住民房，墙上挂枪挂饭包一切等等，常言说，墙上一个楔子，拔出来就是个窟窿，怪不雅观，一律用白粉子把窟窿堵上。室内一切陈设——桌椅板凳，进房时啥样，一律归还原状。厢柜擦明，玻璃揩亮，地打扫得像场一样光。临走时水要挑满缸，因这是最后一次替这里老乡挑水了。”

当天晚上召开了房东座谈会，会刚散，荣荣知道了这事，跑来问副连长，副连长说：“不走。”

“你糊弄我哩！指导员给我爸开会说走呢！”说着泪汪汪的。副连长庄稼巴子出身，内心更难受，但也不知道说什么好，只讲了两句：“不走！不走！”便躲出去了，因为谁见了这小孩都会更增加苦闷。

队伍整整忙了一天，送还东西，赔偿损坏，道歉，开小型茶话会，征求意见……到临走了晚上，连部的挤了一房子人，各班的房东、老太太小孩子。

“明天你们走呀！城里的人没出息，起得晚，你们走得早，今天晚上，无论如何得进我家坐坐……”

“先到我家！”这是毛掌柜的口气，上去就拉指导员。

“你看你这人，叫指导员先进我家。”老段又去拉指导员的右胳膊。

“一个人能劈两半？也不先到你家，也不先到他家。走！指导员先去我家吧？”荣荣妈来排解了，因荣荣早已把着指导员的皮带哭了。指导员说：“好，我先到荣荣家去，你们都等着，我一一走遍，没偏没向。”老段把副连长拉走了，毛掌柜把副指导员拉走了。

全连的人叫老百姓这种诚恳热情、恋恋不舍的行动，闹得连饭也吃不下去，觉也睡不安适了。同志们走到哪，哪摆着酒，喝不喝，知心话不能不说，但也不敢多说：一来家数多，二来说不过三句，就有落泪的，好容易才说着老乡们回去睡觉了，空气也比较平静了。

四点钟过了，副连长还没有睡着，听到外面小孩咕咕在说话，仔细听是说：“走了没有？”

“没有呢！”

“怎么没动息，一定人家早就走了！”

“你听有打呼噜的，还睡着哩？”

副连长知道小孩们一清早就来送行了，便问：“是洪成吉呀？”

“是！副连长醒了！”

“杨礼、杨义、二保子他们来了吗？”

“都来了……”这把子孩孩们，都是爱打仗投石头的，他们战斗起来，都以为自己是八路军，副连长断不了参加指挥。

副连长赶紧穿上衣裳，点着灯，把火弄欢坐水，叫他们进来，一个个小老虎似的趴在坑沿上。

“你们为什么起来这么早?”副连长关心他们冷，“你妈知道吧?”

杨礼、杨义一齐说：“夜里睡觉的时候，就告诉我奶奶早些叫我俩，给同志们送行，我奶奶一宿没睡，一听见鸡叫，就把我们叫起来了，怕和你们见不上面了。”说到这里杨义豆粒般的眼泪滴在了副连长的手背上，杨礼比较着大上二岁，存泪的眼睛直看着灯，泪也簌簌地往下滴。副连长掏出手绢，给他们擦了擦泪，说了一声“好烟”，把自己的泪藏在了手绢里。

杨礼硬着劲说：“刚才我们来着，见你们没点灯，就在街上捉了会儿鸽子。”

洪成吉咽了口吐沫：“哼！我一宿也没睡着，不知怎么回子事，听外面有响声，我说准误了点了，急忙穿上衣裳，一出门看见穆同志站岗刚回来，说你们还没走，这才放了心，跟着他们捉了会儿鸽子，来的时候我妈不知道。”副连长一一地给他们洗了脸，擦干净，等会连部的人们都起来了，他们走出去，小孩们跟出去；他们走进来，小孩们跟进来，真是形影不离。指导员到外间室一听，外边还有人，随便问了一声，“谁还在外边呢?”

“我……”

“荣荣是不?”

“是!”

“怎么不进来，傻丫头，冷死你啦。”指导员把荣荣拉进来的时候，屋里方显点亮。荣荣坐在椅子上，一句话也没有，不笑，也不哭，只是两只娇滴滴的眼睛，在看了这个看那个。原来她是和杨礼这群男孩一块进院来的，别人到了屋里，她一人在外边冷得手冻凉，嘴青紫。指导员给她暖了暖手，洗了脸，又叫她坐在椅子上烤脚，问她：“荣荣，你怎么这么傻，他们进来，你不敢进来呢？”把荣荣放在椅子上时是什么样，现在还是什么样，说：“我妈说他们是男孩，我是女孩，我和他们在一块玩，怕人家笑话，我怕你们走了见不上面，我可不好受呢！你们成天家骑车子驮上我玩，我做梦也是骑车子，不来早点，就见不上你们呢！”指导员是笑呢？还是哭呢？当时很难辨别出来。

天大亮了，日出满地红，毛店巷像过新事，人们比往日起来得也早了，半夜里有煮饺子的，四更天有炸酥子的。到队伍开饭的时候，妇女们端着心爱的食物来送行了。巷口上集满了人群，队伍集合，人群化成人圈包围了部队，恋恋不舍。指导员讲了话说：“老乡们请回去吧，不要这样难过，你们对我们恩情太大了，我们不管到了哪，没别的，只有拿对待你们的心肠去对待任何地方的老百姓。”毛掌柜说：“对！只要是咱们八路军住这，不管是哪个师长的，我们待他们和待你们一样。”这才留了个缝，队伍开走了，指导员一路上不敢回头。队伍出了巷口，孩孩们后面紧跟着，队伍出了城，孩孩们上了城墙。直至队伍投向了草原，还影影绰绰看见孩孩们伸着的招引的小手，荣荣还在喊：

“同志！同志！同志！”

（《晋察冀日报》1946 年 3 月 31 日，《每周增刊》第 9 期）

露　　营

立高

这是行军的第五天。

歌声没有间断，有谁哼着抗战开始的歌子："走呵，向前向前向前走，一身血和血□赋予民族有……"

"唱得好，唱得妙，再来一个要不要？"

"要！"大家喊。唱歌的人脸绯红起来。

这里树木稀少，太阳蒙着一层纱沉向西方，夜要来临了。

行军八十里。

营长命令停下来，休息的时候同志们掏出小本本，小李用铅笔头写墙报："老黑老黑真是沾，各种工作他占先，行军他把机枪扛，驻军帮伙房来做饭……"有的用树枝在地上画写。

老黑没有写，却歪在背包上打起鼾来，班长叫醒他："你怎么不学生字？"他惺忪着眼："得了，什么人玩什么鸟，我粗手笨脚使唤机枪行喽，写字手发抖，这不是打着鸭子上架呀！"班长把他拖过来递一个树枝给他："学这几个字'为人民服务'，同志革命战士不学文化就不能很好地进步！"老黑抖动着手，额上筛了一层汗："哎呀！这玩意比打机枪难多！"小李跑过来，瞅着他为难的样子，不由得好笑，轻轻拍着他的肩头说："老黑你教我放机枪，我教你写字，你赞成不？"老黑□起眼："教你放行喽，可不与你扛！"俩人彼此定了"互助条约"，小李攒着他粗大的手画着："为人民……"

"你知道怎么讲？"

老黑眨眨眼："为……就是为老百姓办好事呗！"小李想：别看这家伙，道理满讲得通。

夜风把汗透的衣裳吹得冰凉。指导员从营部回来了，大家笑嘻嘻地迎着他，他却说："同志们！今天我们没有房子住，前面村子已住满了队伍，再往前二十里才有村庄，要在这儿露营！"停顿一刻他又说，"大家有什么意见？"

"没意见！"

他们把能够搜罗来的树枝、柴草，架起铺上，指导员把三个病号安置下，帮各班搭窝铺。

五班的新战士一面搭一面咕噜："呵！老□窝真凉快，保长不了蛆……"

"你这家伙真落后，尽讲怪话！……"小李说。新战士翻起眼："谁落后，这是自动参加抗日的！走一天……哼！就是铁打的汉子也得使爬了！"

"谁不一样？同志！为老百姓牺牲自己也……"

"得了！得了！我受不了！"班长丢个眼色，小李去了。班长过来帮他铺架，之后他们互相弹拂身上的灰尘。班长慢悠悠和婉地向他说：

"同志！这可算不得苦，冀中'五一'反'扫荡'十几天不能合眼，后来我失了联络，三天没有进粒米，想起来比这要苦多少倍哩！……"

夜，像一口打破了的青锅支在四周的山峦上，透露出点点的光，灼灼发亮。

同志们睡倒了，风拂着柴草沙沙地响，哨兵注视着西方，连长和指导员蹲在一旁。

"六班是否每天能保证烫脚？"连长问。

"班长抓得挺紧，我去看过两次。"

连长像思索什么，半天迸出这么一句："行军当中伙食最难搞！"

他们沉默起来了，指导员蹙着眉头："新战士过军队生活过不惯，对他们的照顾再不够，容易使他们灰心。我想，要多征求他们的意见！"

疲忧侵蚀着连长，他睡着了。指导员推他一把，去解自己的被子。

风更大了，夜更深了。冷，指导员打着寒战，宽宽地将被子搭在病号同志身上，在一旁躺下，蜷曲着身体。连长站起来伸伸懒腰，也打开被，可是他忽然发现指导员什么也没盖，而且，他身子骨那么虚弱，已经睡着了。"这家伙多会也不爱护身体，不知道身体是革命的本钱！"

连长到哨兵那里嘱咐了几句回来，倒在指导员旁边，两个人靠拢得紧紧的，合盖了一层薄薄的被。

□

（《晋察冀日报》1946年5月5日，《每周增刊》第13期）

出　发

忠说

午睡起来，就听见哨子响。

值星班长喊："各班派人到伙房领干粮！"

大家都知道是怎么回事了。上午已经发下通知，叫大家准备行装，说是有行军演习。可是，根据过去经验，真正的演习，却往往事先什么也不通知的。有通知说是"演习"，却往往是真正的战斗行动。

现在整训已经完毕，平原上青纱帐也起来了。他们是平原上的游击兵团，现在正是回到平原去的时候。

到处都是紧张的动作。战士们互相打赌，猜着队伍会到哪儿去。连长召集了班排长的会议，在会上只谈了一般注意事项，没有宣布行军目的地。

晚饭是提早吃的。吃晚饭时，也有谈话、打赌。

团部的集合号响了。

全副武装的连队，一队一队往村口集合点走去。

队伍出发是四时，过××镇时，天色已晚。××镇最近曾被敌人蹂躏□次，战迹还在，倒塌的房子的墙上，还有日伪的标语贴着。不久，月亮出来了，队伍在山涧中走着。月光下，队伍弯进一个树丛中的小村。"休息！"

按照原队形，就地坐下。

指导员王敏生坐在一段木头上，而连长丁虎则坐在阶石上。王敏生是个二十几岁的青年，脸色红润，有着足球队员似的体格。连长却是中年人，面黑，多须，才来到连上不久。第一段的强行军，一口气已经走了三十多里，没有一个掉队的，这使连长很满意。

“咱们连上的同志，行军力不错！”他低声说。

“是呀！走路锻炼得差不多了。”指导员答。

“又不知道他们打仗怎么样？”

“打仗，那也很来得。咱们连上，可有许多名字上过报的。”

连长“哦”了一声，等着指导员说下去。

“这些战士们，都是些喜欢打仗的人，几乎每个人都有他自己的故事。譬如说伙夫老武吧，人人都说他年轻时练过武术，可是他自己却绝对否认这回事，这事是很难查考的了。不过这件事却是确实的，就是他曾空手杀死一个敌人，夺得了敌人的枪支。那是还在游击队时代的事，有一次，他们在一个大村子宿营——在平原上，百来户是小村子，大村子有上千户人家——老武挑起水桶，正上井边打水，可巧对面来了一个挑水的，后面跟着一个日本兵。敌人也在同一个时候进了庄子，不过敌人住东头，他们住西头，互相竟不知道。老武躲闪了一下，敌人没看见他，他拿扁担一抡，就把敌人打倒了，背了一支三八大盖回来了。这件事是连上甚至团上谁都知道的，据说还上了报。

“就说班长杨洛中吧，也有一段不平常的历史。他背的那支枪，是他参加部队时就带来的。他从前是个做小买卖的人。事变以后，他正挑瓜卖，在铁路线上来了二个鬼子，来吃他的瓜，他一下就砸死一个，第二个扔下枪跑了。他就背了两支枪参加了游击队，把瓜和担子也不要了，一来，就当上了班长。

“再说本连的青年领袖方瑞吧，他现在还只十九岁。他在家时，就是本村青抗先的领袖。那时，青抗先没有家伙，只凭空手干，他就领着‘大孩子们’戏耍。譬如说，在公路上插上一些红绿小纸旗，做了一些小土堆，敌人汽车来了，就不敢过去。多疑的敌人，一定要一个一个试验过，证明没有危险，才放心驶过去。这样一来，就耽误了一点钟。

“本连的李小平，也是方瑞的过去的老伙伴，他们割电线是出名的。起初是整里整里地割，他们割敌人修。后来敌人在电线杆上挂了手榴弹，这更好了，方瑞他们就锯断电线杆，摘下手榴弹自己使用，电线仍旧割断了，从此他们有了武器。后来敌人责成‘爱护村’的老百姓看电线，哪段电线不见了，哪村就要倒霉。这时方瑞、李小平他们就在某个不令人注意的地方割去几寸，又用黑麻线接上了，粗细和颜色都和原来差不多。电线是完好的，可是就是摇不通电话。这样的办法，他们也曾用到破坏铁路上去，取去一段铁轨，装上一段假铁轨——木头和洋铁做的，并且染了色的——火车一来，就出轨了。这样的事是谈不完的，你住久了自然会知道的……可是，开水已经来了，我们喝了走路吧！”

杂沓的脚步声。战士们解下洋铁碗，一面喝着开水，一面吃着炒面。几分钟后，队伍又出发了。

路是在山涧中走。偏西的上弦月，给山峰挡住了。幽暗中，辨不清路，只见沙地、芜草、大石块。慢慢地，月亮下去了，约略知道，走的是下坡路。前面听见狗叫声，大约是到达了一个村了。

走出山涧，过了小村，就是平路。在出村的岔路口上，突然遇见了团部的骑马的通讯员。

“后面的队伍没有掉队的吧？”

“没有。”

“团长叫我告诉你们，顺大路去，就是敌人的据点，叫后面千万不可掉队。我们的队伍是走小路，叫大家准备，要徒步过河！”

“好，知道了。”

通讯员调转马头奔驰而去了。

队伍转入了小路，沿着齐腰的高粱、玉蜀黍的地，向南走去。远远的五六里远的地方，可以望见高耸的炮楼，窗口有灯光。那正是敌人的据点。

突然，唐河横在他们面前。河面很宽，水流相当急。幸亏渡河点是选择得很好的：深度适当，河底没有淤泥。他们一个跟一个徒步过去，回头看看来的路，山的影子已经成为蔚蓝色的远景了。

（《晋察冀日报》1946 年 5 月 19 日，《每周增刊》第 15 期）

九 盏 灯

方唯若

暮色更加昏沉了，鸡已上了架，牛也关进栏圈。初春的晚风，含着融雪的湿气，吹□静静的院落，只听见老牛嚼草的声音。

悄然地，虚掩着的大门被轻轻地推开一条窄缝，圆子蹑手蹑脚走进来，爬上台阶，踮着脚尖儿伏在窗台上，睁大乌溜溜的眸子从窗纸的碎孔往里看。哈，这次康旺伯伯可再瞒不住人了，他再不能摸着胡子笑着说："你这娃娃，老人们还哄你，我早就没瘾了，难过起来喝两口倒是有的。你们儿童团抓烟灯，我那灯早就砸碎了，又不是金打银捏的，快去吧，你妈吆唤你吃饭呢！"

每当遇到这样的情形，圆子和他的儿童团员们，只能眨眨小眼睛，鼓着腮帮子走了。巧儿却扯扯圆子的衣襟说："我爹哄你呢，如今他见咱儿童团抓得紧了，只到黑里才端出灯来抽，我每日醒来就闻到一股洋烟味。"

"咱们总要想个法儿，抓不住就是个大狗娃子！"圆子像大人一样严肃地说，又用袖口擦擦鼻涕，走了。

自从八路军来了后，康家湾的老百姓眼睛也亮了，腰也挺直了，众人告了康仁德一状。康仁德是个伪村长，过去仗着日本人刺刀，霸占了周拴住十亩水地，牵走了刘九根一条大犍牛，又说李福子私通八路，报告日本人，把福子肋骨打断了三根，逼得他老婆把锅当生铁卖了，才把福子赎回来……那时节，一个康仁德，害得康家湾百十户人家神鬼不宁。这次老百姓可把康仁德的威风压倒了，所有以前占了人家的地、牛、讹诈的财物都吐出来，村里顿然有生气了。又选举圆子的爹康金富当了村长。人们说："如今可熬过乌云，露出青天来了！"

从那时起，十三岁的圆子也知道：“共产党真心为人民，毛主席是穷人大救星。”全村的娃娃选了圆子当儿童团长，每天太阳一偏西，圆子就把羊群从草原里拦回来，跑到工作同志那里去识字、开会去了。

日本人在村里好地全种上洋烟，人们吸上了瘾，就没心思动弹了。八路军来后，人们说：“谁再吸那害人烟，真是往死钻了。”村干部到处劝人们戒烟，好好生产翻身，儿童团成了抓烟灯的积极分子。

圆子说：“先从我家抓起，我二叔吸了三年烟，前日也说，到了戒烟的年限了……”他二叔当初因为阴寒病才吸上瘾的，那时日本人抓夫很凶，他就越发躲在炕上不动弹，把老人留下的地产卖得不差甚了。新政权来了后，一开春，他就动手勤务起来。就在那天，他把沾满油尘的烟灯交给自己的小侄儿。

儿童团每天“光顾”那些吸洋烟的人家，劝说戒烟和交出烟灯，工作进行很顺利。他们被各种各样态度接待着，有的说：“娃娃说得是，这年限再不断它还等甚！你们不来我也要砸呀，快拿去吧！”有的说：“早两天就不吸了，交呀，新政权为咱好。不是抽洋烟，还能穷到这一步。”有的说：“啊哟，看把你们愁的，娃娃家不听话，死皮白脸地要，拿就拿去吧！”

但是第三天，他们遇到一个难缠的老太婆。赵寡妇靠着百来亩地租度日，十年前，她的一个独生子患伤寒死了，第二年媳妇也转嫁，她为了安适这孤凄的晚年，便抽上洋烟，已是十年光景了。听到儿童团抓灯的音信，她早把一盏精致的铜烟灯藏了，所以不管孩子们怎样吵着讲道理，她只说：“早叫民兵抓走了。”后来她见没法打发这群孩子，便叹了口气，垫着凳子从柜顶上拿出一盏山药挖的烟灯来。孩子们开始仰着脸，以极大希望期待着，等到看出是怎么回事时，吵得更凶了，把老太婆围在中间，拉着她的衣裳，央求地嚷着：“拿出来吧！拿出来吧！拿出来吧！……”赵寡妇先被这样吵闹气怔了，后来却笑起来，叹道：“今日老娘娘可让对头灰娃娃磨缠死了，谁生出这个主意来抓烟灯，抓了那样多还嫌少……”

“我们要把咱村治得没一个抽洋烟的，人人都翻身发财！”孩子们说。

最后，儿童团胜利了，赵寡妇把那盏精致的烟灯拿出时，再三地说：“咱上了年纪，马上难断，日后每天喝一点。圆子回去告诉你爹，等咱断了烟，可要把烟灯还给我，好歹还能换些棉花捻线哩，这年限光闲着也不是正经呀！”

全村只有康旺伯伯还在吸洋烟，但他见了圆子却笑着说：“圆子如今越发能干了，天生的一张伶俐嘴，把老人们也说成哑巴呢！”

圆子仰头道：“伯伯，你那烟灯也该交了，交了心就死了，断瘾也快了。新政权是为咱老百姓好，早戒掉早发财翻身！”

“嗨，我那灯早砸了，早就是喝呢。回去告你爹，就说伯伯如今戒了烟，要好好刨闹了，难为他应了村长差事，三头两日地劝我戒烟。”

可是巧儿几次向圆子说他爹还在抽烟，儿童团抓了几次，都没有结果。康旺伯伯的烟灯成了儿童团追寻的对象了。

一天傍晚，巧儿匆匆跑来，用袖子擦着汗，拉住圆子边走边说：“我爹又点上灯了。”等到跑到巧儿家时，康旺伯早不在了。原来傍晚时分，康旺不知从哪里取出烟灯点燃了，一面向正要溜出去的儿子喊道：“巧儿，看你跟着圆子要飞上天了，整日野马似的跳跶，还不快饮牛去！”等到儿子牵回牛来，他已披着老羊皮袄出去了。

“今儿妈还和爹吵了呢！妈劝他戒烟，他口里应了，却舍不下，妈说爹烟不吸了，才有钱给我缝件袄儿。”巧儿说，又和圆子商量了好一阵，回来圆子又向他爹康金富说了。金富看看圆子却向老婆说：“几十岁的人就没个志气，躲躲闪闪也不是个路数。年上冬天康仁德吐出前年讹诈他的五两烟土，也不谋算花在生产上，倒大口地抽起来。往日日本人主事，洋烟料面把你往死路上引，新政权帮你收回地、钱，还不回头。如今烟瘾不断连农会也参加不上。”停了一停，又向圆子说，“明儿你依巧儿的话，先去。我和区上李同志跟着来，总要使他脑筋开了，断了烟才好。”

这几天康旺伯也禁不住众人劝，有些回心转意了，眼看别家收回地的都在作务了，而自己今年籽种还没着落，算账分回的东西也没用在正路上……心里一燥，连烟灯的光焰，也似乎昏暗了。不知什么时候，圆子已站在炕沿，高声说：“伯伯！我们来收烟灯来了。”对于这突然的情况，康旺有些慌乱，半晌才慢声说：“今儿身上不舒服哩！你爹开会回来吗?”

“咱村里的烟灯全收了，就是……”

“你爹越发忙了，现在又帮助家家户户做生产计划……”

“咱们儿童团也要订生产计划呢。烟灯……”

“拦羊、搂柴、拾粪，才是娃娃家的营生。今儿难活，借来烟灯刚点着哩!”

“为甚守着烟灯不抓!”区上李同志和康金富一同走进来，一面开玩笑地说，摸着圆子的脸蛋，“正和你伯伯办谈判吧!”

圆子不好意思地找巧儿烧茶去了。等他俩回来时，听见康旺伯伯笑着大声说：“论私，咱们一个祠堂供祖先，不亲也是亲；论公，你是村长，选你的时候，我也直过胳臂（举手），画了票；况你苦口婆心也是为咱们好。如今我当着李同志说句亮话，新政权给咱好处，如今号召戒烟，我就瘾死了也要断了它！我正思谋，还是圆子说得对，‘早戒早发财’。就是不图发财，也要闹个吃饱穿暖的日月。”看见圆子进来，他摸着胡子，慈和地说："把伯伯的烟灯也拿去吧！你笑甚？敢是笑伯伯才说是借来的吧？看你，长大了准是个有出息的小八路！"

这是全村最后一盏灯，也是儿童团收到的第九盏灯。

（《晋察冀日报》1946年5月19日，《每周增刊》第15期）

俊　　儿

杨克

俊儿今年十一岁了，她生在平郊一个比较富裕的农家里。爸爸□□着一个小文具店，家里就是她这样一个小宝贝。她三岁的那年，家里死去了母亲、祖父和祖母。小文具店也关了门，地也无人种了，父女二人流落到北平。爸爸走到哪儿俊儿跟到哪儿，爸爸跑火车做买卖，带上货物，也带上俊儿。爸爸受尽了日本宪兵和特务的威胁打骂，所以在车站上也常听到俊儿的哭声。

不幸的日子到了，三十二年二月（那时俊儿八岁），爸爸带上俊儿和布匹，到下花园去，车行到怀来被日本经济检察署把钱和布匹都没收了。他们又没有回北平的车票钱，无奈何，忍气在下花园下车找个熟人吧！找也找不见，正想卖掉大衣买票回去的时候，遇见一个不相识的本地人，叫王世霭的。王很和气地诚恳地探寻他们的来历，请到他家留住吃饭。俊儿看见大米饭，眼里滚着热泪，现出了微笑，又看见窗外走来走去的特务警察又有点害怕。王世霭说："谁也知道在外跑腿的困难，谁不交朋友，给你这五十元钱买票回北平，不要卖大衣了，你运货来我帮你卖。"爸爸又惊又喜地接过钱来，心想"真有这样好人"！接着王母现出慈悲的面孔说："俊儿很爱人，咱们做个干亲吧！叫她认我做干娘……"爸爸也顺口答应了。接着又是一句："天气冷，留下孩子吧，再来再带回去。"俊儿开始有些舍不得爸爸，但又被这个老太婆给说动了心。"吃了人家的饭，又借了钱，她又爱俊儿，留下她也没有什么！"爸爸这样想。俊儿那时还是个"小洋豹子"，倒也"聪明"，便这样和爸爸泪别了。

过了几天爸爸借些钱又运货来，再到王家看俊儿去，却被那门口站岗的“黄狗”警察拦住了。好容易见了俊儿，俊儿抱住了爸爸哭不成声，因为俊儿在他家受尽了折磨虐待。爸爸知道事情不好，要找王世霭算账，还那五十元钱，但却不见了王世霭。王母也不承认此事，带着阴狠的面孔说：“你们办的事，我不知道，留下孩子等王世霭回来再说吧！”已有人把俊儿从爸爸怀里拉出去，俊儿哭的声音更惨了。特务警察进来了，假心假意地解说，把爸爸拉出门去。爸爸满腹怨恨，无处申诉——因为那时是敌人汉奸横行的时代，好老百姓也不知哪天会失掉生命的。爸爸哭泣着回去想办法吧，也许能托个硬门子把孩子救出来，但什么门子也得有钱哪！爸爸又去了两次，和俊儿一起哭了两次，但也未见到王世霭，最后一次俊儿哭诉她的经过，“……拐哥哥拧我大腿，用木棍子打我……”（拐哥哥是王的兄弟）“……他们要把我给拐哥哥做童养媳妇……爸爸我不……”爸爸心如刀刺，决心把俊儿带回去。王母从爸爸怀里夺出了俊儿，说：“已经卖给我们当童养媳了，又来捣乱。”特务警察更凶狠地说：“你滚出去，你是八路军的探子……”把爸爸赶出去。

他见到那种情况，特别是“八路军的探子……”那几个字，他更怕了。留下自己的命吧，总有找回俊儿那一天，不然两人的“命”都得落到汉奸、特务的血手里。心里有无限的痛苦：“日本鬼子、狗汉奸，把我的俊儿给……”说不出话来。毅然地回到北平，到永定河北八路军的根据地□参加了抗日工作……哪一天也忘不了俊儿。

去年八月日本投降了，八路军解放了下花园。“俊儿也要解放了……”爸爸含泪在想，爸爸才到张家口就看见了白毛女戏，刺痛了他的心，“俊儿也有这样一天吧！”

爸爸由人民的政府，介绍到下花园，找到王世霭，却不见了俊儿，据说死去了。爸爸心如刀绞，面对着这阴恨的仇人，向他要俊儿。王世霭低下了头，再没有二年前那样扬气了。原来俊儿被卖到赤城一个叫韩老庄的当了童养媳，民主的政府把王□弟兄扣押起来，派人把俊儿接回来。父女相见，悲喜交加，相抱大哭，二年的冤仇得到最后的申诉。爸爸摸着俊儿的头发，吻着俊儿的小嘴，“小洋豹子”在山沟里当了一年多的童养媳，变成了“小土人”，束着辫子缠着脚，向二年不见面的爸爸哭诉她的遭遇！“……在王家挨打受气……把我卖到山沟里……那个男人二十岁了……叫我学针线、拉火做饭、洗衣服，脚缠得走不动路……哪知有今天……”俊儿受尽了一般女孩子未曾受过的罪。

俊儿放开了脚，剪了发，穿上新衣服，拿着书包上学了。老师和同学待她很好，她很骄傲地拿着霸王鞭在跳跃，唱着解放歌声。爸爸对人说：“共产党救了俊儿，也救了我，在共产党的领导下我的腰伸开了……我父女永远跟着共产党走。”

（《晋察冀日报》1946 年 5 月 19 日）

鞋

康濯

奶奶盘坐在炕上，梳那几根稀落落的头发，费了半天工夫，手僵得不行，想盘个头发疙瘩，怎么也盘不上去，就叫了孙子媳妇一声，把梳子搁在腿上，喘了口气，摸着身边那只小黄猫，心想：要有个重孙子像猫一样躺在身边，看着摸着逗着，那可真是乐啦！

孙子媳妇在里间屋里。反“扫荡”刚结束不久，妇救会要给辛苦的八路军写慰问信，孙子媳妇正趴着写着，半天写不来，听见奶奶叫就一扭腰出来了。

“老骨头到底不行咧！多少日子啦这条胳膊总好不了。唉！老无用咧！给你们添点麻烦。”

奶奶摸着她那反“扫荡”中跌坏了的胳膊，叨叨着。孙子媳妇一边给奶奶梳头发，一边紧着说：

“可别这么说！”

两个人就谈开了反“扫荡”的事情，奶奶被洋鬼子追得在坡里滚上滚下，孙子媳妇在漫坡乱草里钻来钻去……有一回，鬼子又来哩！奶奶正跌坏了胳膊，军队上的老王就把奶奶背进山沟爬过梁；眼看鬼子开半山腰坚壁粮食的洞子哩，老王就扔了个手榴弹；回头鬼子追孙子媳妇，老王又打了一枪……

“逢当八路军，都是好样的！老王住到咱家，就像咱家的子弟。低头出低头入，可从不说句闲话！”奶奶说：

“唉！老王可真能吃苦耐劳！准备反‘扫荡’那工夫，老王‘坚壁’（注一）到咱们家来，病得可不轻哩！一天不吃不喝，他连一声也不哼！刚好不大点，就帮咱们家做活……嘿，反‘扫荡’里他出那么大力气，可还是带病挣着干的呀！”

“我没说，要不人家当班长，心眼可好哩！才二十挂零！”

奶奶抿着嘴，想起了老王，小黄猫从她身上溜跑了，她也没觉。她脑子里这会只转着老王那模样，响着老王那声音：“老太太别尽愁咧，打下日本，总有几天好日子过的……”

奶奶觉着老王和孙子一样亲，一般高矮，一般做活：收割了谷子，又种上麦……奶奶想：怕老王是个顶好的吧！邻家他三婶子说她家坚壁那个也是个这！兵兵娘说她家那个也是个这！“八路军里就没一个赖的！”奶奶说着，心眼里不出声地叨念着，“如今这八路军，能打仗又能做庄稼活，个个是好人……唉！要像往日那军队，不要说孙子媳妇她们年轻的，就连干老婆子也不敢见人家……”

半天，孙子媳妇把慰劳信写好了，又到外间屋里来了。奶奶想出了神，猛抬头见了孙子媳妇，就不由得说：

“他嫂！你说咱们慰劳军队点甚么？”

“奶奶！你说哩？”

“咱们今年可不能像往日那样，什么也舍不得往出拿！”

“奶奶，你说谁舍不得往出拿？”孙子媳妇“哧哧”笑着，偷看着奶奶，她觉得奶奶的话正是说她自己。

外面吆喝妇女们开会，兵兵娘叫上门来了：“快着点呀！”孙子媳妇一扭腰就出去了。

奶奶下了炕，往衣服上拍打了两下，就走到里间，轻轻地打开孙子媳妇的包袱，把那双硬帮硬帮的黑布鞋取出来，拿到门口看了一眼，就溜出去了。她想：说是舍得舍得！这对怪好的鞋，又硬要留着穿……

孙子媳妇散会回来，天气着实不早了，她看着奶奶，想着开会的情形，别人都拿这拿那慰劳八路军，还挑战竞赛，抢着多拿，自己该拿个什么哟？枣吧，打游击，都瞎在地里了；长生果（注二）吧，又熬了一锅油！唉！啥也没有！只有奶奶那只鸡，可那是奶奶的命……她心眼里愁楚得慌，就叹息了一声。

“怎么？你心眼里什么憋闷得慌？”奶奶问。

孙子媳妇没搭理，低下头，“呼嗒呼嗒”地拉风箱。奶奶在旁边拍玉茭饼子，皱着眉头想：莫非知道了我把那双鞋慰劳了军队？不由得就信口说：

“年轻人到底是心眼狭窄！”

“奶奶你说什么？”

“没！俺啥也没说！你心眼怎么不舒展？开会又说了你什么？”

“□！奶奶！可不是俺不高兴！”

两个人都没话了。孙子媳妇还是拉着风箱想着：啥也没有。奶奶拍着饼子，也想着：还说你什么也舍得哩！唉！心眼狭……

孙子媳妇憋得不行，忽然鼓了鼓勇气，笑着说：

“奶奶！你不是说什么也舍得？把你那只鸡慰劳给军队吧！”

奶奶“咯咯”地笑了，嘴一抿，说：“给就给了吧！”

这鸡，打游击那工夫，奶奶抱来抱去，藏在上衣的大襟底下，夹在胳肢窝里，可真是奶奶热烘烘的鸡。奶奶说了，也觉着不好意思，脸上一热，就看了孙子媳妇一眼：

“给就给了，可明儿个再捉走，等它今儿黑家下了个蛋……”

孙子媳妇高兴了！一跳，站起来就走进里间屋子，打开包包，嘿！不见了鞋，心眼里又慌了，拿上空包袱走到奶奶跟前，两眼愣愣地望着奶奶。

“你说鞋？”

“我没说，捎到留守团，给老王的！怎么……”

“你说什么？”奶奶又不好意思，脖子一仰，“咯咯”地笑起来，缺了牙的嘴喷着唾沫星子："前些日子，你不是说要留着穿？"

"奶奶，你听错哩！俺是说捎到留守团嘛！"

（注一）"坚壁"，反"扫荡"中，有些部队、机关的病号不能随队伍转移，也不能下乡工作、打游击，就分散住在偏僻村庄的老百姓家里，化装老百姓，跟村里一道转移、打游击。边区军民都管这病号的分散叫"坚壁"，意思是从"坚壁清野"而来。

（注二）"长生果"，河北西部一带山地老百姓管花生叫"长生果"。

（《晋察冀日报》1946年5月27日，《副刊》第1期）

孩　子

熊焰

一天，我正在工作，忽然通讯员递给我一封信，一个用新闻纸自做的，不到二寸阔、四寸长的信封，上面歪歪斜斜地写着："张家口联大熊焰妈妈收。""六岁的孩子会写信了吗？不是她，又是谁呢！"虽然我是多么盼望她给我写信啊！信封的反面密密挤挤打了七八个邮戳，延安、山西、张家口……再看那信封污秽又皱褶，显然是经过了长途的跋涉。除了孩子还有谁在延安呢？一想起这定是小民寄来的信，我不禁兴奋极了，我的手颤抖地企图很快地拆开那信，然而却意外地失败了。

泪水迷离的眼帘下，映出了这样可爱的字："亲爱的妈妈！你的身体好吗？我的身体很好。——我现在还是儿童团的团员呢！……我们早晨喝豆浆、晌午上自习，我演过戏叫《金牛学好》，还拍了照哩……敬礼！女儿小民二月二十二日。"看完了信我冷静了一下，我有些不相信这是她写的。别离才半年，难道她已学会这样多的字了吗？写得相当整齐，除了"在"字写成了"左"字外，几乎没有一个错字，这明明是她的笔迹啊！

我一遍遍地念着那信，甚至于嵌在我写字台玻璃下面，以便常常看见那些可爱的字。我闻我女儿可爱的气息，我感到欣慰和愉快。

以前当我工作稍有闲空时，我总会想着孩子，而且要用母亲所特有的唠叨自问着："她长大了没有？……鞋破了吧？……会生病吗？"而且总带着母性的不信任，私自叹息着："总没有自己带着好啊！什么时候能来啊？……"其实这些都是多余的，我早已看见孩子在保育院的生活，一个个红得发紫的胖脸，小牛样茁壮的身体。记得临行的那天，我去看她，在河边的沙地上，我坐在树根上抱着她，将我盘旋思索了好久应不应该告诉她的话，告诉她了：“小民！我要上前方去了，你会哭吗？”

她显然为这事吃了一惊，睁着两个大眼睛看着我，脸是严肃的。很明显的她不愿意我走，可是她并没哭，只是加紧地倚在我的怀中。

于是我开始和她进行说服教育：“工作需要啊！打日本鬼子，打顽固分子！”这是一般人不能想象的，怎么对孩子也讲这一套呢？然而我却了解她，别的说服不了她的。记得有一次保育院放假，接她回鲁艺。开学后，她就不愿回保育院，提起来就哭。于是大家就和她说理：“小民！你不好！我要批评你，为什么不服从组织分配啊？”她无言地低着头，晚上她告诉我她愿意回保育院去。第二天他们坐上了大车，许多同志给送行，问她：“小民！你为什么愿意回保育院？”她很严肃地说：“我服从组织的分配！”

在我和她说了半天后，我觉得这次她未必能这样爽快了，然而她忽然认真地站起来说：“妈！你上前方去，日本鬼子、顽固分子消灭了，来接我！”

泪水盈溢着我的眼眶，喉头也哽咽了，因为我想到这是最后一次在这儿看她了，以后再见也许要有一个较长的时间，而且在一个不可知的地方。我抚摩着她那黄软的头发，她那小馒头样的胖手，她那红得发亮的小脸……这一切都是那样熟悉而亲切啊！“于！……于！于！……”山上窑洞前哨子急遽地响起来，我正待和孩子温存片刻，然而孩子蓦地离开了我的怀抱，站起来，很认真地说：“妈！我们要集体活动了！我走了！”她用爱的依恋的眼光看了我一下，就向他们的队伍飞跑去了，转瞬间小牛样茁壮的身影消失了，我只看见那山坡上的窑洞前一群孩子们正在叽叽嚷嚷地跳叫着，我好像看见一群嘈杂愉快的鸡鸭群，再也分辨不出哪一只是属于我的。

一种莫名的酸意掠过我的心头，两滴眼泪挂在我的脸上，然而我又为那幸福的一群而愉快。

我应该完全放心，孩子生活在中国最幸福的土地上，她健康、她智慧、她是新人！我应该完全放心！别唠叨地惦记着！毛泽东同志在照顾着她，只有比自己照顾得更周密！

一九四六年五月十五日于张家口

（《晋察冀日报》1946 年 5 月 31 日，《副刊》第 5 期）

新　娘

葛文

这几天，刘二妮正在赶做嫁衣。姐妹二人，每天下午把营生摆在南檐口下，趁妇女们一伙，说说笑笑挺有趣。嫁衣并不强，蓝蓝的，黑黑的，还有白条条布，可是羡慕得这一伙妇女问这又问那：

“二妮子，这是你男人送来的？”

“二妮子，你穿上这愈发漂亮得不行！”二妮子一点也不封建，讲述给她们听：男人是自家找的，工厂的工人，抗日七年啦，是个无产阶级，可是会写字。这衣裳自然是俩人商量好的，还有一块香胰子，一条大玫瑰花的毛巾。二妮高兴得两脸蛋红润润的，愈发漂亮了，大眼睛，睫毛长长的，扑闪扑闪真有神气，简直不像刚从婆家回来时那种鬼样子，头发锈成一缕一缕，肩膀挺出小布衫，老是噘着嘴不说话。谁要多问上几句，就会双手掩着脸呜呜地哭，然后她会慢慢地讲给你：十四岁上娶到婆家，公公是村里有名的“红砖”（注一），自己在婆家，就像一个长工，背粪、打柴、锄、镂、耕、种，田里来地里去，土地就是自己的亲人。男人么？和自己像个过路人，黑间睡觉一个炕东一个炕西，就这样过了九年，这有什么意思？

刘二妮是个粗手大脚，能受待干的妇女，靠双手满能养活自己，比方自打离婚后，靠做针线和卖豆腐就吃喝不清。二妮子心里早已拿定主意，找不下个如意人，宁愿孤单一辈子。

结婚的日子，是她俩选择好的，真是一个好天气。五月的乡村，微风悠悠摆动着青青的柳树、槐树，茂密的枝叶交结地搭成一个自然的凉棚，搭在刘二妮的大门口。新娘穿一身新蓝布衣，新鞋新袜；黑缎子般的剪头发，靠在门口，顺着滹沱河渠沿已经眺望过好几次了。

门口黄土地扫得净光，槐树叶柳树叶印在地上，印成大花小花，河风吹过，愈显得凉扫（注二），吹得妇女们的短发沙沙飞起。妇女们叽叽喳喳，又是扭又是唱。青妇二妹子嗓音最亮：

柳树开花一团金，

寻人要寻抗日人，

有吃有穿又光荣，

每天起来打日本。

二妮子没扭，靠着门框，小声地哼着。妇女自卫队长走过来，搭在她肩上，亲热地说："你比头回做媳妇还新呢！"

"那回谁懂个什？一辈子这才是头一回呢！"长睫毛，扑闪扑闪真有神。

"咳！你们看，来喽，来喽！"几个青妇拥过来，惊动得大家都顺着河堤望过去，河堤弯弯曲曲，两旁垂柳搭成一个荫绿的过道，静静的……

"二妮子可是着急了……"又是青妇二妹子开玩笑，刘二妮一手把她推开，正要回身，猛听得青救会主任二小子大声地说：

"吵死人，三个老婆，赛过破锣！"

"嫌吵，你结婚时，我们一个也不去！"二小子遭到了大家的反对，鼠一般地钻了过去。

傍晌午时，男家来了两个牲口，介绍人也来接。刘二妮骑在牲口上，抿不住嘴只是笑，柳条披到肩上，像金丝带一样，拂着她的黑发。他们穿过渠沿，消失在山脚尖绿柳林中了。

十天之后，她娘老眼昏花地正在门口捻线，瞧见一个戴草帽挎挂包的妇女走上来，等走到跟前，这才吃惊地道：

"是你呀？二妮子。我还当是哪个女工作员呢！"

闺女找了好女婿，娘也满意，常夸耀地说："这结过婚才半月，比那十来年的夫妻还要恩爱呢!"

(注一)"红砖",即不讲道理,蛮横之意。

(注二)"凉扫",即凉快之意。

(《晋察冀日报》1946年6月2日,《副刊》第7期)

红色的布包

伍延秀

在偏僻的山城的旁边，有一间破烂的房子，歪斜地站在泥泞和荒草中间。房子的前半部快塌了，用几根树干撑着。在离房不远的地方，有一条小路，穿过草丛深入山中去。这里不是引人注意的地方，但是偶尔路过这里的人，总禁不住说道：

“这是谁家的房子呀？为什么这样凄凉？”

一天，我流浪到这里来，那时我还是一个十三岁的孩子。因为没有钱，天又下着雨，黑夜中，我爬出了城，找到这间黑黝黝的房子。起初，我以为这是绝了香火的人家，大胆地把门推开，想走进去。当我的右脚，刚跨过腐蚀的门槛，一个老妇人的声音惊愕地叫了起来：

“呶呀？”（注）

这使他感到又高兴又惊奇，赶快用壮话轻轻地说：

“伯妈！是我，落难人，想在你这里住一夜，可以吗？伯妈！我没有钱。”他说着，慢慢地摸进去。

“好娃娃！你来吧！”她说，将我抱住，坐在炉边的木桩上。

我走了一天，没有吃饭，衣服也汗湿透了，很疲倦，就躺在她的怀中。我因为她是壮族，很高兴地问了她许多事情。后来我才知道，这是一个姓唐的六十多岁的寡妇。她丈夫在的时候，靠卖柴草过活，生了个孩子，叫岗宁。岗宁刚刚四岁，她丈夫就患疟疾死了。她就在给人缝针线、卖柴草的饥饿日子里，把孩子养大。她原想靠着孩子度过老年，但是，孩子刚刚十八岁，就被县上抓去，用来堵击当时北上抗日的红军。这样，好像就永远地埋丧了她的希望。县里为了不使壮族受红军的影响，她也被强迫地集中在一个偏僻的山谷里。

从此以后，她常常关着门，流着泪，动也不动，悄悄地坐到深夜。有时候，她也常常站在窗前，好像盼望着什么似的，从破烂的窗棂中，眺望着荒芜的旷野……后来，我朦胧地睡着了，不知道她再说些什么。

突然，我觉得她离开了我，便惊醒了。朦胧中，我看见她正从火炉中，扒出一颗火，吹燃着松香，房子亮了起来。一对哭红了的眼睛，黄瘦的皱纹满面的脸，和那披在肩膀上的灰白的长头发，使他很自然地感觉到，这是一个遭受苦难折磨的不幸的老人。她慢慢地，从玄色的破烂衣服中，掏出一个小红布包来，正要把它打开，突然发现我已经醒来，正好奇地看着她，她又急忙地把小包包收起来，只是看着我微笑着。

一种孩子的好奇心，使我走过去抱着她说：

“伯妈！给我看看是什么？我不要你的。”

她甩脱他的手，哄着他说：

“小娃娃看不得，看了会瞎眼哩！”

“不，你哄我，你哄我。”我顿着脚向她要。几乎爬到她的身上，而她，很快地把拿着小包包的那只手，高高地举起来。后来，我和她讲好，不弄坏、不要她的、不告诉旁人，才给我了。

我接过小红布包包，一层一层解开。当我快要解到最后一层的时候，她突然走到门口，用身体将门板堵住，嘴唇微微地颤动着。显然的，她怕我拿走这个东西。

“慢点呀！轻点呀！狗崽儿，不要弄坏啦！”她见我解得很快，就喊起来。

他性急，很快地把七八层布包解完了，最后现出一个鲜红的纸包，看见了一张很平整的红军用的一元钞票。钞票的后面，折放着一张红纸条，纸条上面，横写着歪歪斜斜的汉字：

"亲爱的苗、瑶、壮、傣的同胞！

你们不知道我们是怎样的人吧！让我们告诉你们，我们是工人、农民自己的武装，是你们民族的真正的兄弟。为了你们，也为了我们自己，我们必须联合起来！打倒日本鬼子！打倒压迫我们的敌人……

现在，我们北上抗日去，昨天在你们这里住，用了你们柴草二十斤。谢谢你们！此致

亲爱的敬礼！

中国红×方面军士兵

一九三四年十二月"

我刚刚看完这字条，她又忙着从我的手中抢过去，问我说：

"懂了吧？我的好娃娃，你讲一讲！"

于是，我把钞票和我所知道的红军的情形告诉她。她听了后，紧紧地抱着我，兴奋地说：

"要没有他们，我这小窝窝早就倒下啦。"说完，她拿灯，拉我到窗前，指着窗外的撑着房子的几根大树干说：

"你看！那几根大树干，是红军给我撑的呀！我的好娃娃，告诉我吧，他们在哪里？"

"在——北——方！"我想了一会儿，快乐地伸出一个小指头，指着北边，一个字一个字慢慢地说。

但是，她还是很不满足，又张着没有牙齿的嘴巴问：

"他们什么时候回来呀？"

我没有办法回答她，等了一会儿，我靠近她的耳旁说："伯妈，岗……岗宁哥哥，跟他们去就好啰！"

她沉默了一会儿，突然眼睛里充满了眼泪……

夜深了，狂风扫着窗外的旷野，发出呼呼的啸声。一只老鹰，在古老的枫树上，拍着翅膀"呦呦"地嘶叫着，好像在渴望着黎明的

到来。

（注）“吻呀”，壮语，是谁的意思。

（《晋察冀日报》1946年6月4日，《副刊》第9期）

忍　让

古立高

八达岭下铁路线上的“41号”桥，成了天堂和地狱的分水岭。站在哨位上，心头就压不住那激愤的怒火：桥那边耸立的炮楼，和那着美式的服装、握美国武器的国民党兵，简直成了阳间的阎王殿和鬼魅了，每一个老百姓步近跟前，都森然可怖揪着心，低着头，卑下地向他们微笑，一不小心便要挨他们的拳打脚踢。最使人害怕的就是他们承袭了日本老一套的那些脱口而出的字眼：“你他妈的勾通八路！”“给八路军买的是不是？”那些字眼象征着坐牢的危险和死的恐怖啊！

但是只要用钱暗暗一通：“先生！您包涵！买双鞋穿！”那些国民党兵，就把那当兵的本色显露出来了！“去你妈的！”一面把钱掖在腰里。为糊口而奔波的小商人，慌乱地跑过桥，才伸直腰吐口气，向我们的战士招呼着；“唉呀同志！这算又过了鬼门关了！”愤恨、同情，说不出一句话。

战士柱子是个炮仗脾气，他看着这样的情形，常常气得发抖。一次，一个国民党兵打一个无辜的老百姓，他便吼叫起来：“你们是中国人不是？！”那人才趁机逃脱了。国民党兵又追过来，柱子毫不迟疑地哗啷一声顶上子弹，对方才不敢动。老百姓感激地抓住柱子的手：“同志，谢谢你！要不……唉！钱和东西都叫他们抢去了！”柱子把牙咬紧不说话。

战士们心里窝着气，柱子一个人背地里常常哭，但他不让人看见。

最近发生一件事，柱子再也不能忍耐了，一个苍白头发的老太太，眼哭得红红的走过来。这老太太是抗战八年的八路军的家属，她已经五六年没看见她的儿子了，不远千里而来看望，叫国民党军队把钱和东西抢了个一干二净，押在肮脏的黑屋里七八天，并说："当八路军就犯罪！"她的腿也给闹跛了，脸黄得像蜡一样。当柱子问她时，她泣不成声地用衣襟擦着泪："孩子们呀！看住了他们！和汉奸鬼子一模一样，汤药都没换！"柱子忍住眼泪，跳起来："班长！我们就这样看着吗？我们是不是为老百姓服务呢？日本汉奸咱们能打，这些王八蛋我们就眼看着不管吗？"班长的手搭在柱子的肩膀上："柱子！你不要太急躁了！他们慢慢会改的，再忍让一下吧！为了求得和平民主，为了老百姓不再重遭战争的痛苦！"

柱子死不愿听"忍让"这两个字了，国民党背信弃义到处撕毁停战协定：在中原、在冀东、在冀中、在绥远……国民党不断向我们进攻，东北的内战正在扩大！我们为了和平又自动撤出长春……柱子噘着嘴："哼！光说让步，蒋介石吃着碗里望着锅里，你让到什么时候为止呢？难道让人家扼住我们的脖子都把我们卡死吗？"班长急急地辩驳道："不！我们会自卫的，敌人在哪儿进攻，我们就在哪儿抵抗，我们决不打第一枪！"柱子不服气："第一枪？怎么才算第一枪呢？中原、冀中、冀东、东北……人家都向我们开着枪，我们就光等着打到我们的头上来吗？"

"同志，为了和平啊！……"

一阵嘈杂从桥那边传过来，抬头一看：几个国民党兵持着雪亮的刺刀，正捆绑几个衣服褴褛的老百姓！"去你妈！你叫唤！"耳光的声音似乎都听见了。

"柱子！注意前面！"班长匆匆地去了。柱子眼里凝着泪花，嘴里唠叨着："决不打第一枪?！难道叫人家把我们都杀光吗？"

六月七号的清晨，岔道是非常恬静的，大群的小买卖人在晨曦里摆布自己的摊子，庄稼人唱着山歌走向地里去，队伍在操场上跑步唱歌，一群娃娃夹杂在一块儿，有的要求教歌，有的讲着故事，咯咯嘎嘎地笑着。

柱子在山顶的哨位上注视着前方。

“轰!”一颗炮弹从国民党方面打过来，落在岔道的城墙旁边，老百姓吓得趴在地下，山鸟惊恐地飞窜了，几头驴互相冲撞着，接着死一般的沉寂，一个哨兵急冲冲地跑进连部：“报告连长！国民党向我们打炮!”大家正吃饭呢！连长抹抹嘴，把勃克枪挂在脖子上：“通讯员！告诉各排布置好!”

“轰!”又一炮。

“同志们！国民党真打我们头上来了!”连长说着向出跑，街上的老百姓来往急忙地奔跑着，小孩子哭叫着，连长冲向山去。

柱子跳起来：“好哇，小子！这你算打了头一枪了吧!”大家同声喊：“打他个王八蛋的吧!”柱子把子弹哗的推上膛：“老子不报仇不是人!”班长急忙地揽住他：“柱子别打！看看情况怎么样！……”班长集中地向打炮的方面窥视。

炮依然打过来，震得山摇地动，把沙土和硝烟卷到天上去，杀气划破了这平静的气象。连长抢上山头喘着气：“怎么样?”

“只是打炮！看不见行动!”

连长用望远镜向国方探视，也看不见什么行迹。柱子几乎是号叫：“连长！这我们还不打吗？人家的炮已经落在我们头上来了，我们是窝窝头吗？连长！你下命令吧！老子一个人拿他的王八窝!”连长摆一摆手，叫他不要再嚷，柱子背过脸鼻子又一股子酸，泪水涌出眼眶来。

连续打了十一炮停止了。连长放下望远镜说：“同志们！可能是国民党向我们解放区开玩笑了，大家注意一点，并没有什么进攻的模样！我们一定要向他们抗议的!”连长转过身，忽然看见柱子，在那背着脸擦眼泪，故意开着玩笑："柱子怎么啦——流猪尿？害怕了吗？嗯？只要他进攻我们，有他的苦头尝，别哭啦！"柱子越抽咽得厉害，半天他说："连！长！我们打……败了鬼子，现在成了受气包了……国民党骑人脖子拉屎，还叫人吃喽！我们……"连长也认真起来，他说：

"我们忍让还不是为了老百姓——为了和平！柱子！我了解啊，哼！要是以我的意思，非誓死斩尽杀绝这些吃人饭不办人事的东西不能解气。但今天党的政策，不是这样，我们还是忍耐一下吧，不过他要真敢把狗爪子伸进来，就不客气地给他剁掉！"连长斩钉截铁地挥着拳头。

柱子的眼泪一颗颗地滚出来，他凝视着国民党的碉堡，把嘴唇咬紧，沙哑的声音从胸中吐出来："连长！我们抗日人犯罪吗？前几天我老乡来说，我爹在家被国民党杀啦！"这句话就像晴天霹雳，连长、班长、战士们，都惊愕地睁大眼睛，一时说不出话。连长立刻把柱子的头搂在怀里，柱子放声地哭了……

（《晋察冀日报》1946年6月10日）

小　八　路

伍延秀

一

去年冬天，我和十几个同志，到北方来。有一天，天还很早，我们就找兵站住下了。我们刚吃过晚饭，一个小鬼，提着一大洋铁桶开水，一步一摆地很吃力地走进来。

他戴着一顶两寸多长的黑山毛大皮帽，穿着一套又宽又长的破棉袄，脸上有不少黑斑点。我帮他接过开水，把它放在炉上。

“小鬼，你来!”我拉他靠我坐着，把一只手放在他的肩膀上，问他：

“你叫什么名字?

“可可。”他低下头说。

“可可!”这名字多怪呀！我就问他：

“为什么叫这样的名字?”

他红着脸说：

“人家这样叫我，我不……”

我听他说得有些含糊，看样子，有些不太好意思，就不再追问。而他，也好像要移转话题，从口袋里掏出本子，转过身去，躺在床上，舐了一下铅笔，就写起来。不一会儿，他送给我说：

“你看！写得对不对?”

我接过本子一看，上面写着歪歪斜斜的字：

“共产党、八路军，他是我的救命人。”

我看了，以为是人家教他写的，问他说：

“谁教你这样写的？”

“我叫杨教员照我的话教我写的。”

我有些不相信，就在后面添上“我爱他”三个字，故意问他：

“你会认不？下面应该怎样写才好？”

他偏着头，瞧了一下，就高兴地跳起来说：

“认得，认得，这是‘我爱他’，下面再添上‘他爱我’，不是就说出我们好像一家人了吗！”

同志们听了，都很高兴，说他是好孩子。他欢欢喜喜地坐在我的身边，我高兴得禁不住想抱起他来；但是，我看见他的棉裤上，两个膝盖都破了一个大窟窿，我就走到床边，从被子的破洞里，撕下一朵棉花，拿上一块破布，找出针线，蹲在可可跟前说：

“可可，我给你补这两个窟窿。好不好？”

“好。”他高兴地说，伸直腿，让我帮他补。我把棉花塞进窟窿里，铺上一块黑布，就缝起来。谁知道他看见我缝得一针长、一针短，就抢过针线，学着鬼子说话的神气说：

“你的，大大的不行，我来。”说着，就很熟练地缝起来。

我感到有些稀奇，就问他说：

“你怎么缝得这样好？”

他锁着眉头，淡淡地说：

“我四岁学会针线。”

“怎么？怎么这样小就学会干这种活？”

我这样一问，他就慢慢地抽着针线，眼泪突然涌了出来，簌簌地滴在针线上。我奇怪地问他：

“好好的，怎么哭啦？可可！”

他呜咽着说：

“家里穷，爸爸在矿上做工。鬼子来的那年，不知道怎样，他们说爸爸通八路，把爸爸拖去活埋。爸爸死了，妈妈就改嫁，扔下我一个人，没有吃，吃糠窝，没有穿，穿烂挨狗咬。我……我在矿上捡煤屑，侍候人，挨打受骂什么都得忍着干。七年多，病了没人管，衣服烂了没人帮我一根针、一根线……”

我终于站了起来，安慰他说：

“可可！不要哭啦！你刚才不是写过吗？你说：共产党、八路军，是你的救命人。有了他，你还怕什么？……”

我话还没有说完，院子里突然一阵叫声：

“可可！可可！”

“哎，在这里。”我替他答应。

于是，一个二十多岁的女同志，走了进来。她拿着一套崭新的黄色军衣，一套白衬衣，一边高兴地走着，一边好像带着责备似的语气说：“天冷啦，今天发新棉衣，找你半天找不着。你这孩子，真是……”她说了一半，看见可可眼睛汹涌着泪，她就调了一下温和的语气，抚摸着他的头说：

“怎么啦？哭啦！”她向我们笑了一下，表示她告诉我们，她要安慰他。然后，接着说：“谁欺侮你？告诉我，我给你出气。”

可可不作声。

我把情形告诉她。她点头叹了几口气，她并且告诉我们说，可可是山西人，今年才十二岁，家里什么人也没有。八路军刚要解放他家乡的时候，他病着躺在一个肮脏的破洞里，谁也不去理他。八路军解放了他的家乡以后，把他送到野战医院去，他才留下这条苦苦的小命。他病好了，抱着我们的看护，淌着泪说：“你……你们是我真正的妈妈，我不愿离开你们，我活着跟你们在一块。你们随便叫我干什么都行。”这样，他就当了小八路。他才知道共产党八路军是受苦人的父母亲。这次，他和部队来到北边，因为他年纪太小，把他留在这里。他原来的名字叫“王可展”，因为他工作顶好，学习又积极，吃大米饭时，人家吃两三碗，他吃五六碗，所以，人家都叫他“可可”。

我们听了，禁不住哈哈大笑起来。可可自己，也嘻嘻地笑着跳了起来，伸着手，想去捏住她的嘴巴。但是他太矮了，他的手伸不到她的嘴，只好一只手抓住她的衣服，防备她逃跑，一只手握着拳头，“嘣嘣嘣”地打着她的后背说：

“你还讲？你还讲？”

我们又笑了一顿。

二

时间不早了，房里炉火生得热烘烘，炉上的那桶开水，白腾腾地冒着蒸汽。可可拿了新衣，翻来覆去地摸着，问我说：“这是啥布？这样厚。”

我见他蛮高兴，把他拉到面前，喊着说：

“喂！同志们！大家来给我们的可可穿新衣。”

于是一阵欢呼，大家就动起手来。可可虽然要自己穿，但我们有的硬抢过他的新衣，有的硬抓住他，给他解开身上的旧衣服，七手八脚，弄得他热得几乎冒着汗。当我们把他的旧衣服脱下而刚要穿上新衣服的时候，一个同志喊道：

“不忙、不忙，炉上有热水，让我们给我们的可可洗个澡。”

于是，我们又忙地拿脚盆、拿肥皂、拿手巾、调热水，一股劲儿硬把他挺在盆里，从头到脚，都洗得干干净净，然后，再帮他穿上新衣。新衣穿好以后，可可跑到杨教员房里拿了一块破镜子回来，按在被煤烟熏黑了的墙壁上，对着它说：

“我真的像个小八路，假使我爸爸还在，那他一定顶欢喜……”

他的话没有说完，一个同志从干粮袋里掏出几块糖饼，大声地喊道：

“同志们，给我们的小八路贺喜！”

“好！”一阵掌声，我们把可可一直抱得在房里打转，大声地唱着：

“向前！向前！向前！

我们的队伍向太阳，

脚踏着祖国的大地，

背负着人民的希望。

……”

我们在这愉快的歌声中，度过了这冬日的黄昏。

（《晋察冀日报》1946年6月15日，《副刊》第20期）

牛官赫进喜

——山村纪事之一

萧也牧

赫进喜本是阜平神堂堡村的一个贫农，四〇年初春，日本人在村里安了炮楼。到冬天，赫进喜再也受不住熬煎，带了老婆和九岁的儿子——富顺子，逃到根据地里来，到了繁峙堆臼沟里的白塘村，给人家拦牛。

我第一次会见赫进喜，是在四一年，正好我到白塘村里去配合反“扫荡”。虽然还是秋天，那地方却已经开始下雪了，可是富顺子却还光着屁股，蹬在炕角里烧牛粪取暖，一刻也舍不得离开；他一面烤山药蛋吃，吃了一个又一个，吃得不但把嘴巴全抹黑了，似乎把整个额角也抹黑了。

那时，牛主们正嚷着要下赫进喜的工，弄得赫进喜正坐卧不安，见了富顺子那股子穷相，一言不语，过去就给了两个响耳光，把富顺子打得滚下了炕，连哭带嚷，光着屁股逃走了。

我在村里整住了七天，雪已不下了，临走的时候，赫进喜全家一直送我到村口，他对我说：

“你看那周凤鸣真是比狼还心狠呵！要不是给游击小组抓住了，全村的牛都得煮了肉！”

说来话长，在三十年前，白塘村这地方，是一片没人管的荒山坡。花椒贩子周凤鸣，看中了这地方，他在坡跟前盖了几排土房子，找了一批难民来开荒。开出多少地，就算是他的，不几年周凤鸣就成了财主，坐吃租子。

日本人来了，中央军逃了。八路军又从日本人手里夺回了这地方，第一条就是减租减息，取消了那些“吃人”的规矩。以后，谁开了的荒，就算是谁的。好在这里有的是荒地，不到三年，穷人们的光景全变了，不但有了地，还喂牛，全村三十户，就有十二头牛。所以，赫进喜放的是“门牛”。

周凤鸣也喂了两头牛，说好放一年八斗小米，他却给了八斗谷子。赫进喜不干，恰好张区长下乡到了这里，周凤鸣就去告状，说赫进喜是诬赖。张区长本是拦羊出身，吃过财主们的亏，知道这一套，不觉动了感情，火上心头，伸手就给了两个耳光。

到秋天正要收割的时候，一连暴了三头牛，人们摸不清是怎么一回事。周凤鸣就鼓动大家下赫进喜的工。

有一天黑夜，游击小组到麻子山去取联络，在牛栏旁抓住了周凤鸣。

原来周凤鸣正在捣鬼：他把山药蛋切成条条，每一条里插了一根绣花针，煮熟了喂给牛吃。牛吃了这东西就不想吃喝，又疲又瘦，非死不解。前几天暴了的三头牛，就是这样给治死的。人们就把周凤鸣送交政府法办了。

那正是前几天的事。

我参加了这个斗争之后，即刻就走，可是告别时，赫进喜叫我略等一等。他对富顺子不知耳语了些什么，富顺子就奔回家去拿了一小把胡桃仁来。赫进喜觉得有点不好意思，就向富顺子瞪了一眼，对我说：

“你看这小狗入的，灰呵不灰？我叫他全拿来，给你路上当干粮，他却拿了这一点点！”富顺子却低了头悄悄地说：“我还吃哩！”

我忽然发现富顺子黄瘦的额上，印着一片乌黑，我就问他：

“怎么吃山药蛋把‘得颅’（注）都吃黑了？”

赫进喜叹了一口气说：

“不是，那是在神堂堡的工夫，把这小狗入的饿着急了，到老洋鬼的马栅里乱转，想在马粪里捡几颗黑豆吃吃，却给马蹄踢着了！”

我的眼睛不觉一阵酸，我就走了。

天却又下起雪来。

★★★★★★

四五年秋天，又是快到收割的时候，我奉命向张家口进发，路过白塘村，正是快吃下午饭的工夫，我顺便到赫进喜的家里去望望。

一跨进那座小石头屋子，我几乎疑心是走差了。

院里添了一个新猪圈，八九个小猪，一个紧挨着一个，在啃着老母猪的奶头。左边是一个牲口圈。我正想走，屋里出来了一个妇人，穿着一身新的黑棉袄裤，身上粘着一片羊毛，大概她正在纺毛线。那妇人正是赫进喜的老婆。

她又惊又喜，把我引屋里，叫我上炕，叫我不要动。我正想叫她别忙，她却奔出去了，趁这当儿，我就抽起烟来。

炕上铺着驴毛毡子，墙壁、锅台刷得雪雪白，窗上糊着白纸，上面贴着“鲤鱼跳龙门”的窗花，筐子上面叠着筐子，墙上挂着一把“大头”谷子和平西种的玉茭子籽种，几只肥鸡啄着地上没扫净的谷粒……

不一会儿，赫进喜和他的老婆、富顺子都回来了，富顺子还牵着一头毛驴。

富顺子长成一个好后生了，还不到四年，却好像长高了一半。下身穿着一条青棉裤，上身穿着一件白布衫，微敞着上胸，里面露出大红的棉腰。

赫进喜老婆忙着去做饭，富顺子却又不知出去干什么了，我就和赫进喜拉起话来。

才知道他在前年就不拦牛了，几年来，生荒连熟荒，一共开了三十二亩。今年春天还买了一头驴，一半是自己的，一半是向合作社贷的款。今年正是丰收，打下粮食还了款，就全成自己的了：“四岁口，是一头好牲口！”

饭熟了，整整摆满了一炕桌：黄花菜、大小菜，可口之极，就是油放得太多了一点；推的莜面窝窝又薄又细。我怪他有点浪费，他说这都是自己地里的东西，还怪我为什么不早给他捎个信，不然，他就好上集去打四两枣儿酒来喝喝。

吃饱之后，我就告辞了，他真有点生气，我说那是上级的命令，月底要赶到张家口，所以今天还要赶二十里路才行。

这一次他和富顺子，一直送我到沟口。

临别，他想说一句什么话，想了半天，还是想不出来，富顺子却说：“你还回来不？”我说：“要回来的！”

我忽然想起了一件事，看了看富顺子的额角，上面依然还有一片乌黑，虽然已经是浅得多了。

我正想走，突然看见赫进喜正用着他那粗大的手，在擦眼睛。我想大概不是在流泪吧？因为赫进喜是一个硬汉子，当年就是给周凤鸣害得快没饭吃的时候，他也没有滴过一滴眼泪。

（注）“得颅”，是脑袋的意思。

（《晋察冀日报》1946年6月22日，《副刊》第27期）

永远忘不了她

——献给边区的姊妹们

草明

“像这样的故事，在冀中真是平常得很！可是你知道，我挨女人骂，却是有生以来第一次。”那一天，吴喜常微笑着对我说。

“你知道啦，我出生后半岁便死了母亲，我的姑姑抚养大我。她是这样的一个人，她宁愿害两天病也不愿骂我一句。十四岁，我便参加了红军，以后，便很少机会接触女人了。”

吴喜常是一个高大、健壮的年轻人，有着一对浓黑的眉毛和一双大眼睛。说起他的眉毛，活像老百姓家里常用的黑鬃毛牙刷，分两边斜斜地插在紧皱的眉心上，眼睛又严肃又紧张地老爱盯着远远的地方，叫人瞅着想起他打仗的时候，正是用这样的神气去对付敌人的。此外他还长了一个笑起来非常和气，又非常动人的嘴巴，亏得他有这样的一个嘴巴，不然的话，人们一定嫌他的相貌生得过于严厉、过于枯燥了。

他不大谈起女人，但他有着八路军的那种传统精神，要么不谈到女人，谈起来呢，却是那么自然、友爱而且正派。他接着把故事说下去：

“敌人从交河县南下沿交富支路向我们的地区‘扫荡’，为了要正确了解敌情，并且监视他的动向，我得亲自在公路附近侦察。你知道啦，在平原上，我们做侦察工作和地方工作的，假如没有了脚踏车的话，我们的工作一定做得没有那样好。

“那时候，天才刚亮呢，城里冒着炊烟。还早呢，我心里想。骑在车子上兜了两个圈子，正要把望远镜往怀里揣的时候，便发现一股敌人正从公路的那边蠕动着向我这边来。我把脚按住了车子，眯起眼睛瞄了一阵子，于是把身子一偏，让车子带我往杨庄驶去。

“妈的，我最后一次回过头去的时候，看见敌人的两个尖兵已经尾追着我了（一个日本兵、一个伪军）。看看杨庄就在前面，老百姓正成群结队地携着小的、背着包袱往前面逃避，很快，我把车子丢在地里，混在老百姓队伍里。为了便于监视敌人，我是走在老百姓的后头的。敌人，他知道这个规律，骑车子的多半是‘大大的八路’，所以那两个尖兵老跟着我，拼命在后头喊‘老乡’。我呢，我觉得没有回答他们的必要，他们走快，我也走快，他们缓下来，我也缓下来。看看老百姓都往前面走得远远了，落在我后面的只有一个二十四五岁的年轻妇女，她手里抱着一个岁把大的小孩。她跑得面红气喘的，显然跑累了。

“我半回过头去探望后面的敌人的时候，她正焦急地望着我，好像她的疲倦没有什么关系，她和孩子的安全也没有关系，而最重要的是我怎样摆脱那几个尖兵去完成我的任务。她显然知道我是来侦察的。唉，她的目光是那么的仁慈，又那么的勇敢，叫我到现在还不能忘记。

“跟着，她在我的后面便开始大声对我骂起来了：‘看你这副冒失样子，把车子也丢了，你怕什么呀？……还不赶快把孩子接过去，我要解个手呢。唉，我的胳膊快给压断了，你看你还像个做父亲的！嫁给你真是倒半辈子霉。’

“她热心地骂着，赶上两步，便把孩子递给我，并悄悄地轻声说：‘快把手枪给我，等我去地里藏了，有我，你别怕。到杨庄村长那里，你认得他吧？’

“我把手枪和望远镜都给了她，接过孩子便继续往前跑，一面跑还一面听得她在后头骂。一会儿我偷偷侧过头去望她，她正蹲在地上干她的埋藏工作。

“到了村长那儿，我把事情的经过简单地告诉了他。不久，那年轻妇女和原先的日本兵和伪军，和另外两个伪军也赶到了。嗬，好婆娘，她一看见村长，便当真一把眼泪一把鼻涕地哭骂起来……村长一只手抱着小孩，用另一只手摸胡子，表示对年轻人的争吵无可奈何的态度，拼命摇头叹气。村长的老婆是一个和善的老太婆，她捧了一盆水出来给我洗脸，并走近她的假女儿，轻轻打了她肩膀一下，假意骂道：‘看你这副刁蛮样子，只会骂人，只怪我从小娇纵惯了你。你对，什么事都是你对啊，是了，你对……’跟着她老人家便向伪军解释，说我以前被‘皇军’捕过，给吓了，脑子至今还有点毛病……日本兵和三个伪军看见了这幕逼真的家庭活剧，只好相信了，懊丧地离开。敌人走了，关上了门，她深深地透了一口气，然后放心地对我说：‘你夜里到这里来，我还你手枪和望远镜。’

“我虽然第一次挨女人骂，但是你知道，她的声音多么地充满同志的亲切的爱啊。我一直不知道她叫什么名字，但我永远忘不了她。她的样子也长得很平凡，只要到过冀中的人，就会看见过那样的颧骨蛮高、牙齿微微外露、蛮热情又蛮率直的长脸孔。”

吴喜常把故事说完了，像补充什么似的哈哈地大笑了两声，然后把嘴巴紧闭起来。从他那紧皱而浓黑的眉毛和他那严肃的大眼里，我了解到他对那些勇敢、聪明的平原人民，充满了敬佩和称赞。

（《晋察冀日报》1946年6月27日，《副刊》第32期）

枣木扁担

——山村纪事之二

萧也牧

紧贴着我的卧室，是一家铁匠铺，门前有一棵大槐树，很密很密，铁匠炉就安在树荫下面，前面横着一条大道。我到这村已经快三年了，可是我们还不熟。只是在抽烟的时候，就到他的炉上去就火，有几次他也正歇着，见了我总是笑嘻嘻地说："抗日的真艰苦，连匣火柴钱也舍不得花！"

除此之外，就没有打过交道。

年年到了播种和收割的季节，每天从天才蒙蒙亮一直到上灯，"叮当！叮当！"似乎这个铁匠铺的活是永远做不完的。有时已经是黑夜了，还有人来敲门，等不得主人点灯开门，敲门的人就有些不耐烦了，就大声地嚷："老葛！老葛！这把镰使不得了，你沾一沾火，明儿还等着用呵！"

或者嚷："我们这组用不上镰，赛输了，你可要负责任呵！"

主人总是慢吞吞地答道："好！包你们得模范，输了算俺的！"

大生产运动来了，人人都得下地，各种农具全得用，老是向老百姓借，也确实麻烦，所以我们机关里也决定打几样，叫我和铁匠去接头。从此我们的来往就多了。

他问我："是哪里的家？"

我说："山西。"

他又问："是不是咱们占着的地势？"

我说："是的。"

于是他叹了一口气，说我是好福气。

我说："你呢？"

他说："不用提了！日本没来，就是穷！十三岁上就抡上了大锤，你看这！"

他拍了拍自己的脊梁说："不到四十背就驼了！真是有家归不得，家里还有一个瞎子的老娘，快七十岁了！"

我说："日本是占不长的！总有一天可以回去的！"

他说："我也这样想呵！可也得看日本走了谁去占，要还是那把子国民党呵！嘿！那还不是半斤八两？我是在事变以前就给撵出来的！"

后来我才知道，他是山东德州府人，姓高，因为这里的人们口音不一样，却叫他"老葛"。他自打出了师，就和人搭伙计包活，今天这里，明天那里，没个准地势。宋家寨有个大庄户，叫潘得禄的，家里雇着四五十个长工，每年添置农具，也就得一二个月的工夫。有一年老葛他们包下了潘家的活。潘家有个使女，才十八岁，每天给他们送饭。那使女呵，又黄又瘦，老葛很心疼，常常偷着把吃剩的卷子送给她，日子长了，自然有了感情。

哪知这事给潘得禄知道了，那还了得！潘得禄就预备了一个大麻包，准备趁着黑夜，把他俩装在里边，压上石头，沉到河底，叫作"种荷花"。幸好透了风，老葛担上了自己的家具，连夜就跑，一夜整跑了八十里，总算没有给追上。

以后，他就到处流浪，再也不敢回去了。那还是十二年以前的事。

前三四年他到了解放区，积下了些钱，娶了老婆。

去年开展了大生产运动，他的活也更见忙了。可是他不但没有抬高市价，反倒定了一条新规矩："凡是抗属和拨工小组来打家具，一律八折优待。"因此，实在忙不过来了，合作社贷给他三千块钱的款，他就正式安上了炉，还雇了一个徒弟，索性不再担着担子走来走去了。

老葛的工作确实是挺忙：路过的牲口“掌子”坏了，也得请他钉一下，游击小组还得请他设计土炮……

今年村里还选他当了实业副委员。

可是他的生活却也不同了，断不了到桥头小店里喝几盅。歇着的时候，在他自己设计的布椅子里一躺，一伸懒腰，关节就“咯吱”发响，他就点上了一支“汽车牌”的纸烟。

有一次我去请他收拾家具，他正在哼着小曲：“解放区呵好地方……”

我故意问他：“你唱的是什么呵？”

他却反问了一句：“天下有什么地方还能比得上解放区吗？”

后来他索性跟我开起玩笑来了：“二哥！我走过的桥接起来比你走过的路还长呢！”

“不信？你瞧！”他忽然从屋子里取出一根枣木扁担来，两面都密密地刻着一条一条的深纹，像一把尺子。我说：“这是什么呵？”

“你看！你就不知道了吧？这是我的暗记，新到一个地势，就刻上一条。你数数我到过多少地方？”

我愕然了，我实在数不清！

一九四六年五月五日，在张家口重抄

（《晋察冀日报》1946年6月30日，《副刊》第35期）

道　歉

杨振亚

从俱乐部上课回来，战士们坐在洒满阳光的庭院里，一边喝水，一边讨论指导员今天讲的时事课。四班讨论得很热烈，大家争着发言，谁也不甘落后，只有新战士牛更儿低着头像思摸什么，不哼也不哈，这是四班中心眼最笨的一个同志。

“牛更儿，你也说点吧！”班长崔树元带着恳求的眼光望了望牛更儿。

“你说吧！知道多少就说多少。”学习组长鼓励他，别人的视线也集向牛更儿的脸上，暗自替他着急。牛更儿的脸上觉得一股热辣辣的，连耳根子都红了，像刚下过蛋的母鸡，看了看周围的同志，又带着很不好意思的神情低下了头。

班长见牛更儿一点都说不上来，便让大家解散去自由活动，自己个别教他，先把政治协商会议的成绩详详细细给他讲了一遍，才让他说。牛更儿只说了一句：“政治协商会……”接着又卡了壳。

“你别着急，慢慢说吧！”班长看着他那很为难的样子说。

牛更儿平常开讨论会，说好说歹还能说几句，今个就是着了急，越着急越说不上，两眼直望着班长，大颗的汗珠顺着两颊流下来。

“好好听着，我再给你讲讲。”班长又拣最中心的意思说了一遍，“照我这样说吧！”

牛更儿像个木头人一样发呆，心里又急又羞，乱得像一团麻，明明听着班长很清楚地解释了，自己一张嘴，嗓子就像被东西堵住似的说不出话来。

班长觉得自己很耐心地给他解释，他连一句也说不上，由不得年轻人的性子就发起来。

“牛更儿，你站起来，举枪。光凭你咱们班也得落了后。”班长带着满肚子的不高兴回到屋里去。早讨论完了的战士们，有的学生字，有的写墙报，也有到门外大院子里攀杠子的……

牛更儿两臂平直地举着枪，黧黑的面孔上露出烦恼，噘着嘴，两眼饱含着像埋怨谁的光泽。

牛更儿不是不努力学习呀！有一次指导员发觉他在连部站门岗的时候，嘴里还嘟哝着上的政治课。心眼笨这是千真万确的，从小就做庄稼活，手里拿支铅笔都打哆嗦。这会到队伍上来，天天什么军事操、政治课……闹得真有点脑瓜子痛。但牛更儿并不因为自己是个大老粗、心眼笨就不好好学，相反，谁都知道他是很努力的。

班长回到屋里在地下转着，心里渐渐感觉不安，他想想牛更儿不是不努力，罚他举枪是自己对他教育不耐心，这明明是自己做得不对呵！

“牛更儿回来吧！”班长的态度和蔼多了。

牛更儿噘着嘴慢慢走进来，把枪靠在枪架上，又很快走出去。心里也是老大的不高兴，认为自己心眼笨跟不上别人学习，就受处罚，以后这可受不了。他走到五班，对他一个一块来的老乡说：“我们班长可厉害哩，我非要求跳班不行。”

班长见牛更儿进来，原想说什么，可是还没等开口，见他又很快出去了。这时班长的心里懊悔难过，埋怨自己太冲动，不该罚牛更儿举枪。“一定要收回这影响。”他想说，“我可以向他承认错误……不，我是班长呵。”一种痛苦的矛盾在班长的心底交织着，使他陷于苦恼的深渊里。“我们一定要割掉这军阀主义的臭名誉。”政治委员的话又在他头顶上响起来了，声音多洪亮啊！使班长的心也震荡了。

“我一定向他道歉，这不丢人，这是光荣。”班长斩钉截铁地自言自语着去找牛更儿。

牛更儿正在门外大院子里的墙根下，无精打采地站着，看别人上杠子。

“牛更儿，我给你说几句话。”班长说。

牛更儿没有言语，默默地跟着班长的后边，到院子一端的墙角根坐下来。

“牛更儿，你恨我吗？我错了，我不该罚你举枪……”班长说着眼里含着忏悔的泪花。

牛更儿本是不满意的，但在班长诚恳的语言下，对班长向他的道歉，反深深感到惶惑不安了。

“班长，你不要把这些事放在心上，我没有什么，我心笨，我以后更要努力学习。”

“牛更儿，我脾气太急躁，我以后一定要下决心克服……”

不知怎的，牛更儿的眼前又亮起来了，刚才的不满、恼恨、想跳班的思想都从他身上飞远了。

（《晋察冀日报》1946年7月6日，《副刊》第41期）

人民翻身的时候

栗枣

“哼！三更半夜的，每天总是这个时候才回来。家里的事再没个管……”老婆头发蓬松地敞着怀，蹲在灶火前打着鼻音过重的山东腔咕哝着，烧着火。

“你这人，真是！天天和你宣传、宣传——这是给咱们自己办事吗？这是全屯的事……死脑袋，他妈的一辈子也吹不通……”王富生坐在靠墙的桌子前面唯一的缺腿子上敲着旱烟锅，疲乏地打着一个又一个的哈欠，眼眉皱得像墙角的蜘蛛网。他显然为老婆的唠唠叨叨引起了不耐烦。

王富生是个老实庄稼人，个子不太高、身体粗壮、紫黑的方脸上有着一双善良的眸子，过度的劳累与愁苦给他刻满了一脸时间的记号——皱纹，宽大的前额已经开始无可奈何地秃了顶。

他的老家是山东登州府，从二十五岁起，他就扛着铺盖下了黑龙江。那时的黑龙江在他的幻想里是一个多么大的希望啊！真可以说是“满山老棒槌，遍地皆黄金”。他就是在这种无边的诱惑下离开拐了腿的老父亲和刚结婚五个月的老婆，跟着一个乡亲下来了。

开头，就给刘财主家当地户，风里来雨里去，几年过去了，不但仍是两手空空，而且还欠下了刘财主的万年债，家也回不了，父亲和老婆也搬不来。正当这时，东洋日本发来了大兵，这一闹就是十四年。死活父亲和老婆是搬来了，可是那时的年月真是一天比一天无法过下去。今日出荷，明日报国，狗捐，猪捐一大摊，压得人像将死的倒卧。动不动就是什么思想犯、经济犯，年老的父亲就是因过五月节杀了只鸡被狗腿子抓进警察队，一口气气死了。熬来熬去，到年上算是熬出了头。日本跑了，新政府成立起来。这个新政府可是个怪，不出荷不派款，成天家不是打土匪，就是减租减息，像他这一号的穷人还分得了地种。最近县上又来人宣传反贪污反坏蛋，人们一哄，可就把伪满洲国时专门骑着人们的脖子拉屎的姜区长给抖搂出来。人们弯了一辈子腰，今天竟像村头的大白杨树一样直立起来。

斗争大会还没有开，县上的人说："还得多多调查，把材料弄得确确实实一丝不漏，一斗管保胜利。"因为王富生被补上了一个清算委员会的委员，白天跑一天，晚上还得开会讨论，今天更因为县长也下乡来了，所以会就散得更晚一点。

"咱们受了一辈子苦，今天是咱们翻身的日子到了！"他回味着在会上县长握着拳头咬着牙说话的影子，又想起这句给他印象最深的话，脑子里便跳出了黑龙江二十多年来的活图画：一年到头，两条腿架个肚子，苦吃了千万，福享不到一点。往常人家都说是"命"，自己也说是"命"，而自己也就是被这个"命"压得半死——"命"为什么单"命"穷人呢？穷人的"命"果真是从娘肚子生下来就有的吗？过去日本人强的时候是"命"，可是跑的时候是什么"命"呢？不明明白白是"大鼻子"和抗日联军给赶掉的吗？

他好多天来就怀疑了这个"命"，到现在他们许多"老庄"要斗坏蛋姜区长了，他突然发觉姜区长的"命"正抓在自己手里，不是神也不是鬼，"命"就是人，许许多多的人……

老婆噘着嘴在替他收拾饭，红红的火光泼了满身。他出神地看着老婆打绺的黄发下憔悴的瘦脸，他忽然觉得老婆很可怜，二十多年来没跟自己享过一点福，自己却是常常那么蛮横地骂人打人——虽然说今天她曾打断了自己的思索，但总感到一种异乎寻常的抱歉在咬蚀着心。

沙沙的，外面又下起了雪。

他揉一把酸痛的眼站起来，油灯的光受惊地一跳，腾起来一团昏黄的灯晕。因为炕上睡着的那个九岁的女孩子小凤半天没吭声，他惦记着孩子是否会冻着，脚沉重地向土炕搬过去。

“吱——咣！”屋门突然被推开来。

“富生！还没睡吗？”顺着暗淡的灯光，他看出是矮子刘国权——一个过去为姜区长管账，现在虽然也已腰满肠肥，但还是吃着姜区长的狗腿绅士。

“没有……刘先生……真是！”王富生半恐惧半厌恶地招待对方坐下，一边招呼着老婆掏水，一边用询问的眼光观察着对方的脸。

“不喝水，我是在街上看见你的窗口还有亮，走着走着就走进来了。哈哈！”刘国权的三角脸一阵牵动，鼻子里突地透出了一串夜猫似的怪笑，两只老鼠眼向下一耷拉，活像一个死僵尸。

…………

风从破窗孔里不断地钻进来，一阵无话可说的沉默，使得屋子里的空气像凝固在一种胶着状态中。

沙的一声。

什么带水的东西下了锅，屋子里立刻充满了一种烧焦大蒜的刺鼻的苦味。

“呜——咳！王富生！”刘国权先干咳一声，又枯燥地自己搭了腔，“我到你这儿来，是有着这样一件事情……那就是关于姜区长……”他说到这里突然顿住，两眼直勾勾地像要从王富生的脸上得出什么秘密似的逼紧了他。

“姜区长以为你若缺钱花，多了没有，三千两千总可以——真哪，何必一定跟着别人乱跑呢？哈哈——”他把皮帽子往后脑一推，一阵奸猾的夜猫叫又从口里滚出来，“你给刘家种了这么些年地——不要闹来闹去闹到后来后悔了，哈哈——”

…………

王富生不安地在地下点着脚，两只手互搓着大手掌，他从来没和这些“上等人物”□过嗑，何况这样单刀直入地提出问题，更使他无言对答。他呼吸紧促的瞪紧了善良的眼，鼻尖上渐渐绽出汗来。

“刘先生，这是……那是大家伙儿的事！”他□扎地出了声，并且大胆地加上了“大家伙儿的事”五个响亮的字。

“什么大家伙儿？大家伙儿？谁还不是为自个儿？我就不信什么大家伙儿……”刘国权狡猾地逼紧着讲下去，“你缺钱，姜区长还能说不管你？……你别这么闹来闹去，将来——哼！”

刘国权的“将来”对王富生的心确乎给了一个隐隐的震动，他不是想将来日子还能得什么势，他是突然联想起姜区长这家伙曾和土匪头子青笼、金钱豹之类，早先就是通关系的，“将来”，真的要是有那么个“将来”呢？

将来？可是将来！……大家伙儿是不怕一个人的——王富生突然想起县长讲的“咱们翻身的日子来到了”。翻身能靠谁呢？当然靠自个儿，一个人花人家的钱就是卖了大伙儿，他明白这个——怕什么呢？他偷偷地想，他听到过××县斗争伪满当过屯长、今天又当科长仍是糟蹋人的家伙的胜利的消息。他知道大家要办的事是定会办到的，“命”就在自个儿手里，何况政府会帮助他们呢？

他眼前一亮，嘴角不由漾上一团胜利的笑纹，他觉得气也壮了，胆子也格外地大起来。

“刘先生！真对不起，请你谢谢姜区长，我也不缺钱花，这事情你可以和全屯人去说——你自个儿……”

“哈哈！”刘国权万也料不到这个一辈子低声下气的地户王富生竟这么“不要脸”起来。这样一个钉子真碰得出于意外，不由恼羞成怒，他阴险地打断了王富生的话，用干瘦的拳头咯咯地敲着桌子：

"你们别美，我告诉你，老毛子已经走了，中央军几天就开过来，××屯的王三虎，什么妈拉巴子农会主任怎么样？还不是到地里去'看地'去啦？走着瞧，看你王富生有几个脑袋！"

刘国权愤愤地拉起大衣领子站起来，眼睛瞪得像个气蛤蟆，咣地摔开了屋门。

"啊！王三虎倒是你们害的？"被害的王三虎和那个农会主任是西边××屯的，那里正当减租减息闹得欢的时候，两个积极分子忽然不明不白地被刀子扎死在村外的荒地里。自从发生了这件谋杀，王富生这屯子正帮着区里调查，多少日子还没个头绪，今天竟无意中被他发觉了凶手，甚至这凶手竟还逼到自己头上来。

他忘记刘国权是怎么走的，更没有像往常那样兢兢业业地送出门去。他把两只大手横叉着腰，眼睛出神地瞪着油灯，他又想起几十年来地狱里的牛马生活，又联想到"八一五"后的好日子……而今天，突然又有人要给自己穿上鼻具牵起走……

"好！他妈的，踢了咱一辈子，今天还想踢下去，咱翻身的日子来到了，刘国权你有几个脑袋尽管使吧！"他的善良的脑子闪动着仇恨的光，突然咬着牙站起来，决心地向门外跨出去。

"饭熟了，你又干什么去？"老婆在灶火跟前满肚子不高兴地喊着。

"就回来，我去找县长！"门咣的一声又被撞回来。

沙沙的，雪还在下，一两声鸡鸣透过低沉的气层在远处召唤着。

（《晋察冀日报》1946 年 7 月 18 日，《副刊》第 51 期）

地　板

赵树理

《地板》的作者赵树理同志，过去曾经写过《李有才板话》《小二黑结婚》和《李家庄的变迁》，这都是在其他解放区很受读者欢迎的作品。现在发表的这篇《地板》，是一个用了非常深刻动人的事例来说明只有劳动才能产生财富，才能产生价值这一真理的短篇。

作者在这里说明了：劳动的人民，是最值得尊敬的，是最可爱的；那些不劳而食，尚以为地主剥削是天经地义而不想减租的地主，是可笑的、可恶的。在这里写的王老四便是这样的一个地主。

这篇作品，粉碎了像王老四这样的地主以为土地本身可以产生财富的剥削阶级的反动思想，它极其深刻地揭露了封建剥削的本质，同时，又深刻地说明了一切都是由人——劳动者创造这个万古不易的真理。像这样有深刻的思想性，同时又有相当高度的艺术性的作品，是很难得的，因此我们发表它。这在现时对我们是有教育意义的。

——编者

王家庄办理减租，有一天解决地主王老四和佃户们的租佃关系。按法令订过租约后，农会主席问王老四还有什么意见没有，王老四说："那是法令，我还有什么意见？"村长和他说："法令是按情理规定的。咱们不只要执行法令，还要打通思想！"王老四叹了口气说："老实说：思想我是打不通的！我的租是拿地板换的，为什么偏要叫我少得些才能算拉倒？我应该照顾佃户，佃户为什么不应该照顾我？

我一大家人就是指那一点租来过活，大前年遭了旱灾，地租没有收一颗，把几颗余粮用了个光，弄得我一年顾不住一年，有谁来照顾我？为什么光该我照顾人？”农会主席给他解释了一会儿，区干部也给他解释了一会儿，都说粮食是劳力换的，不是地板换的。解释过后，问他想通了没有，他说：“按法令减租，我没有什么话说；要我说理，我是不赞成你们说那理的。他拿劳力换，叫他把我的地板缴回来，他们到空中生产去！你们是提倡思想自由的，我这么想是我的自由，一千年也不能跟你们的思想打通！”

小学教员王老三站起来面对着王老四讲道：

“老四！再不要提地板！不提地板不生气！

“你知道！我常家窑那地板都怎么样！从顶到凹，都是红土夹沙地。论亩数，老契上虽写的是荒山一处，可是听上世人说，自从租给人家老常他爷爷，十来年就开出三十多亩好地来。后来老王和老孙来了，一个村上安起三家人来，到老常这一辈三家种的地合起来已经够一顷了。论打粮食，不知道他们共能打多少，光给我出租，每年就是六十石。如今啦，不说六十石，谁可给我六升呢！

“大前年除了日本人和姬镇魁的土匪部队扰乱，又遭了大旱灾，二伏都过了，天不下雨满地红。你知道吧！咱村二百多家人，死的死了，跑的跑了，七零八落丢下了三四十家。就在这时候，老常来找我借粮，说老王和老孙都饿得没了办法，领着家里人逃荒走了。后来老常饿死，他老婆领着孩子回了林县，这庄上就没有人了。——我想起来也很后悔，可该借给人家一点粮。

“那年九月间，八路军来打鬼子的碉堡，咱不是还逃到常家窑吗？你可见来：前半年虽没有种上庄稼，后半年下了连阴雨，蒿可长得不低，那一块地也能藏住人。庄上的房子没人住了，牵牛花穿过窗里去，梁上有了碗口大的马蜂窝。那天晚上大家都困乏了，呼噜呼噜睡下一地，我可一夜也没有睡着。你想：我在咱本村里，就只有南墙外的三亩菜地，那中啥用！每年的吃穿花销，还不都是凭这常家窑的顷把地吗！眼见常家窑的地里，没有粮食光有蒿，我的心就凉了半截。

“这年秋天，自然是一颗租子也没有人给。咱们这些家，是大手大脚过惯了的，“钟在寺院音在外”，撑起棚子来落不下：冬天出嫁闺女，回礼物、陪嫁妆、请亲朋、女婿认亲、搬九，哪一次也不愿丢了人，抬脚动手都要花钱。几年来兵荒马乱，鬼子也要，姬镇魁也抢，你想能有几颗余粮？自已吃的是它，办事花的也是它，不几天差不多糟蹋光了。银钱是硬头货，虚棚子能撑几天？谷囤子、麦囤子，一个一个都见了底，我有点胆寒，没等过了年就把打杂的、做饭的一起都打发了。

“七岁的孩子能吃不能干，你三嫂活了三四十岁也是个坐在炕上等饭的，我更是出门离马不行的人，这么三个人来过日子，不说生产，生的也做不成熟的。你三嫂做饭扫扫地就累坏了她，我喂喂马打个油买个菜也顾住了我，两个人一后晌铡不了两个干草，碾磨上还得雇零工。

“过了年，接女婿住过了正月十五，囤底上的几颗粮食眼看扫不住了，我跟你三嫂着实发了愁。依我说就搬到常家窑去种我那地，你三嫂不愿意，她说三口人孤零零地去那里不放心。后来正月快过完了，别人都在地里送粪，我跟你三嫂说：‘要不咱就把咱那三亩菜地也种成庄稼吧？村边的好地，收成好一点，俭省一点，三亩地也差不多够咱这三口人吃。’她也同意。第二天，我去地里看了一下，辣子茄子秆都还在地里直撅撅长着，我打算收拾一下就往里送粪。

“老弟！我把这事情小看了，谁知道种地真不是件简单的事！不信你试试！光几畦茄子秆耽误了一前晌：用锄削，削不下来；用斧砍，你从西边砍，它往东歪；用镢刨，一来根太深，二来枝杈碍事，刨不到根上。回家跑了三趟，拿了三件家具都不合适。后来想了个办法：用镢先把一边刨空了，扳倒，用脚踩住再用斧剁。弄了半晌还没有弄够一畦。邻家小刚，挑着箩头从地里回来，看见我两只手抡着斧剁茄根，笑得合不住口，羞得我不敢抬头。他笑完了，告我说不用那样弄，说着他就放下箩头拿起镢来刨给我看。奇怪！茄秆上的枝杈偏不碍他的事！哪一枝碰镢把，就把哪一枝碰掉了。他给我做了个样子就刨了一畦，跟我半前晌做的一般多。他放下镢担起箩头来走了，我就照着他的样子刨。也行！也刨得起来了，只是人家一镢两镢就刨一棵，我五镢六镢也刨不下一棵来。刨了不几棵，两手上磨起两溜泡来；咬着牙刨到晌午才算刨完，吃了饭，胳膊腿一齐疼，直直睡了一后晌。

"第二天准备送粪。我胳膊疼得不想去插（插是往□子里装的意思。因为用锹插进粪里，能把粪取起来，所以叫"插"），叫你三嫂去，这一下把她难住了。她给她娘守服，穿着白鞋。老弟！我说你可不要笑！你三嫂穿鞋，从新穿到破，底棱上也不准有一点黑，她怎么愿意去插粪呢？可是粪总得用人插，她也没理由推辞，只好拿着铁锹走进马圈里。她走得很慢，看准一个空子才敢往前挪一步，小心谨慎照顾她那一对白鞋，我在她背后看着也没有敢笑。往年往菜地里上的粪，都是打杂的从马圈里倒出来，捣碎了的；这一年把打杂的打发了，自然没人给捣。她拿着一张锹，立插插不下去，平插就从上面滑过去了，反过锹来往回刮也刮不住多少，却不幸把她一对白鞋也埋住了。老弟！你不要笑！你猜她怎么样？她把锹一扔，三脚两步跑出马圈来，又是顿、又是蹴、又是用手绢擦，我在一旁忍不住笑出来。我越笑，她越气，擦了半天，仍然有许多黄麻子点；看看手，已经磨起一个泡来，气得她咕嘟着嘴跑回去了。得罪了老婆，自然还得自己干。不过我也不比人家强多少，平插立插也都是一样插不上，后来用上气力尽在堆上撞，才撞起来些大片子。因为怕弄碎了不好插，就一片一片装进□子里去。绝没有想起来这一下子白搭了：备起马来没人抬——老婆才生了气，自然叫不出来，叫出来也没有用，邻居们也都不在家，干看没办法。后来在门口又等到小刚担粪回来，他抬得起我抬不起，还是不算话。两个人想了一会儿，他有了主意，把粪又倒出去半□，等抬上以后他又一锹一锹替我添满，这才算送出第一□粪。这一下我又学了一样本领，第二□我就不把□子拿下来，只把马拴住往上插。地不够一百步远，一晌只能送三□，因为插起来费事。

“老弟！这么细细给你说，三天三夜也说不完，还是粗枝大叶告诉告诉你吧！

“粪送到地了，也下了雨了，自己不会犁种，用个马工换了两个人工才算把谷种上。

“村里牲口都叫敌人赶完了，全村连我的马才只有三个牲口。八路军来了，人家都组织起互助组，没牲口的都是人拉犁。也有人劝我加入互助组，我说我不会做活，人家说：‘你不能多做少做一点，只要把牲口组织起来就行。’那时候我的脑筋不开，我怕把牲口组织进去大家支差，就问人家能不参加不能，人家说是自愿的才行，我说：‘那我不自愿。’隔了不几天，人也没吃的了，马也没有一颗料，瘦干了，就干脆卖了马养起人来了。

“谷苗出得很不赖，可惜锄不出来。我跟你三嫂天天去锄，好像尽管锄也只是那么一大片，在北头锄了这院子一大片，南头的草长起来就找不见苗了。四面地邻也都种的是谷，这一年是丰收年，人家四面的谷都长够一人高，我那三亩地夹在中间，好像个长方池子。到了秋收时候，北方锄出来那一小片，比起四邻的自然不如，不过长得还像个谷，穗秀得也不大不小，可惜片子太小了。南头太不像话，最高的一层是蒿，第二层是沙蓬，靠地的一层是抓地草。在这些草里也能寻着一些谷，秀了穗的，大的像猪尾巴，小的像纸烟头，高的挂在蒿秆上，低的钻进沙蓬里；没秀穗的跟抓地草秀成一片，活着的像马鬃，死了的像鱼刺，三亩地打了五斗。老弟！光我那一圈马粪也不止卖五斗谷吧？我跟你三嫂连马工贴上，一年才落下这点收成，要不连这五斗谷也打不上。这一年，人家都是丰年，我是歉年，收着秋就没有吃的了。

"村里人都打下两颗粮食了，就想叫小孩们识几个字，叫干部来跟我商量拨工——他们给我种那三亩地，我给他们教孩子。我自然很愿意，可惜马上就没有吃的。村里人倒很大方，愿意管我饭，又愿意给你三嫂借一部分粮，来年给我种地谷不用我管饭。这一下把我的困难全部解决了，我自然很高兴，马上就开了学。

"这是前年冬天的事。去年就这样拨了一年工，还是那三亩地，还种的是谷，到秋天打了八石五。老弟！你看看人家这本领大不大？我虽是四十多的人了，这本领我非学会不可！今年村里给学校拨了二亩公地，叫学生们每天练习一会儿生产啦！我也参加到学生组里，跟小孩们学习学习，我觉着这才是走遍天下饿不死的真正本领啦！

"老弟！在往前也跟你想的一样，觉着我这轿上来马上去，遇事都要个排场，都是凭地板啦，现在才知道是凭人家老常、老王、老孙啦！唉，真不该叫把人老常饿死了来！我看我常家窑那顷把地不说了，地广人稀，虽然有些新来的没地户，可是汽车路两旁的好地还长着蒿啦，谁还去种山地？再迟二年，地边一塌，还不是又变成"荒山一处"了吗！

"老弟！再不要跟人家说地板能换粮食。地板什么也不能换，我那三亩菜地，地板不比你的赖，劳力不行了，打的还不够粪钱。常家窑那顷把红土夹沙地，地板也不赖，没有人只能长蒿，想当柴，还得亲自去割，雇人割回来，不比买柴便宜。

“老弟！人家农会主席跟区上的同志说的一点也不差，粮食确确实实是劳力换的，不信你今年自己种上二亩去试试!”

（注）“地板”，太行土语，意即土地。

（《晋察冀日报》1946年7月19日，《副刊》第52期）

到解放区那边去！

大可

一大早，赵十八庄的村子上，就哄哄嚷嚷地堆满了黑压压的人群，你看，在通这个村子的路上，人群还不断地向这儿流动着、集中着。

“咳啾！咳——啾！”

赶着毛驴，推着手车，人们吆喝着、唱着。毛驴和手车上坐的是自己的家人：穿花衣裳的小兄弟、小姊妹，或是带着笑容的老爸爸、老妈妈。

他们上赵十八庄干什么呢？

赵十八庄，是山西朔县边沿区的一个小村子。本来，早已划给了解放区管的，但，不要脸的阎军硬说是他们的，经过好几次的交涉，他们还是无理地坚持自己的要求。“好！”我们的代表说，“就来个民主选举吧，赵十八庄归谁，由老百姓决定！”

球事了，阎军的代表无可抵赖了，于是就决定赵十八庄和沙阁村都照这个办法做。

一会儿，太阳才露出地皮一杆杆高，老百姓都早到会了。“真好！真好！看谁胜利吧！”我们的工作同志一面笑着说，一面在墙壁上挂起一张大纸，左边写着——解放区，右边写着——阎军区。写好了，他说：

“老乡们！拿定主意，愿跟谁走，就在下面押上一个手印。”

人群骚动了。

晨光照着广场，广场静下来。

晨光照在那张纸上，好像晨光特别喜欢解放区似的，“解放区”这三个字格外明亮好看。你瞧！人们向这儿移动了。

“老池！咱们打头一炮去!”说着说着，一个老乡就跑到解放区下面押了一个手印，一个好大的手印呀，是用大拇指押的！活像一颗特别大的扁豆种子种在解放区的土地上呵。

“到解放区那边去!”

“解放区好！那边有毛主席！有八路军!”

人们嚷开了，一个跟着一个地一拥而上，老乡们都抢着到解放区下面押手印。有的喊着他的亲戚，有的推着他的朋友，有的就全家大人娃娃都拉着衣角抓着手一道走向解放区那边。

“同志！让我再打一下吧!”一个老太婆走过去要求我们的工作同志，她继续说，‘哦，我刚刚打得糊糊迷迷的看不显……”她不等回答就伸出那抖动的爬满皱纹的手指，沾上浓浓的黑墨，在她打过手印的位置上，用力地按了一下。

有的人，自己打了还不算，还要站在旁边劝人家，鼓励人家，或督促别人要把手印押重些，押清楚些，或去抱那些够不上的小孩：

“来！‘小鬼’！你太矮了，我抱住你打，把小手伸出来，用大拇指打，不要打歪了!”

正当人群向“解放区”移动时，那边也有好几个老乡在犹疑不定，伸出了右腿想向“阎军区”方向走去，但一想到……想什么呢?后来我们一个工作的同志问过他们之中的一个姓杨的小商，他说：“我那时不知跨左腿，还是出右腿。因为不久听城里来人说，阎老三是长久的，说是什么正……统！我就伸出了右脚。但我一想，前些日子，我亲眼看见的，阎军简直像条饿狗，骂人、打人、还抢人……‘球！不跟他!’我想，我就缩回右脚。而老牛就从后走过来了，他拍了我一下肩膀，说：‘喂，老杨，想什么呀！解放区好，解放区有八路军，有毛主席!’

“对！‘到毛主席那边去’！想着想着，我就一股溜地跑到‘解放区’那边重重地押了手印。

“等押完一看，好像蚂蚁一样，‘解放区’下面密密层层，黑咕隆咚的尽是手印，大的小的满纸一片。而‘阎军区’下面只有一个，歪歪倒倒的一个。”

老乡们几百双眼睛，在这张纸上转动着，转动着，就显出笑来，显出胜利的光来。

村里上过学堂、会写字的，还写了许多纸条条，一张张的，我们工作的同志一下子就接到一大垛。上面写着他们愿到解放区跟毛主席走的原因：“八路军不打人、不骂人、更不杀人。”“八路军的干部，为给老百姓谋福，今天跑东村，明天跑西村，一不要拿人的东西，二不要人的东西。”“那手印印是我们的心！是我们的意思！是我们的主张！我们拥护解放区，跟着毛主席。”“解放区老百姓有四好：一有吃、二有穿、三有权、四有玩（指文化娱乐）。”

…………

会开完了，虽然明明是老百姓胜利了，解放区胜利了，但，他们有许多人还不放心、不相信，他们想：“啊呀！阎老山只有一个！”后来等由老百姓选出的监票委员会正式宣布，并且签名盖章，贴出了选举结果，才痛快地叫出口号来：

“我们胜利了！我们要到毛主席那边去！”

木匠立即赶做了一块解放区的牌子，第二天早上，就在赵十八庄的村口挂起来了。

沙阁村的选举是由阎军召集的，他们用武力强迫老百姓到他们那边去，可是老百姓连会都不到，选举的会场上，只有几个可怜又可怕的阎军在那里空叫喊。直到我们的工作同志来到，老百姓才慢慢走来，结果仍是老百姓胜利了，新做的解放区的牌子也高高地挂起了。

（《晋察冀日报》1946 年 7 月 24 日，《副刊》第 57 期）

交通站长

——山村纪事之六

萧也牧

正是初秋，又要反“扫荡”了，交通站里热闹得很。屋子里连门窗也没有，一条四领席大小的土炕上，却只铺着一领席，还是破的。三条腿的炕桌上面散放着笔墨砚瓦，那是站长办公的地方。

院子里外、树凉底下、炕上炕下，等满着伤号、病号，躺着的、坐着的、站着的……一箱箱的手榴弹、一捆捆的棉军衣，横七竖八的，到处都是，都等着要送走。

树凉里，一个正甜睡着的病号，忽然醒了，撩开蒙在脸上遮蝇子的手巾，一看太阳快偏西啦。他是中午就来的，他赶紧坐了起来，迷糊着眼睛喊了：

“哎哟哟！可不能再等了呵！站长！站长！”

前面交通站里，又下来了五六个病号，骑着牲口，一直骑到院子里，也不下来。赶牲口的忙着找站长去了，牲口们却闲散起来，伸长了脖子，挨着地嗅来嗅去，找找看有什么可吃的东西。

站长并没有离开交通站，可是人们都在找他。“站长！站长！”

一位女同志听见大家都在喊站长，她也喊了：

“我们是来得最早的，可得先尽我们呵！”

可是站长没听见，她喊着喊着，就奔到站长背后，去扯他，半笑半气地说：“站长！站长！你长着耳朵没有？”

站长没留心，冷不防吃了一惊，忙说：“唔！唔！迟早都得送你们走！”

站长陈卯林窜来窜去，像一把织布的梭子，光着上身，背脊梁上的汗，像决了口的渠，四面八方地流下来，也懒得去揩，索性任它流着，黑花花的。头上绑着一条湿手巾，眉心里那道用手拧出来的道道，显得更紫更红。可是他心里并不乱，他清楚要了的“差”迟早都要来的，不过农民们不怎么遵守时间罢了。

果然，“差”陆续地来了，陈卯林就更加忙起来，又要检点东西，又要排好次序——先该送谁走，又要记“工”……

“笔呢？笔呢？”忽然陈卯林的毛笔不见了！转了半天，人们才知道他是在找笔，就说：“摸摸你的耳朵吧！”一摸，原来笔在耳朵隔叉里夹着呢！“呸！”他在砚瓦里吐了一口唾沫，把笔放在嘴里嚼了嚼，一翻开“记工本”，真见鬼！早记得满满的了，没了纸啦！他又赶紧拾了块墙皮，在一片熏得乌黑的墙上画起来：辛庄村来“生”口三工、担架×副、人工二四工，小王庄……

直到天大黑，交通站里总算空了！陈卯林透了口长气，把绑在头上的毛巾又湿了湿，重又绑上，提起瓦罐来狠狠地喝了几口凉水，心里好舒畅！才发现爹在门槛上坐着呢！爹是来叫他吃饭的，见他正忙，就一声不响地在门槛上坐下来，已经等了大半天了！

爷儿俩走出交通站的门口，已经是满天星星了！爹摸了一下儿子的脊梁，凉冰冰的，赶忙脱下自己的褂子来，给他披上了：“别受了寒！这几天正要卖力气呢！”

正走着，迎面来了一个穿军装的，说要找村长，给他派顿饭。陈卯林想：这天气了，哪里还派得出饭来？就说：“别派了！到我家里去吃吧！”

一进家门，娘不知道正在嘀咕什么，见他们回，更上了劲了：“我道你们是修了仙啦，不用吃喝啦！”

陈卯林没言语，给那个穿军装的递过一个麦秸编的蒲凳来，让他坐下。一看笸箩里，只有四个干粮，两个还是糠的，就喊：“娘！三个人呢，再拿几个干粮来！”

娘却说：“面还没推下呢！将就点吧！”

那穿军装的，看着这情势，也就不好意思多吃，啃了大半个糠窝窝，喝了几碗糊糊，付了十四两粮票，就想走了。卯林忙说：“同志！不用粮票了！这算什么哩！”

那穿军装的人却说：“这是制度，麻烦你们了！”

左推右推，粮票还是留下了。才走，娘却从屋里揣出四个大麦馍来，陈卯林实在有点耐不住了：“娘！你干吗不早拿出来？”

娘却说：“这是给你留下的！”

陈卯林二话没说，拿了两个馍，就追出去：“同志！同志！”喊的声音几乎有点像啼哭了！

回来，爹正在和娘嚷嘴呢！

“你这个老顽固！再给我丢人，揍你一顿再说，甭说现在不兴打人！”

做儿子的弄得莫名其妙！

爹还是一个劲头嚷：

“你光嫌卯林不顾家，你想想，人家是一个负责干部，难道就丢下工作不管吗？”

娘也不让步，把手一拍，“啪”地盘腿在地上坐下了。

“好！好！你们有理！工作！工作！工作就能当饭吃吗？村里那么多人，光卯林一个能动弹吗？也不会向上级要求要求，辞了不行吗？”

爹“呸”了一声：“你想想，上级也不是不照顾。春起给贷款买了牛，前几天又决定中心交通站长工作忙，算半脱离生产，一月补助四十斤米，你还要什么呵？”

娘说：“我不是说这！我是嫌你那股子恶毒气，动不动就给人家带‘老顽固’的帽子，这是什么话呵？”

爹撅着胡子跳到娘跟前：“你呵！你就是个老顽固！你还道冤屈了你？”

娘挺起胸，抬着头，咬牙切齿地，拍着膝盖：“你才是个老顽固！你压迫我！”

“你是！”

“你才是！”

卯林碰到什么困难也有办法，就怕爹娘嚷嘴，那只有哀求：“爹！娘！算我不是行不行？日本鬼子不来，什么也就好了！”

爹才算坐了下来，还是气得胡子一撅一撅的。这也难怪，老头子生气也是有理的，想当年血一把、汗一把，推下了面、留下了麸子，碾下了米、留下了糠，好的全给地东家！就这样，也还养活不了自己的独生子！不得不把卯林卖给五台山上的铁佛寺里当和尚！直到来了共产党，实行信仰自由，卯林也就回了家，现在还当了干部，村里的人谁也瞧得起。虽然忙，吃穿却甭愁，可是老婆子还是不满意！

娘坐在地上老不起来，肩头一耸一耸地老抽搐。

卯林过去推了推她，低声地说：“哭甚哩？爹的脾气你不是不知道！”

娘一面用衣袖擦眼泪，一面却说：“不是别的！我是怕把你的身体累坏了。”

月亮已经上来了，照得院子里明晃晃的。

（《晋察冀日报》1946年7月25日，《副刊》第58期）

从北平归来

龙烟铁矿工人　舒铁林

在月光下面，这几排红色房子的墙壁上，现在写着六个大白字——龙烟工人宿舍。这些房子，过去是日本鬼子住的，八路军自从解放了这里，工人们才能住在此地过着快乐的日子。现在一切是静悄悄的，只有每家门口在新年中贴着的红色对联，被风吹得嗖嗖发响。

忽然小道上有三个人向这里走着，一位五十多岁的老太太，后面跟着二个年轻人，其中一个还背着行李，好像刚上这里来似的，突然停在第一间红房子门口。“快开门来，我回来了！”老太太向屋里喊着。

“妈妈回来了！”灯光一亮，一个十四五岁的小姑娘出现在门口。

“妈妈、哥哥回来了。呀！表哥你也来啦，快进来吧。”她现出活泼天真的样子，快活地说着。

老太太就是这间屋子的主人，日本人在时，因为生活压迫，不得不使她孩子抛弃了宝贵的学校生活，脱离了家乡——北平，来到宣化龙烟铁矿，儿子当苦力，女儿拾煤核。八路军解放后，儿子在工厂里快乐地工作，女儿到子弟学校去读书，现在墙角旁边放着两只缸，一缸黄澄澄的小米，一缸白面，每天过着快乐的日子。前几天为了回家看看四年没见过的父亲及家乡的情形，今天是刚从北平回来。

都进屋里来了，小妹妹关心地问着：“妈妈，父亲好吗?”“唉！你父亲以为中央军来了就好了，每月挣的钱一个人将能糊口，租间房子三万多！棒子面三四百一斤，电灯、煤、水哪一样都比日本在时还贵二三倍呢。”母亲一面上炕，一面连续地说着。

“哥哥，表哥为什么上这里来呢！”小妹妹坐在炕沿，一看见表哥在桌子旁站着发呆，她便问着哥哥。哥哥说：

“唉！你问他吗？自从国民党接收后，摆上一个小摊就上一万块钱的税，怎能够吃饭呢！当一小职员就挣五万块，还不够十天吃饭呢！我向他说这里买卖自由，做个小生意还能吃饭呢，所以上这里来了。”

“妈妈！昨天人家说新华铁工厂登报招工人，让我表哥去，也可以吃白面了。”说着小妹妹得意地唱起来了：“没有共产党就没有中国……”

唱着，唱着，她突然住了歌声好奇地问：“呀！表哥，北平的大街、电影院、公园还那么热闹吗？”

“热闹，美国人和重庆来的大官员、小姐太太，他们坐着流行的汽车，抱着四五个姑娘，在大街上得意地跑着。电影院、大百货店，都是所谓接收官员和小姐太太们而开设的，听说一位小姐在一冬天做了十八个大衣。国民党的兵们在大街上想打老百姓就打一顿，唉！一个城市真是两个世界！”表哥坐在炕边，好像多日的闷气今天才说出来，叹出了一口气。

“唉！北平的贫人，都掉在窝窝头堆里了，哪能像我们这里吃两顿白面呢！”母亲忧愁而又欢乐地说了一句。

（《晋察冀日报》1946年7月25日，《副刊》第58期）

王弼元之死

章孜

农会主任王弼元死了。

天还没有明，塞外寒风带着这不幸的消息，扫过了佛堂寺。穷人们哭了，他们失去了亲爱的伙伴，失去了领头儿的人。

整整一天，在王弼元又破又小的房子里，拥挤着潮水似的人群。从来是活蹦乱跳的小孩子，也都垂下了头，悲哀的阴影浓重地罩在脸上。老年人叹着气，青年人焦急地议论着"该怎么办呢"？

老财们眉开眼笑地满村里乱串，暗暗地传播着这样的话：

"扳旗杆（注一）哩，王弼元硬给吓灰了！"

"五天就死了，真是老天有眼。"

"清算清算，咱可算得清楚。丢下老婆孩子，谁管他?!"

"报应得可真快！"

晚上，农会委员王连中回到家里，饭也不想吃，躺在有席没毡的土炕上，锅台边点着一盏昏黄的油灯。窗外，寒风依旧疯狂地吼叫，但这一切，全不在他的心里，他沉入那悲惨的过去。

王弼元跟咱一样，房无一间，地无一垄，他想着，夏秋农忙的时候，给旗杆们打短工，冬天就到窑上驮炭，吃的是糠窝窝，穿的是破麻袋烂羊皮，数九腊月还赤着脚片子在尺多深的雪地里跑，哪还有个人样儿？老婆孩子更不能提啦！孩子从生下来就没见过衣服，廿四年荒旱，卖儿当女都没人要，穷人们死了多少。想着想着，王连中的泪顺着左颊流下来，悲惨的过去就站在他的眼前。

"团体结得圆圆的，咱就啥也不怕。"他想起王弼元临死时说的话，"旗杆是咱河南（桑干河）的一霸，谁惹得起？咱结成了团体就扳倒了旗杆。”他又想到那天的扳旗杆会，他的心跳起来，这是从来没有过的事，穷人们翻了身，他们眼里燃烧着复仇的火，不论老婆娃娃，有仇的报仇，有冤的报冤，扳倒了汉奸恶霸大旗杆刘映景，人们就像过大年，佛堂寺像滚汤锅似的沸腾着。

王弼元迟睡早起，破羊皮顶不住塞外的寒风。王弼元病了，王弼元死了，王弼元是为了大家死的，王弼元是咱的好头儿。

“可是现在怎么办呢？地主老财正高兴哩！活动起来了。他们又想压在穷人身上吗？”王连中觉得血涌上了他的头，脸发烧，睁大了眼望着，像有什么可怕的东西，要袭击他。他忽地跳起来，冲了出去。

一会儿，就在王弼元躺着的门板旁边，聚集了农会的委员，清算复仇的积极分子，佛堂寺最受压迫、最贫苦的一群人。大家七嘴八舌地吵着，不时回头望望静静地躺着的王弼元。在昏暗的油灯下，映着他黑瘦、紧紧绷着的脸，眼睛还微微启着，像是在不放心地望着他的贫苦的弟兄们。

“咱们不能灰了（注二）。王弼元是怎么干的？咱还要怎么干！咱不能叫旗杆们再压在头上。”

“王弼元的事，一定要办得光彩。叫旗杆们看看，佛堂寺的穷人谁也忘不了他。”

看着这些亲爱的伙伴的面孔，王连中不住地点头：“就是这样，就要这样办！”

临散的时候，大家站在王弼元的身旁，围成一个半圆形，望着那令人感动的亲切的脸。王连中用手指拨拉下微微启着的眼睛，低低地说：“老哥！你放心吧！咱们忘不了你，咱们的团体散不了。”

第二天，人们送来吃的，抬来了棺材。吊纸的人，像流水一样。吹鼓手在凛冽的寒风中，分外起劲地吹着悲愤的哀调。

出殡的那一天，看啊！这是佛堂寺从古没有过的盛事。大旗杆刘映景的老太爷出殡，都赶不上这种气派。村子西头搭了灵棚，七十多个儿童团高举着小白旗，上面写着："工农一心！""扳倒旗杆，穷人翻身！""打杀汉奸，不溜沟子！"用他们尖锐的嘹亮的嗓子，唱着英雄赞歌，夹杂着大人们颤动的低音。四十多个干部胸前带了大白花，光着脑袋，垂了头，站在灵柩前面。老太婆、年轻媳妇，不断地揩着眼泪，小声啜泣着。这时候，王连中举起手，大声地说：

"乡亲们！从前谁能看得起王弼元？谁能看得起咱们穷人？自从共产党八路军来了，咱结上团体，扳倒旗杆，算账，穷人翻了身！不然，王弼元死了，是个席子卷。今天，三寸厚的棺材，光光彩彩，谁想得到？王弼元不溜沟子，能给大家办事，咱们要学他的样儿，反对溜沟子，好好结团体！只要有咱的会，不怕旗杆回来报仇，丢下一个拳头，也要干到底！"

"打死汉奸！工农一条心！"巨大的喊声，像滚动的雷，轰轰地响着。

灵柩抬上了村里首户的大车，五百多人的长长的行列跟在后面，好像一条紧紧结着的铁链，浩浩荡荡穿过大街，向村外走去。

（注一）"旗杆"，当地的大地主、土绅都叫作旗杆。

（注二）"灰了"，即害怕的意思。

（《晋察冀日报》1946 年 7 月 25 日，《副刊》第 58 期）

王宝兴怎样死的

张岱

村长拿了灯，走出村公所，他抖动灰白的胡子，两眼探索着四周……

离村半里地的山脚下，躺着一个人。老村长向四面看去，庄严的山，一丛丛黑簇簇的树林，神经抽缩起来，把眼睛揉擦了一下，注视山脚下，轻微地咳嗽几声，壮了壮胆，灯光颤动地移向那里。

“呵！是你，王宝兴。”

村长踉跄地往后退了几步，张开大嘴愣住了。

王宝兴，村治安员，二十三岁的青年人，他躺在地上，头歪斜着，两手紧握，胸口流了一大摊血，白布衫染红了，散发着浓烈的血腥味。

村长像是醒悟过来，这时他并不害怕，王宝兴整天跟着他，一手办事好几年了，前一个钟头，还同他讨论事儿。唉，一转眼就完了……于是他疑惧地追索起来。

是在傍黑的时候，有一个穿蓝洋布便服的人，脸面黝黑，大眼睛，一进村公所，把手里的布包往炕上一扔，拿出条白丝绸手绢擦汗。

“谁是村长？”

“是我。”村长说，“贵姓呢？起哪来？”

“我呵，姓万，县政府里的，没见过吗？新从延安调来的。”他的话带着南方音，扇动手帕，很神气地说，“这里有区干部吗？”

“没有。”

“有就告诉我，好接谈点事情，没有在，也就算了。”

王宝兴进去了，注意地看着他。

“×××发电厂厂长是谁？我想去见他。”陌生人问，村长没听懂，还没答他。他又问：“那里住多少队伍？”

村长讷讷地说不出话，灰白胡子抖擞得掉下口水来。

宝兴从问话里，觉得这人很可疑，他马上插嘴说：“村长年纪老了，也不常出门，外边事情啥也不知道。”

那个人向宝兴注目地看了几眼，又转向村长：“这人是谁？”

村长如实说了，宝兴用眼稍向他瞪了一下，村长到这时才警惕起来，不过他还是很平静。

送饭的来了，屋里燃起了油灯，那人独自吃起来。宝兴拉了下村长的衣角，到门外咬着耳根轻轻地谈话，村长张开嘴，眼睛一霎一霎的，两簇眉头渐渐地蹙拢来：

“我看他可不是有些不对付，只是咱们这地方离县上远，轻易也见不上县干部，先看看再说吧，闹错了也不好！”

村长话刚说出，里面在叫了，忙又进去，原来他已吃过饭，仰卧在炕上，用白布包枕着头。

他睡醒起来，拿起白布包，就急匆匆地要走：“我还要赶到区里去，治安员，你给指一下路。”

村长还犹豫要不要留他住一宵，再看看底细，但他无论如何要走。宝兴立即开了门，把他领出去……

消息像电流般惊动了全村的人，把死尸从山脚下抬回来，在村公所里用门板搭起的铺上，宝兴全身染红了血，挺直地躺在那里。

一个青年妇女，头发松散地颤动，大襟的衣扣解开着，显然是从睡梦中醒来，她像着了魔似的，从人群里闯进去，连声地尖叫着，一直跑到死者的面前。她惊愕地大哭，声音拖长得喘不过气来，披散的头发被泪濡湿了。

屋里挤满了人，站在外面的踮起脚往里面张望，有一股冗长的叹息声，在人群里流荡，妇女们悄悄地用衣角抹着眼泪。

村长站在屋子的阴暗里，两眼昏花，周围像在旋转，一阵阵的哭声，尖利地锥着他的心。

哭声转成幽幽的低泣，她伏在死者的身边，满含泪水的眼盯住他。

村长一股劲地挤到前面，用力地擂动桌子，残缺的牙齿咬住嘴唇，脸色变得又青又黄，突然大声地嚷叫着：

“这他妈的，国民党特务化装八路军，杀害我们自己人。区长常说特务像臭虫一样会打到这里来，这会儿真是来了。我们要小心，加紧岗哨！再有特务进来，一定要砍下他妈的狗头……”他喷着白沫，沙哑的声音被咳嗽中断了。

这好像是个复仇会，接连地有人挤到桌子前瞪亮眼去说话，声音高亢而短促，在深夜的异常沉重而窒息的空气里，激荡着悲愤和仇恨……

（《晋察冀日报》1946年7月27日，《副刊》第60期）

拜　访

晋陵

老谷跑来会客室和我谈了几句，就向我提议：

“这样：你到我屋子里去，给你一本书先看着——我在写一个马上就要的计划书——等吃午饭的时候，饭后还有一刻钟的休息，我们就好谈一谈了。”

他那和从前一样黄瘦的面孔，涩巴巴的眼睛，使我记起刚才收发员对我说的：“经理去住医院了，上上下下，他什么事都得管——谷秘书忙得很呀！”可是，我从几千里以外的地方来，要到几千里以外的地方去，对于一位我所敬爱的好伙伴，就这样匆匆地告别吗？况且我又渴望着嗅一嗅他们这里的生活气息，哪怕只有一点点都好，我还是第一次踏进解放了的人民自己的工厂呢，我接受了他的提议。

午饭铃响了，他还在鼻尖抵着稿纸写。他顺口说出来的，不成理由的理由是：今天吃面条儿，去早了挤得很。我几次想问他为什么还不配一副近视镜，却没有打断他思路的勇气——虽然在这半点钟以内，曾经有两次进来请示工作的人打断过他。好容易，他才写成一个段落，折叠起来。

“好。”他松了一口气，笑了，“这会儿可该我们谈一谈了！”接着，一面往外走，机关枪似的向我发射着问话，有的根本来不及答复。抢到一个空隙，我劝他：

“你的身体本来不好，你也应该注意一下！”

“什么?!”他惊讶地说，“我一点也不……”

就说到这里，被半路上的两位小姑娘打断了。

“谷秘书，就是为了那个事儿，她来问你了。”十五六岁的那一位，指着十二三岁的那一位说。小些的过来牵住他的手。

“你们去问×××好不好？”他恳求。

“问过了，他说的我们不服，还要问你！”大些的解释着。小些的噘着嘴，扭动着身子，做出一种固执的神气。

“好，让我先去吃饭吧！”他退一步要求。

她们迅速地离开他，流露出一种含着惊讶的歉意，仿佛在说：“别人都吃过了，你忙得还没有吃上吗？这时候来找你，我们真不懂事。”正像那位收发员一样，对于他的忙，她们是了解的、同情的。

她们，大些的穿花布长衫，小些的穿蓝上衣、黄短裤的学生装，都很干净、秀气；她们对他又是那样的亲昵、无拘束：我猜她们是厂里的干部子弟。干部子弟的事情为什么也要他来管呢？我纳闷，又没有工夫问。他忙着添炒菜、找碗筷，揩抹桌子上残余的面条儿、瓜菜、蒜皮……一面断断续续地谈着：他们正在计划成立暑期工人补习班，提高政治和文化，要我想一想有什么合适的教材。这时候，我迫切需要知道的是他的私生活。因为他是那么热切地谈论他的工作，常常面条儿往里进，话语往外出，闹得哩哩啦啦得听不清楚，一时压下了我的这种私情，认真地帮他想了一些教材。好在饭后还有一刻钟，还有谈说的机会。想不到的，一出饭厅，又被那两位小姑娘截住了，原来她们还真的坐在树荫下的水门汀上等候着。

他的脸红了一下，即刻就恢复了常态。他一只手牵住一个，亲切地问着闲话，好像忘记了跟在身后的我。我感到厌烦，怪他多事。一进屋，我就坐到床上，开始认真地看起上午他给我的那本书。

“人太多，你看，我把你们的名字都忘记了。”他道着歉，问，“你们原来在哪一课？”

“不，我并没有回去。”大些的自我介绍着她们的名字，指着小些的说，“她是回去了。她看见别人家有得了米的，要我来帮她问一问——从前赶出去还不就赶掉了，敢来问？现在不同了吗！事情一定要公道——我妈和她妈是朋友，我和她从小在一块儿玩，又在一块儿做工，这点事还不成吗？我说‘成’，就领她来了……”

我这才明白过来，她们不是干部子弟，是工人。“回去了。”“别人家有得了米的。”……这里边一定有一个相当麻烦的问题。这位小些的还没有什么。这位大些的说话像放鞭炮，又是辩护人的姿态。

老谷忍耐地把小姑娘的家庭、住址、人口、每一个人的年龄、职业都记下来问：

“你母亲在那个厂里挣多少钱？”

“我不清楚。”小姑娘说话很含糊了，“大概一个月一万多块钱吧？”

“大概一个月两万多块钱吧。”“辩护人”抢着替她更正。

老谷又问过她姐姐挣多少工钱，就正面地解释了：

“你们一定知道，这回回去的，真有只指望孩子挣这几个钱的。要是不管她们，马上就要挨饿，给她们几十斤米，你们说对不对？像你们这些比较好些的，还有人挣钱的，应该怎么办？我们正在研究着。没有到你们家看望看望，向你们说清楚，你们来问个明白是好的……”

“那，我们也是……”

“是吗！”“辩护人”抢过去说，“谷秘书说得对呀，你们家就是比那些人好些吗。我知道，您不用说了！”

这种掌握真理、服从真理的精神，完全是我意想不到的。她的“辩护人”，突然就变成老谷的“辩护人”了。小姑娘一句话都说不出来，只是还噘着嘴。

老谷显然是认为他的解释工作还没有完，想了一会儿，问：

“你的父亲呢？”

“她父亲和我父亲一样，十年前就出去了。干什么去吗？那，谁知道呢？一封信也没有回来，就这样，就不见了。那时候，你才一两岁，我才五岁，都是只有妈妈一个人挣钱。那年月呀，和现在简直不能比！……”大些的诉说着她们大体相同的命运，神色和语气已经没有工人向厂方交涉什么的痕迹了，正像亲戚、朋友们在一起拉家常。小些的低下头，用一只手玩弄着另一只手。

“好吧，就这样吧，等研究出来对你们这些人的照顾办法再通知你。现在是暑期，不能上学，你还可以领回些盒子去，和你奶奶她们一起糊。不要总是在街上跑，和那些野孩子们闹架。”

“我领回去一批，糊了。他们呲打我！”小些的又噘起嘴。

“谁呲儿你呢？怎么呲儿你呢？”老谷笑着，拉过她的一只手来，接着问：

“他们说盒子少了——本来就不够吗，底子可是够，帮子就是缺。老×说：‘不愿意糊，就不用糊了！’这还不是呲打人！”

“一领就不够数，那就不怪你，不过，你也要小心点儿糊。他呲儿你，你去找课长领好了——他从前和你们在一道做工，大概不会呲儿你吧？大伙儿都是很好的兄弟姊妹吗，他呲儿你，你也呲儿他一下好了，有什么了不起的？”

她俩都笑了，老谷这才放心地让她们退出去。

我正想发问，办公铃响了。没有等到老谷皱眉头，我赶快起身告辞。

“伙计，真对不起你，我要和你谈的话还多着呢，有机会可要写信来呀！”老谷说着，一面往外送我。

“不过。”我说，“我要和你谈的、主要的已经‘谈’过了——这比你谈更有力。”

“啊！”他恍然大悟地笑，“你这家伙！我的头都有些昏了，你却欣赏这个场面，是不是?”

据他解释，雇用不到年龄的儿童做工，是旧社会和敌伪留下来的积弊之一，现在总算去掉了。因为给太穷的孩子们先送去一些米，一般的救济办法又真的还在研究着，这几天很多孩子都来质问。如果不耐心解释或解释不好，她们会提出严格的指责，会添更多的麻烦。

走出大门，我们只能够再来一次紧紧的握手。

（《晋察冀日报》1946 年 7 月 28 日，《副刊》第 61 期）

离　婚

伍延秀

年前，我和两个同志，到刚解放不久的乡下去，在一个区妇联会里帮助工作。我们刚到那天，行李还没有来得及安排，一个女人，披着一头散发，哭着走进来。

她穿一件红绸的破棉袄，两个脚后跟，从破鞋子露出来，她那贫弱的淡红的脸上，淌着明晃的眼泪。看样子，她的年纪，不过是十八。

“明姑！你有什么事，你说！”妇联会主任知道她是自己村子里的温疙瘩的媳妇，她让她坐在自己的跟前说。明姑把头躺在妇联主任的怀里，哭哭啼啼：

“婆婆打我、骂我、赶我出去，不让我跟男人住在一块。他们一天给我半升小米，叫我住在牛圈里，十冬腊月，我没穿受冻熬不过夜，我吃不饱，饿不死，好像一只没家的狗……我——我活不了，主任，你救救我，他们要卖我……”

妇联主任摸着她的头说：“明姑，不要哭，你说，你要我们帮你怎样办？”

明姑边哭边说：

“你们八路讲自由，男女平等，我——我要离婚，我不能再在他家里待。”

妇联主任望着我们，征求我们对这件事的意见。我们想了一下，对妇联主任说，今天留她住在这里，明天，我们和她一块到村上去，把事情弄清楚，然后再说。于是，妇联主任就写了一封信给村长，说延安来的女同志，明天要到村上去调解温疙瘩夫妇的案件。

第二天中午，我们就和妇联主任、明姑到村上去了。

村子离区公所十二多里路，坐落在黄土色的平川里，村旁边有一条公路，路上撒着稀稀拉拉的煤屑，穿过严冬的旷野伸向矿山的那边去。村道旁边，高粱秆从庄户的墙院里，零零落落地掉了出来。我们还没有走到村口，就远远地看见一大群人，站在村头的空地上向我们眺望。当我们快要走近他们的时候，我们听到一阵“来了，来了”的低低的紧张的喊声，接着他们就零乱地散开，站在村道的两边，用奇异的眼光，悄悄地盯住我们这三个穿着军装的女人，并且一个个的把手插进衣袖里，装着没事似的站着。

到了村公所，我们边派人去向邻舍调查，边趁着群众的那股兴奋的热劲，由村长召开群众大会，于是青年、娃娃、老汉、婆婆都挤进房里来。

村长看看人到得差不多，大会就开始了。

妇联主任坐在人群的中间，她把吊在脸上的那股头发，向后一撩，问着明姑说：

“你为什么跑到我们那里去告状呢？”

明姑照着她昨天讲过的话说道：

“婆婆打我、骂我、不给我吃、不给我穿，他们还要卖我。”

“对对，你们都有理，就是我这死老婆婆不好。”婆婆站在旁边，埋怨我们来管她的事，她溅着口沫抢着说，“扑□”一声，就坐在地上，不想再说话。

一个同志劝她说：

“老太太，我们是来讲道理的，你不要怕，心里有啥说啥吗。”说着，这位同志转过脸来，□向周围的老乡说，“老乡们，你们说对不对？”

“对！”老乡们大声地一齐回答。

“她说都是对的，就是我这死老婆婆不好。”婆婆看见人家都要她好好讲话，她气得没办法，仍旧用拒绝再讲话的口气指着明姑说。但是停了一会儿，她却又伸直两只粗壮的手，替自己辩护道：“你们看，像我这样死老婆婆，怎么还能做出那样事情……”

她话还没有说完，突然从人群中挤进来一个矮胖的庄稼汉，头上冒着汗珠，慌慌张张地跑到明姑的眼前，拉着她的手说：

“哎呀！昨天没见你，我到处去找，怎么也找不着，你，你昨天到哪里去了？”

“你不要我，我当尼姑去。”明姑气愤地甩脱了他的手，温疙瘩不知道怎么办，脸上一阵红，一阵白，呆呆地站在那里。

我们立刻指着温疙瘩问明姑：

“你说他们要卖你，你看他对你多好！”

“不，是婆婆要卖我。”

“卖给谁？”

“就是卖给他。”明姑挤开人群，气愤地指着蹲在一角的白胖子说。

但那白胖子却狡猾而又毒辣地笑着脸说：

“简直是开玩笑嘛，我家里有比她长得更好的媳妇，我还要她这个人不像人、鬼不像鬼的丑货？”

有人气愤地喊：

“你胖子凭什么乱骂人？”

老乡们也喊叫起来，有的年轻小伙子主张给他几下耳光。我们阻止着他们，并且说：“不要打人，有道理慢慢说嘛。”

婆婆看了！心里怕得发慌，赶紧偷偷地推着温疙瘩，叫他说今天早上已商量好了的话：“他什——什么也——也不会干，光会吃，现在俺欠人家一千元饼钱。”

“你不给我吃，我怎么不欠账?”明姑嘴快地说。

“你们看，她穿的是绸子，我们穿的是土布。像我们这样种别人的地过活的穷人家，怎么能养得起她?”婆婆抢着嘴说。

“你老！你看看，我穿的鞋还要比她烂得多哩。”温疙瘩糊里糊涂地指着露出了脚趾的破鞋子，插着嘴对我们说。

“你刚才把新鞋换了。”明姑气得好像要胀破肚子，红着脸说。

我们看出婆婆想转换话题，就追问她道：

“你是不是真的要卖你的儿媳妇?”

婆婆做着鬼脸，指着白胖子说：

“你们问他，你们问他，我是不是要卖媳妇给他，凭他的良心说话。”

白胖子又想诡辩，但是一个黑胡子的老汉，从人群里挤出来，把手指到他的脸上说：

“是他要买明姑，叫我借饼给她，他就暗地里给我饼钱，叫我不要告诉明姑，他才好使她的婆婆打她、卖她。现在，我这些黑了良心的钱，我也不要了，看你同志怎样办。”说着，他就气愤地将一沓钞票掷在地上。

“真是狼心狗肺!”几个老乡骂起来，有的竟不知不觉地卷起袖口来，拥上去，会场马上乱起来。恰巧正在此刻，出去调查的同志回来了，我们好容易才把会场安静下来。

我们问了调查的情形，知道这家婆婆有些厉害，两个媳妇都给她闹得和她分开，而她的儿子温疙瘩，又是个没主见的庄稼汉，由他妈怎样说便怎样好。明姑自己呢，年纪小，不太能干，婆婆不太喜欢她。所以，当温疙瘩长疥的时候，婆婆借口说要忌，于是就把明姑分到空房子去住，每天给她半升小米，什么也不管。后来婆婆遇上了白胖子，他说他愿意买她，婆婆才起了卖她的念头。经我们指出这些事实之后，白胖子也没话可辩了。我们根据老乡们的意见，罚他五千元，当作赔偿明姑这几个月的损失。之后，婆婆也没话可辩，她也承认了，并且后悔地说：

“过去的事，都是我死老婆婆糊涂，以后我再不这样，如果我再翻心，凭你同志怎么办都行。”

我们看案子弄得差不多了，就向温疙瘩说：

“这媳妇你还要不要？”

温疙瘩望了她妈一下，看她脸上没有拒绝的神色，他才说道：

“当然要，只要她不再跑。”

明姑怪不好意思，红着脸，她羞羞答答地站着。之后，我们问明姑愿不愿意回去，她说，如果他们给她吃、给她穿，她也愿意回去。这样，我们就趁着这个机会向老乡们说：“妇女解放，和男子一样可以给老百姓办事。女人也是人，公婆不能随便打骂媳妇，媳妇也不能打骂公婆；但媳妇要能干，要努力干活，才不会给人家小看；做公婆的要帮助媳妇，教他们学会做活，因为她们年轻，懂得少。”然后我们对那婆婆说：

“你媳妇不能干，这是她的不是。你老人家也有些不是的地方，要不，你家两个媳妇为什么都和你分开呢？”

她点头认错。我们又对温疙瘩说：

“你也有些不对，你妈妈错了，你为什么也跟妈妈一样？”

温疙瘩好像是一个小孩子，跺着脚说：

“我不愿意，我妈妈硬要我这样干。”

老乡们忍不住想笑起来，我们看事情已经弄得可以结束，于是轻轻地拍着明姑的肩膀说：

“婆婆年纪大啦，好好招呼啊！八路军来了，减减租，日子就快要过得美啦，你好好地努力干活，婆婆一定爱你，去！到婆婆面前去叫一声‘婆婆’。”

明姑好像有些不大愿意，老乡们推着她说：

“快叫去！快叫去！”

于是，明姑走了过去，叫了一声：“婆婆！”婆媳俩就互相抱头痛哭起来。

不久，母子三人，高高兴兴地一块回了家。老乡们带着轻松愉快的心情，向我们告别走了。我们看看天快摸黑，也就留下住在妇联主任的家里。

晚上，我们刚吃过饭，明姑带着一双鞋底，到妇联主任家里来玩，手里不断地拉着针线。妇联主任看了很高兴，送给她一件夹袄，一双新的黑绒鞋，叫她好好地穿着过个快乐的新年。但是，第二天早上，当我们去看他们的时候，那双黑绒鞋却穿在温疙瘩的脚上，我们心里明白，笑着问明姑道：

“明姑！昨天晚上，温疙瘩穿错了你的鞋子吧？”

明姑脸红得直到耳根，“嘻嘻”地笑着跑了出去。

（《晋察冀日报》1946年7月31日，《副刊》第64期）

我算服啦

蔡迪

我老汉活到今年快七十出头了，在以先谁要跟我一提“娘儿们也能办大事”，我就是横竖不信。不用朝别处说，从一小，就见我娘成天不是围着碾盘转，就是在灶火跟前打磨磨，顶多挨我爹几拳头，再哭上一鼻子。等我娶上了媳妇，她成天也跟我娘一模一样，直到我闺女长大了，还是没出了她娘她奶奶那一辙。其实在咱村哪个娘儿们不是那一套数。从打八路军一过来，村里就闹开了什么男女平等呀！夫们娘们一样管国家大事呀！我心里就是着实不服那一说，心思着闹个减租减息，增加工资倒蛮合情理，娘儿们要管国家大事那可万不行。那年，村里选村长，大伙一下子就选上了老刘他二媳妇，这可把我逗火了，好容易咱穷人翻了身，能自家选当官的了，怎么倒选上一个娘儿们，那不是拿选举闹着玩吗？

从打刘二媳妇一当上了村长，每回只要她走上前边跟大伙一讲话，我那一肚子心火就“呼”一下子冒了上来，恨不能立时喊出来：“滚你的吧！快回家烧火去吧！”可是，这么一天两天三天地磨下去，大气也慢慢地小了。人家呢？嘿！嘿！可真没想到，倒真办出不少事情呢！不用拿远处说，光说说改造我们院里王三拴那家吧。这户人家，平日村里人都管他们叫个“三光三全”。□提起这，倒真有个意思。三拴这人，见天都是日头晒着屁股才起炕，吃了喝了，就拖拉着鞋，叼个烟袋锅往街上那块大石头上一坐，见人就扯，闲篇不断，这么天长日久了，哪知那块大石头也让他坐得光溜溜的了。淘气的小孩们一见这事怪稀罕的，从此只要三拴一出来，他们就大老远地喊起来：“磨光石！磨光石！”再说三拴他那老婆，他们两口子可真是地地道道的一对，三拴能磨光石头，她就能擦亮了炕席，成天坐在炕头上，针不动线不引，光对着镜子梳她那脑袋头发穷捯饬。可是你千万别往细里瞧，一瞧就糟心了，那一脖子的泥呀，就有半寸多厚，简直是黑乎乎的一层。为了这个，调皮小姑娘们常在背地里管她叫个“脸上光”。他们两口子，还有一个九岁的小子叫小春，小春因为碰上这么一对好爹妈，人家小孩伏天才光屁股，他到了霜降也还穿不上衣裳。跟他一块玩的小孩们，见他爹娘那个样子，就拍着屁股对他唱：“光溜溜！光溜溜！人前人后不害羞！他爹磨光大石头，他娘脸光脖泥厚！”

王三拴这一家不光笑话多，还是顶不会过光景，他们家里常常都是“有柴一灶”“有米一锅”，没吃没喝的时候就躺在炕上睡它一天大觉。三拴媳妇更有个嘴馋的毛病，三天五天就短不了拿粮食换个烧饼、猪肉吃吃。天长日久地下去，他们家十多亩地就糟蹋光了，从此这三口人，就上这家串串，那家偷偷地干了起来。

提起偷东西这桩事，我老汉经着的听着的可不是一桩两桩了，可是从打八路军一来，十家九户减了租，紧跟着又闹了大生产，家家都有吃有喝的了，人的脸上谁也有四两肉，哪个不爱个体面呀！有了吃喝谁还愿意干那丢人的事！由此偷东西这事就变成稀罕的了，可是在咱村里，唯独三拴这家就是到底没有改过来。背幸的更是我老汉，跟他们住了个同院，大早起不是张大婶跑来指着那棵大核桃树骂偷鸡的，就是李三媳妇披散着头发坐在那棵树底下哭她丢了的夹袄，反正从早到晚也不能给你个清静。再加上我们春柱他娘、他媳妇都跟三拴老婆挺不对付，俗话说“三个娘们一台戏”，成天为了一个瓢、一个勺子也吵得翻了家，可真把我老汉腻歪坏了。

这天，大伙正蹲在日头底下，商量跑运销哩！那棵大核桃树底下就又嘈嘈嚷嚷地吵上了天。我老汉一听见三拴老婆那尖声尖气的嗓门子，恨不能给她两下子才解气。正在这时，刘二媳妇挑着一担水，喘呼呼地过来了，我就眯缝着眼睛朝她说："老二媳妇，你这村长可得给咱村解决解决这腻歪事啊！"她挺正经地说了一句"老大伯，您不用着急"，就挑着水过去了，我们大伙让三拴老婆这一吵，也没心商量了，就又都议论起"三光三全"来。

晚上，刚搁下饭碗，就听见院里"噔噔噔"的走道声朝三拴屋里去了，不大工夫，隔着那扇墙，细一听，是咱们女村长正跟他们家拉话哩。三拴一边唉声叹气一边说："不行哟，是咱命穷啊！"一会儿刘二媳妇就借着这个话劝说起来，她的声音一阵子高一阵子低，我用了半天的劲听见她说："看你们院的三大伯，以前说房子论地哪一样也比不上你们呀！再看看人家如今，从八路军来减了租，他们一家大小这么一加劲干，有吃有喝的好光景就过上了。"这些话倒说得入情入理，蛮对我的心思，跟着他们又说了好久真是越说越红火。差不多有做熟三顿饭的工夫，三拴老婆才把刘二媳妇送出来，嘴里边直说："叫村长费心了。"刘二媳妇也笑呵呵地说："就这样吧！明天三拴就上山打柴，你就纺线吧！"

第二天，窗户纸才透亮，刘二媳妇就跑来喊三拴去打柴。三拴迷迷瞪瞪地开了门，一边揉着眼睛一边说："不行哟！瞧我这双鞋破的怎么上得去山啊！"刘二媳妇说："这好办！"就跑回去给他拿了一对旧鞋来。哪知三拴看了看那对鞋又皱着眉头说："咳！我连根绳子都没有呢！"刘二媳妇就又跑回去给他送了一根绳来，这下三拴可没话说了。到晌午，我打外边回来，一看三拴还是叼着个烟袋晒日头哩！我问他："没打柴去？"他粗里粗气地说："哼！饿着肚子就打了柴啦！"哼！像这路人要他干劲那不是赶着黄牛上屋顶吗？后半晌，刘二媳妇又来了，还给他们送来四升米，又跟他们屋里说了半天话。我心想，这下三拴指不定还要说出什么来哩！到第三天，真没料到村里的“磨光石”上山打柴去啦！这可真是一桩大事，村里立时就轰动起来。第四天，刘二媳妇又给他们搬来一辆纺车，还捎带着半斤棉花。嘿！“脸上光”也纺线了，惹得好些小姑娘都跑来扒在窗户眼上偷着瞧她。

没出半个月，“三光三全”这一家就上了黑板报，小学生到处唱着：

王三拴，
上了山，
打柴挣了两千三，
种上黄豆磨豆腐，
挑到集上多赚钱。
三拴媳妇也能干，
成天纺车嗡嗡转，
纺出好线去织布，
全家有吃又有穿。

这一夸奖不要紧，三拴可更干上劲了，今年一开春他就参加了拨工小组，不到三个月，大伙又选了他一个拨工小组长。你瞧吧，三拴那股劲，真跟从前是两个人了。三拴媳妇也换了模样，在纺织小组里大伙还说她是个“积极分子”。叫女村长这一帮助，“三光三全”这一户算是改头换面了！从此村里闹丢东西的事，再也没人提了。

那天，大伙正在那棵大核桃树底下歇着，讨论打蒿的事情。刘二媳妇又气喘喘地挑着一担水过来了，我就笑着对她说：“看看咱们今天的三拴，女村长，我算服啦！”

（《晋察冀日报》1946 年 8 月 3 日，《副刊》第 67 期）

地　主

栗少三

刘二虎是离陈庄十五里的长峪村里唯一的地主，村子周围方圆十二三里的土地，都集中在他一个人手里。

一九三八年，边区号召开展扫除文盲运动，我就在这个村里担任民校教员。民校里有一个活宝，名字叫丑货子，那时才十四岁，他什么事都爱插嘴，肚里不能盛一句话，所以，不管屁一样大的事，只要让他知道就会嚷起来，大家都叫他“老侉”。

有一次上课的时候，我将“地主”这两个字大大地写在黑板上领着大家念了两遍，便开始讲。谁知道这时丑货子却又在一边叫嚷：“噢——‘地主’，我知道。”

这次他完全和以往不同，脸上半点“侉”的表情也找不到，声音非常正经：

“地主就是刘二虎，去年俺病了，娘急得不行，东碰西碰地借回一升麦子。下午俺和娘一块到门前的碾上推去，刚砸了一趟，刘二虎的老婆就出来，她横眉扒眼地说：‘你娘们，快把碾子扫了，俺们推，那么一点东西还来俺这里。’说着刘二虎可就牵了一匹又高又大的骡子，没等俺们扫完，就套上碾子。俺娘‘扑簌扑簌’地掉下了眼泪。”

“还有。”他接着说，“这年八月十五，俺叔叔家喜荣子到山坡上拾干柴。刘二虎却硬说偷吃了他东山坡的梨，找到了俺婶婶，叫她领着喜荣子到他家院里罚跪。他老婆就拿荆条子打喜荣子，打到浑身流血，结果俺婶婶给他们跪下，这才算了。”

丑货子这番话，刺动了年老的赵大伯，他长长地叹了一口气，接上嘴：

“俺梅妮还不是十几年前，给这刘二虎治死的。——那年地里歉收短二斗租子给不了他，刘二虎就硬把梅妮拉去抵账。梅妮到了他家，他老婆动不动就打骂，刘二虎那东西更可恶，把梅妮吊在房梁上，脱光衣服，拿铁钳子往肉上扭，折磨得孩子死去活来，身上青一块紫一块！就这样不到两年，梅妮便被刘二虎……"

赵大伯的声音有些哽咽，他擦了擦眼睛，声调高亢些："走着瞧吧，刘二虎！"

★★★★★★

就是这年夏天，刘二虎钻了山洞。

"'黑地'给查出来了，'黑树'给拾了（注一），还有那没有登记的房子，那从穷苦人手里盘剥来的土地……翻了世界！世界翻了？"这些想头跟刘二虎旱烟袋里的烟一道在他脑子里翻了几千个滚。

★★★★★★

三年后，我再经过那里，长峪村到处充满着欢欣喜悦的笑声。赵大伯一看到我就高兴地说："村子变了，伯伯的心也舒适了。那年全村和刘二虎改换契约（注二），俺也把地抽回来，从此日子就过得好多啦！"这时紧跟着我的丑货子也嚷起来："你看，你跟前这张桌子，就是刘二虎的'黑梨树'。现在，他老婆再不能用荆条打喜荣子了！"丑货子的"侉"气虽还依旧，脸上却洋溢着从未曾见的喜悦。

（注一）登记财产时，一些顽固地主想逃避负担，虚报土地树木，这些未登记的东西通称"黑地""黑树"，当时曾发动农民大家检查，检查出来后穷苦农民获得使用权。

（注二）"换契约"，指农民将当地的白契从地主手中抽出，改立借约，这样避免农民因高租重利的剥削失去土地。

（《晋察冀日报》1946年8月6日，《副刊》第69期）

小鬼卢作兴

青昭

晚上，天黑洞洞的阴暗，熄灯号已吹过好一会儿，因工作回来得很晚，沿着菜园的垄沟上走；猛然看见菜畦里，一个黑囊囊的东西，动了一动，以为有人在偷我们政治部的菜，我喝了一声，对方用不大高的声音答应说："是我。"原来是小鬼卢作兴。

"这个时候啦，怎么还不睡？"

"看菜嘛，给烟鬼们偷了，大家吃不上。"

卢作兴这个小鬼在菜园里工作的确积极。一天到晚，午睡也不睡，净见他浇畦、掘地、拔草……手脚不闲地干。

他原来在国民党十一师工兵连里当兵，前几个月开小差过来。虽然十八岁了，长得个子挺矮小，战士们都喊他"小鬼"。分配他到菜地里种菜，干得挺起劲。问他为什么，他就说："头条好，八路军当官的不打骂当兵的。再就是，工作没高低，官兵一样干。"最使他感动的是旅政治部主任有空常帮助他们耧地、拦粪、栽菜，他对人们说："国民党一个排长，公差勤务，屌事不管，哪像咱们的×主任。"

卢作兴刚到旅部的那晚，也是像这样的时光。在路上遭了雨，身上破棉军衣给雨和汗弄得湿漉漉的，给他换了单衣之后，叫他在特务员的房子里休息。我再去看他的时候，他正和战士们谈着开小差的经过：

"一分耐活，我也不跑。那边当官的动不动舌头底下压人，刁皮呀、反抗呀，随便挑你的茬，要是分辩半句，皮鞭、巴掌就挨上啦。

"我们排长洪国焕□着一个破鞋，她家喂一头毛驴，排长让我给她家驮草。我不高兴，背地嘟囔了一句：'你嫖破鞋，让我驮草！'

哪晓得给他听到了，那晚熄灯号还没吹，他把我叫到楼上，命令我脱了棉袄，直直地跪下，一下、二下……宽皮带狠命地往我脊梁背上抽：‘狗入的，我嫖破鞋，你敢！’打了又问，问了又打。我咬着牙关，背上热辣辣的，大气也不敢出。打累了，叫两个弟兄把我倒背剪着捆起来，脚不点地，吊在梁上。他坐在床铺上，气呼呼眼睛瞪得牛蛋子儿似的。幸好通讯连的特务长来找他打麻将去，劝了又劝，才把我放下来，还罚我三班岗——那边是一夜六班岗。

“回到班上，全班人都睡醒两觉了。我挟着枪跑到公益园——那是绥远城里的一个花园，哨位就在茅厕的顶上，四围冷清清，树上全结着白花花的霜。我两腿冻得直哆嗦，脊背上鞭溜子火抓抓地涨疼。我想起保长带着乡警，从墙上掏窟窿把我捆出来；想起家里老母亲和小妹妹；想起自己在这里活受罪；越想越伤心，一个人哭出声啦。

“前那么半年光景，弟兄们都说快不打仗了，又听说师长王子修命令咱们驱逐卓资山的八路，还说什么过了十三，就打不成哩。听到这个话，当兵的都背地里议论：‘妈的，都是中国人，打个□□！’

“果然，命令下来了，大家都哭丧着脸出发。班里的马干民和刘士学就悄悄对我说：‘到火线上，放倒那个婊子养的！’一、三排的几个弟兄也是这么讲：‘这回揍不死你们的排长，可真是怂包了！’我说：‘对！放不倒他，算我婊子养的！’

“接火后，弟兄们谁也不想打，枪都往高处瞄。我们都这么想：和老日没打过仗，和自己人为什么倒这么大仇气呀。有一夜排长逼大家往上冲，这边的火网又挺密，班长刘礼成说：‘咱们退吧！’排长用盒子一堵：‘狗入的，谁敢动！’我正爬在他旁边山圪棱上，月亮里瞄得准准的，心里说：‘奶奶的，你算活到头啦！’‘砰’，他左头上着了一家伙，‘哎哟’都没喊出来就栽倒了。大家忙把他的尸首往山沟里一推，扔下机关枪就跑了。刚到半山坡，别的排也像崩了的一群马败下来了。不晓得谁说了一句：‘你们排长在山腰里挂彩了，你

们不去背他。’大家都说：‘不尿他。’

“战斗结束了，听说狗入的有造化，没死，现在还躺在医院里，可是咱们弟兄都讲义气，谁也没说排长挨了冷枪，他也当是挂彩哩。

“又过个来月，傅作义坐飞机回来，又抓兵、催粮，忙着打仗，说这回有美国帮助，要大打一次。我想跟自己人打死了多么冤呀；死不了，当官的踢过来、骂过去，也实在受不了。这么，趁去归绥城东安店村点名的时候，就瞅空开了小差。

“快黑了，跑到刘□牛村的河边，我又怕起来了。我想到八路的地界，又怕给活埋了——那边当官的常这么说；回西安吗，路上全是傅作义的人，给抓回去也要挨枪毙，心里七上八下，没个主意。后来瞭见过来一个赶毛驴的，问了他一下，才知道那儿就是你们的地界，昨天也有几个弟兄过来，全给了路费打发回家了。

“这么一来，我的胆也壮了。真的，一到这里，官长就给我换衣服。那边，单衣还早着哩……”

说着说着，他发现我站在他后面，说话就没有刚才那么自然。

“小鬼，回去休息吧！”我感到晚风吹在身上凉凉的。

“不，再看一会儿。昨晚也是这个时候，让人家偷走六颗包心白。”

我顺手取下披在身上的夹衣对他说：

“要看就披上。”

（《晋察冀日报》1946年8月12日，《副刊》第75期）

我又遇见了小俘虏

轻影

在野战医院里我又遇到了小俘虏。他每天下午就坐在东墙根晒着六月的太阳，这是医生的吩咐，晒一晒会减轻他残废的腿的疼痛。

半年前，在飘着大雪刮着北风的天气里，他在古北口自卫战役中做了我们的俘虏。那天晚上我第一次见到他是在车站上，他从车上抬下来，好像死了一样，只当抬他的人偶然碰着他腿的时候，才听到急促凄厉的惨叫："奶奶呀，疼啊！"因为他伤势极重昏迷不醒，问送他来的同志才知道他叫王立民，十五岁，河南卫川县大王庄人，胡宗南部二十二师二团独立排的通信兵。他被蒋军丢弃在阵地上，就此被蒋方的炮弹炸掉了一条腿。

从那时起，我常常这样想：一个十五岁的小孩，离开千里外的家乡，来到这遥远的塞外，负了重伤，他自己知道到底是为了什么吗？难道也愿意打内战吗？总希望能有机会和他详细谈谈。半年了，我离开初见到他的那个地方，哪知今天我无意地和他遭遇，这使我获偿半年来的夙愿。他的腿虽已经残废，精神还很奋健，依然能够同我谈大半天的话：

"我自小随父亲到山西受苦，给地主扛长工，母亲挨饥受冻，早已死掉，家中只剩下老奶奶和弟弟、妹妹。这几年河南常遭年景，去年父亲由山西赶回家中探望，留着我孤孤单单确实熬不下去，随后也动身撵父亲了。我穿着破烂的衣裳沿途讨饭，哭一把，摸一把，走了二十多天才走到黄河边边上。正在等渡的时候，突然背后一只大手抓住我的破衣领：'小崽子往哪去？给我背上行李。'我一看，是个当兵的，就不由自主哆嗦起来跪下去了，那家伙凶神恶煞地叫起来：

‘你这毛渣子回不了家，快跟我当兵，背上行李走。要不听，一脚把你踢下黄河里去。’我望着黄水，没有法子，只好弯着腰背起三十多斤的铺盖，就跟着他走了。

“路上又累又饿，行李又重，走不动，那凶神恶煞就用皮鞋踢我腿肚子，毛烘烘的大手揪住我的耳朵拖着走。我心里想：‘奶奶呀！爹呀！兄弟呀！妹妹呀！你们死了还是活着，我们见不到面了！’后来，逼我换上破军装关在闷子车里，稀里糊涂从河南运到保定的兵营里，从此我就算是中央军了。在营里不叫出门、不叫上街，好像坐起监牢一样，我才知道抓我来的就是我们的排长于世龙。团长给咱们训话，翻来翻去总说那么几句话：‘日本投降了，美国跟咱是一家……打死日本一百，美国才死两个，美国兵能干顶厉害……现在帮咱们打共产党，有美国咱就不怕。’还说：‘要让八路军逮住，活埋刀砍，够你受的。’为什么要打，他没说，我也不知道是怎么回事。不几天又被装上闷子车，走了多久多远都不知道，下了车才听人说到了密云的地面，没有住又步行到石匣，排长跟我们说：‘到古北口去宿营吃大米！’走着走着，队伍快爬上山了，后面的机关枪叫起来，不大一会儿大炮也‘轰轰轰’地响，子弹在脑瓜顶上‘嘶嘶’直叫。我看到他们都趴下，也紧贴着地皮，一点不敢动，头一回听见这声音嘛！这时候有个老兵说：‘碰上八路军了，古北口早就是人家的，咱们硬去有什么道理，非打热闹了不行！’我两手按着心，想起来七岁上奶奶说过，有个远房大爷先是拿着矛子打土匪，后来当了红军，打土匪救穷人，到山西又听说八路军是红军变的，专打日本救穷人，为什么中央军一定要打八路军呢？……我正在想，忽然山上的队伍倒水一样冲下来，准是打不过了，排长用盒子点着我脑瓜说：‘王立民，不要跑，看着这四个骡子三架电话机，丢了回来敲死你！’我眼一黑，他早跑得没影，光剩下我一个人了。

“山上的队伍从我身边跑过去没理我，后面枪炮响得更凶，忽然一个炮弹在我身边爆炸，我就什么也不晓得了，后来好像被人背上，疼得厉害。当我醒来，自己和八路军彩号躺在一条炕上，腿上的伤处也让医生给我包扎好了。他们看见我醒来，就拿白面饼叫我吃。八路军没有活埋我，也没有刀砍我，待我跟自家的彩号一样，我想那个留着小胡子的团长真会瞎扯淡。

“我在军医院里住了半年，和八路军同志过着同样的生活，又听了指导员讲课读报。我明白了，国民党为什么抓我当兵，为什么叫我打八路军，为什么替美国吹气，为什么说八路军逮住了活埋刀砍；我也明白了八路军为什么救了我，待我这样好，发给我二等残废证。

“我在这里不想家了，因为这里的人跟我的亲父亲兄弟没两样，可是国民党打断了我的腿，成了残废不能做事了……”

说着，说着，小俘虏的泪珠滚滚地落下来。

（《晋察冀日报》1946 年 8 月 12 日，《副刊》第 75 期）

“狗尾巴”醒了

尼尼

狗尾巴，

陈大疤，

专给地主说大话。

给他三亩地，

叫他当毛驴。

给他两块油炸糕，

他给人家把腿跑。

这是陈大疤村里的老乡给他编的一套歌谣。

陈大疤，本来是一个穷光棍，给本村财主王二爷扛长活。因为他能说会道，王二爷认为他可以利用。有一天他把陈大疤叫到面前说：“陈大疤，我看你活做得好，送你三亩地，再给你花钱买个大姑娘，你看好不好？”陈大疤听了这话连忙说：“二爷这么高抬我，我真是烧香啦！”二爷接着说：“可是给你三亩地，你得给我看青苗；我给你娶媳妇，也得叫我有点便宜……”陈大疤刚想不答应，王二爷下面的话就接上来：“你要不听说，送你到局里去，看看哪个上算。”陈大疤只好马马虎虎地答应了。

从此陈大疤就给二爷当上走狗了，村里给他编了一套歌谣：

陈大疤，

人傻瓜，

明说给他娶媳妇，

可是二爷来睡觉。

陈大疤听了别人这样讽刺，反板起面孔回答：“当王八，得本钱，没好老婆，你还当不上。”

敌人来了，王二爷当了甲长，狗尾巴也就当了雇务员，帮着二爷来派款，欺负穷人。

过年的时候，人们都吃不上糕，吃不上面，二爷叫人炸了两夜糕，叫狗尾巴去给人们送去。他这时得意地说：“别骂我狗尾巴，吃个炸糕多么香！”

八路军来了，各村进行清算复仇。王二爷又叫狗尾巴帮助他把老乡召集起来，他“自动”拿出几十石粮食，向大家说：“咱们村用不着区里来闹斗争，没有粮食的我给你们，谁没有地种，我拨给你们一些，咱们有钱没钱一家人。”

狗尾巴出来对大家说：“王二爷，真是好，穷富人家都吃饱。”

就这样的，这个村的群众没发动起来。

附近各村的农民都翻了身，县区干部集中到这个村来进行调查。可是十来个干部问老乡什么也不敢说，都说：“去问狗尾巴吧，我们叫人欺负怕了。”

区长找到狗尾巴，跟他整整地谈了一天一夜，告诉他穷人为什么穷，富人为什么富，为什么给他三亩地，又为什么自己的女人叫别人搂着睡……

陈大疤这才慢慢醒过来，他对区长说：“我这才明白了，为什么你们不早跟我讲。咱只知道共产党，也不知道共产党的根，这会才知道共产党是给我们办事的，我们受穷都是叫老财们闹的。好，王二爷骗我，我得跟他算账。”

到了开群众大会那一天，狗尾巴叫小学教员帮他写了一套歌谣，贴在台前。

陈大疤，

真混蛋，

傻傻瓜瓜受人骗，

从今割去狗尾巴，

团结起来跟老财干。

开会的时候，他第一个讲话，把王二爷也叫到台上去。他的眼里冒出火，大声地说：“好你个王二蛋，过去你把我欺负得太苦啦，给我三亩地叫我给你当毛驴；你想娶小老婆，怕你女人跟你拼命，叫我给你娶，可是黑夜叫你睡，你还不是日我吗？今天非跟你算清账。地用不着领你的情，种地人就得有地种，我有地也就有媳妇，你敢再到我家里去！”

下面群众喊起来了：

“陈大疤，

睡醒啦，

谁也别再当尾巴。

咱们穷人团结起，

一切都是我们的。

土地种地人来种，

谁领你老财半点情。

大家团结有力量，

咱们今天要翻身。”

王二爷在台上看着陈大疤跟穷人们站在一起，举起拳头来，他一声不响等候人们的审判。

（《晋察冀日报》1946 年 8 月 17 日，《副刊》第 80 期）

老子英雄儿好汉

苗康

一

“满洲国”一倒台，彰武一带有许多所谓“中央军”都起来乘机作乱了。有个自称是张作霖亲儿子的土匪头子，名叫张学之，说是蒋委员长明令委他为第三军军长，来“接收”法库等地“主权”。他们的“大军”号称三个团，纠集伪军、警察、特务、土匪二千多人，到处抢掠，老百姓叫苦连天。

我们的队伍在六家子一带扎了一个团，老百姓也自动组织联庄会来配合军队作战。鲁小成是联庄会里最积极的一个。他虽然只有十六岁，但穷苦的生活锻炼得他非常胆大。在漆黑的夜里，他独自在野外放哨或带着红缨枪到三五里路以外的村子去送情报。他不怕劳累，破烂的黑棉衣，虽然挡不住深冬的风雪，但他的满腔热血，是不怕任何寒冷的。

在三连刚住到五风子的第二天，小成拿了红缨枪到那里送信，他走到连部门口，好奇地问着哨兵：

“我可以进去吗？”

哨兵请示了连长，允许了他。他走进连部笔直地站在连长的桌旁，连长看着情报，指导员再三让他坐下，他才很端正地坐在那里。

“你几岁？”指导员和蔼地问他。

“十六岁！”

“有爹妈吗？”

“爸当兵走了十六年了，妈在家，我给人家放牛。”

连长看完情报，知道是土匪又出来扰乱，向他说：

“你知道土匪住的地方吗？”

“他们没有一定地方，今儿在这，明儿在那，他们的军部倒听说这两天在小西沟住，那地方我熟。”小成稳重地说。

连长心里想到一个主意，便马上叫警卫员向老乡找了一身便衣，要亲自随他去侦察一下。

张学之部匪盘踞的地方，是一个长二十余里、宽十余里的区域，这里有许多覆在雪下的小山丘。前二年小成在那里放过牛，那些村子有多少人家，路怎样走，他都知道。他们背着一个布袋，装作送粮食的样子向那里走去。一进村就碰见土匪的哨兵，小成向前行礼说：“咱们来这里送粮食的。”一□哨兵就放他们进去了。小成像个猴子似的引着连长，钻进沟底又爬到山上，终于他指着一家深灰色的房子向连长低声说：

“那就是他们的司令部，你看由这里支一挺机关枪能打着吗？”他比着手势，对着那房子，好像他已经有了一挺机关枪似的。他不知道这是多么远的距离，那房子是否在有效射程之内，连长笑了，他也笑了。

在回来的路上，他用试探的口吻问连长：

“你们用小孩子不？我参加军队行不行？”

“当然行，我们那里比你还小的孩子都很多。”

“能打仗？”

“能打仗的就打仗，不能打仗的做别的工作。”

“我要打仗，给我一支枪。”

“可以，你会打枪？”

“我会放土枪，洋炮我干不来。”

“不要紧，在关里我们一个小同志用手榴弹还缴了敌人的枪呢。

还有的小孩子摸到敌人的堡垒里，把炮上的闩都偷来了。”

“怎样偷法，你教给我，教我使手榴弹，我愿学……”

“回到连队上慢慢教你。”

当天下午，连长就把小成领到团参谋长那里，把侦察的情况报告了参谋长，参谋长拍着小成的肩膀问着：

“张学之住的什么村子？”

“小西沟！”

“小西沟正北什么村，有多少敌人，正西有什么村？……”参谋长一面看着地图，一面问，小成答得一点也不错，而且敌人数目及枪支都记得清清楚楚。

参谋长留小成在司令部住宿，连夜做好了战斗计划，发下命令。

次日拂晓在小西沟东面二十余里的弧形战线上展开了战斗。参谋长的指挥所设在一个距离司令部二千多米的较高的土丘上。当敌人正要抵抗时，他们司令的房后突然腾起一股黑烟，随着那黑烟的方向射过去的，是设在参谋长身边的迫击炮的炮弹，屋子在火花中崩塌了。敌人的阵容混乱了。冲锋号一响，战士们都像虎似的扑了上去。敌人都吓得慌了手脚不知向哪里逃才好，腿长的就向南溃窜下去，余下的大部分都被缴了械。

战斗结束了，小成提着一把盒子背着一支大枪从人群中走来。他乐得嘴也抿不住了，走到参谋长面前行了个礼，表示他完成了任务。原来他在半夜里就从团部出发，一个人摸到那座深灰色房子后面趴在地下，听到第一声枪响后，他不等第二声枪响，就在房后一个草堆上放起火来。那个号称军长，自认是张大帅嫡子的“张司令”，刚要上马逃跑，就被炸死在房门口了。他从容不迫地在一个炸死的狗马弁尸体上解了盒子枪，从敌人后面冲了出来，刚好碰见一个匪军迎面跑来，他把盒子枪对准那土匪吓了一声“站住”，那家伙把枪丢下跑走了。于是他得到了两支武器。

二

从那次战斗以后，小成就跟着参谋长一起，他学会了打枪，学会了侦察，白天出去工作，到很晚才回来，有时就和参谋长睡在一张床上休息。这样不分昼夜地奔波，眼睛都熬红了。参谋处的人，都觉得这个神出鬼没的孩子，是个小英雄，都愿意和他接近；他也不像刚见三连长时那样拘谨呆板了，常常和别人在一块打球、玩杠子跳高。他见谁都是笑眯眯的，特别是和司令部那些小同志们非常和气，他让小东教他识字，让小马教他唱歌。

有一次，他刚从操场打球回来，正好碰见团长和参谋长一块散步，他赶快把衣服穿好，擦了擦脸上的汗，把帽子戴好，行举手礼。

“小成，你往家里写信了吗?”团长关心地问着。

“写了！妈妈没有来回信。”他挤了挤眼睛向首长撒谎了。

团长看出了他的神情，笑了，参谋长也笑了。“还是给你妈写个信。当八路军不是不要家了……”团长郑重地说。

“你不回去，也可以叫她来看看你，她的生活，将来政府照顾……”参谋长补充着。

小成走过去以后，团长向参谋长望着他的后影说：“这小鬼有两下子，我那儿子将来长大能像他，就是我很大的光荣。”

“我的儿子如果现在还在的话，也和他一样大了。”

参谋长是通辽人，九一八事变前就在张学良部下当兵，西安事变以后参加了红军，抗战中在冀中的大平原上转战了八年。他是一个士兵出身，现在担任了团参谋长，他深恐自己的能力不足，恐怕贻误军机，因此他小心谨慎地，忠实自己的任务，更没有心思去想家庭那许多往事了。

在小成刚到团部那天夜里，参谋长就知道了小成和他自己同姓，又是十六岁，家庭的情况也差不离，但天下类似的事情太多了，而且小成的家在新武，他的家在通辽，因为小成，他曾想起了家，但一会儿就过去了。

三

一十团连打了几个胜仗，把土匪肃清了，六甲子周围三十里的老百姓，有的抬着猪，有的抬着鸡蛋，有的拿着刚烙好的油饼向团部送来。

小成的妈，自从那天不见了小成以后，到今天已经十多天了。因为以前小成给人家放牛，也常好在外面住宿，现在没回来，倒也不很在意，但她不知道小成当了兵。

她从二十来岁就同自己的丈夫随着翁翁，由山东老家来到东北下户在通辽。他们房无一间，地无一垄，只给王老财家傍了一年轻，第二年因为人家要按三七分粮，无地可种，小成的爸就气得当了兵。小成的祖父，上了年纪，得了“急心疯病”，不多日子就死了。第二年秋天正好又碰到九一八事变，她带着不满三岁的孩子，“靠天天高，靠地地厚”，怎样生活呢？乞讨着流浪回关里的老家去？这却不是一件容易的事，兵荒马乱，男人在道上都不好行动，一个女人家在这千里迢迢的路上怎样能走呢？

在小成刚满四岁的时候，她在小白屯一家有钱人家找到了混饭吃的事情，这是一个繁重的无代价的劳动，全家二十多口人吃饭，就靠她一人煮，同时还要照料自己的小孩。她的可贵的青春很快就被这烦恼的岁月折磨过去了，脸色逐渐苍白起来，头发也被那整日的炊烟和炉灰纠缠得纷乱不堪了，深陷的眼睛时常在灰暗的灯光下淌流着泪水；饱受了人生创伤的心，时常在绝望地痴想着丈夫；夜里搂抱着孤苦的孩子，吞吸着眼泪，蜷伏在那像牢狱似的厨房里。

“天老爷有眼，保佑我的小成平安地活着，赶快长大吧！”她常常在凄酸的深夜中，如此自言自语地祷告着。

在敌伪统治时期，她们是没有做人的权利的。她们被作为“黑人”埋藏在那黑暗的世界里，无论春、夏、秋、冬，从来也没有走出大门见见世面的机会。这样绝情的环境，几乎使她变成了一个傻子，只有孩子是她的精神寄托。

十六年来的残忍光阴，我没有能力来写出她是怎样度过的。

八路军来了，她觉得这是解放了自己的队伍，她经常坐在街头打听剿匪的消息，今天听说村里人都到六甲子慰劳，她不能落后，拖着仅有的一只小母鸡送到团部来了。

团部正在召开庆祝胜利大会，人像潮水一样向会场里涌去，小成的妈，挤在人群的前面。

主席台上是团长、政委、参谋长、主任，还有许多工人农民的代表，另外有一个十多岁的孩子，穿着整齐的军衣站在一边。走进会场，她听到政委的讲话：

“今天的胜利大会，特别值得提出来表扬的，是小战斗英雄鲁小成，他缴了敌人十五支枪，侦察了十多处匪窖，我们特以一等战斗英雄的光荣称号奖励他。”台下的掌声像暴雷一样地响起来。

她听到“鲁小成”“战斗英雄”这几个字，她才看清台上站的那个少年是自己的孩子。她挤近主席台，向司仪献上了带来的母鸡，并且说明她是小成的妈。司仪就赶快把她请到台上了。

自己的儿子带着英雄花，骄傲地站在那里，喜悦拂去了她十六年来笼罩在脸上的愁容。小成也得意地向着母亲笑了一下，团长让她和自己坐在一起交谈着，小成的妈，却不断看着参谋长，她想这人实在面熟。参谋长正听着政委讲话，猛一回头，看见了小成的妈。他凝视了很久，他走近她的身边，声音有一点儿发颤：

“你是小成的妈？认识我吗？”小成的妈欢笑的脸上挂了几丝兴奋的泪痕……

团长看到这件事高兴极了，像一个狂喜的孩子似的马上走到台边拉了拉正在说话的政治委员，扬着手向大会报告了这个可喜的消息，并让他们一家三口坐在台前和大家见面。会场上浮动起来了，鼓掌、欢笑、谈论……

在会场平静以后，政委继续讲话，他说：

“刚才的事情，正说明了我们的军队是老百姓的队伍，是人民子弟兵。古人有言，‘老子英雄儿好汉’，又说‘上阵单凭父子兵’，今天我们参谋长和他的儿子鲁小成，是英雄是好汉，又是父子兵。”（本文转载自《东北日报》）

（《晋察冀日报》1946 年 8 月 23 日，《副刊》第 85 期）

天下穷人是一家

卫生 独 梁本

一

“这……这成个甚世道□唉！尽是荒草呵！”老农赵贵有在小南关外，一块满长着茂草的玉茭地里，唉声叹气地停下脚来，愤愤地朝这可恶的荒草地上敲击着手中生锈的锄头，愤怒地咒骂起来：“这造孽的奸贼！哦，‘兵农合一’！……”

这块踏在赵贵有老汉脚下的三亩半玉茭地，从祖先遗留下来，赵贵有至少在这里种了三十年的菜园啦。就是去年，在敌人最残暴的时候，这块地仍是赵贵有全家赖以活命的水浇菜园。可是今春，阎锡山部下借“兵农合一”为名，把赵贵有这仅有的菜园夺去了。

毕竟孽运不长存呀，崞城被八路军一夜就解放咧。现在，街墙上遍贴着废除“兵农合一”暴政的布告、标语……这，对赵贵有老汉是多么的欢腾呵！

“南关外，我那三亩半菜园地能收回哩吧？”城内刚一平静下来，赵贵有便无限关切地向好几个八路军同志提出他那活命根子的菜园地来，虽然他没有得到确切的答复，但从同志们的和蔼的解答中，他觉得不管归地的办法有多种不同，但他这块水浇菜园地，新政府是定会归还给自己的了。于是不待地权的最后确定，赵贵有便带着他的寡妇儿媳和十三岁孙儿玉明，一齐上地抢锄去。

“哦，‘兵农合一’造的孽呵！……”站在自己的菜园地里，赵贵有老汉愤愤地环顾着这茸茸的荒草，独自愤怒地咒骂着，过了一会儿，他才对着拿着小手锄走上来的儿媳和孙儿抬起头来，漠然地叮嘱道：

“用手拔吧，唉！锄不成咧！……”

“就得拔呢，前面的人都是拔的。”玉明和他妈一致地回答着他。

于是他们一齐深弯下腰来，从那挣扎地吐出红须须的玉茭间，用力地挽着难闻的茂绿的大臭荷、可恶的刺手的沙蓬、蔓藤罩地的地钱草……草根带出的湿泥土，飞溅到他们的腿上、身上和满是汗珠的脸孔上。

“这孽！……”每拔掉一株大草，老爷爷就刻毒地吐出一声诅咒，儿媳气喘喘的口里却唧嘟着似愤似喜的咿哟声，玉明则在祖父母亲的脚下钻来钻去，一堆堆地搂抱着杂乱的野草枝蔓，帮母亲伙拔着高大的臭荷……

忽然地，一个掮着锄的瘦高个黄蜡脸中年受苦人，张皇地向这祖媳孙三代面前走近：

“这地——”黄蜡脸胆怯怯地探问着，“是分给我的呀?!”

“你……你分的地?”像一根放开手的吊杆，赵贵有虎地挺直腰身，圆瞪着冒火的眼神，向这野头鬼吼骂起来：“快滚！……你分的地?!”

原来就是这黄蜡脸呀，占去赵贵有的这块菜园地，荒芜了赵贵有的这块命根子的，就是这个野头鬼呀！怒火在老农的心头猛烈地燃烧……忽地，他掷去手中的那一大把野草，预备撕打，双拳紧叉在腰窝里，嘶声向这野头鬼吆喝：

“走！进城，说理去——如今是八路军的天下啦！……你分的地?”

为这突然的暴怒所恐吓，黄蜡脸惊惧成苍白，好一会儿，他才定下神来，像一个被捕捉的盗贼，辞屈声沉地辩驳道：

“八路军，才是最说理的队伍呀……”

“最讲理，走！”赵贵有怒冲冲地向城方向伸出双拳，向黄蜡脸催逼着：“进城！你分的地……”

“进就进嘛……”

□吐着。

于是两个不相识的仇人，跨起匆促的脚步，向城走去。

“玉明，快掮锄，跟上你爷爷走吧！”

儿媳望着气呼呼的回城打官司的翁翁的后影，急唤醒呆立着的儿子，慌乱地随后赶去。

二

“赵贵有五十九岁，已过国民兵年龄，其土地即交给街公所，分配‘兵农合一’组耕种……”

这是赵贵有失去三亩半菜园地之后所接到的唯一的纸条。他咬住牙齿呼天咒地的战栗着，躺倒下去，不思饥食地直躺了半个多月，幸亏儿媳邻友们的苦苦劝慰，老农人才唉声叹气地起了炕。

“兵农合一”，土地归公。这在苦难的赵贵有一生中，除了二十六年日寇攻破崞城，惨杀的二千多青年中，杀戮了他年轻力壮的唯一的儿子以来，要算第二次使他震魂的大伤惨事呵！在很长时间中，他日日夜夜地闭着模糊的眼睛哀叹着：

“活不成哩！……唉，‘兵农合一’！”

别人再三劝慰他，但老汉含愤的脸色总不见转轻。担心地服侍着他的寡妇儿媳，在一天早上，早饭已过，仍不见翁翁回来，她焦急地向东邻西舍探问着，全无迹影，于是亲友们都着慌起来。半上午，一位侄子在南关外他那块被别人种上玉茭的菜园地里找着了，在半疯半癫的老叔叔手里，紧握着一把锋利的镰刀！

“你，你这是做甚呀?!”

“哦，反正是不能活！噢……”老叔叔执拗着，但终于被侄子扯拉着气闷闷地拉了回家。

不久之后的又一个早上，他的儿媳和玉明，又在南关外过去是自己的菜园地里，连哭带劝地把拿着镰刀的老爷爷第二次拉回家来。

为这，亲邻叔婶们都苦苦地向老□人规劝过好几次：

“要叫人家发觉了，咱一大家的性命都活不成呵！可千万不能瞎……”

“……你晓得种你地的是个甚人？还不是叫‘阎钵子’箍逼住。”

“可要想开点呵！这造孽的还能长远下去！……你等着吧！”

“哦，天！是哩，由它下去唉……”赵贵有颓然地接纳着众人的劝勉，开始转化着和那个不相识的抢地人拼老命的激愤。

三

赵贵有曾两度待在“自己的”菜园地决心与他的抢地人拼命，今天遇见了这个对头人当然是不肯罢休了。说起那个黄蜡脸瘦高个的野头鬼，名叫阮二牛，合河村（城南三里）六十多个国民兵之一。他和合河大多数穷苦人一样，从前，在和平年月，曾过着半农半担挑的生涯，可是敌伪阎逆的劫掠与炮火，早就将这些担挑担子摧毁哩，阮二牛一家大小四口也过着穷苦饥寒的生活。

是阴历二月初，城里的‘钵子官’们一串一串地，耀武扬威地下乡啦，于是合河村的“公民”们给“到点”起来。

成百个“到点”的百姓们都在什么“解救团”官员们的指挥下给恭敬地立正起来。于是在“领袖”的圣威下，那些油头滑嘴们一个个煞有介事地哇哇大喊：“司令长官解救百姓的圣方子下来哪！国民兵，每人都分给一份地——把城里老财的地都分给来种……”

“差务——”有的官员们更赌气地举起“成仁刀”（国民党及阎

军少尉军官以上佩带的一种装饰刀），开着保险票，“每月保证最多三天！”

讲演呀、训话呀、“到点”呀、抽签呀……就这样，在“钵子官”们的强拉吼喊下，合河村的“兵农合一”办成咧。阮二牛出卖了家里唯一能看上眼的一支大箱子，给“常备兵”奉送了两千元受训费，又给哭肿眼的“常备兵”母亲送去一斗高粱，于是治村公所给他从城里分来一份四十三亩的土地，而将他自己的十二亩半地则分给了别人。

事情就这样完成了，不管怎样，分得了四十三亩地这件事，对向来摸不着饱地种的阮二牛总算宗喜事呵！他虽然没牛少粪缺吃短籽种，底垫不起，但他仍然天天地早出晚归，伴着吞食着一把糠秕一把面麸的老婆儿女埋头刨闹着……

“这也许是翻身转气的机缘吧！”曾有好几次，阮二牛的黄蜡脸上闪着光彩，对肚饥力乏的老婆嘟囔着“兵农合一聚宝盆”嘛，也说不定的。

可是不久呵，倒霉的事就临到头上咧：

什么“先兵团”队长、“解救团”助训官……油头滑脑的一大堆，高站在升旗台上，下面，场子里，六七十个“国民兵”们立正，齐走地兜着圈圈，一遭、二遭……整整的半晌午，“国民兵”们都给操练得疲累透啦。最后，助训官把他们带领到升旗台下，于是台上的官员们慢丝丝地点起名来，鬼鬼祟祟地用红蓝铅笔在他们的名册上划着什么暗号。

“你站到那边！”当点到阮二牛的名字时，助训官向队左挥了挥臂，指示着这个“国民兵”应站的位置。于是阮二牛恐惧地走出队外，和其他十来个不健全的“国民兵”站立到一起。

“我看，你们操练也很费力的。”一大阵后，什么指导官对另站开来的阮二牛他们训话了，“你们是否愿意不操练呢？”

“愿意！”

“好，你们几个以后可以不操练的，多出点差务，唔！”

指导官的训话结束了，这天的大操练也就此完结。

于是从第二天起，这些被□为“可以不操练”的“国民兵”们，被差务驱赶着在城墙下修筑更坚固的城防工程哩。一修十天、十一天……就这样，阮二牛半年来支差的时日几乎占了一半，只在被棒喝驱赶着修筑工程时间歇下来时，他才不按季节地拖拉着无力的锄头，而让每段地里的荒草茁长得比壮禾更茂——就连南关外的那三亩半玉茭地，也只马虎地锄过一铲呀！而他的“助耕人”——饥饿的整天烦躁地生着气的妻子，每日只能不休地抓闹着填塞肚皮的野菜、旱豆角……衣裳破烂得不成样子。阮二牛“翻身转气的聚宝盆”美梦，早已消失得杳无踪影咧。

现在，他被老地主人威逼着向城走去，哭丧的黄蜡脸变得乌紫，心在阵阵地酸痛……他是抢种了人家土地的罪人呀，和蔼公正的八路军会不会处罚他这可怜的罪人呢？

四

“就这事情吧？要收回地去——”当赵贵有气急语愤地诉说毕自己的苦衷和意见后，民主政府工作组同志又转身对恐慌地坐在一旁的阮二牛发问：“你的意思怎样？”

“请官开开恩吧！”阮二牛唧嘟地说，“我家大小四口人，早就没吃的，等着这块快熟的玉茭哩！”于是他在工作组同志的探问下，把自己家境的穷困痛苦，和这块三亩半玉茭地耕作的情形，都倒了出来。末了，他苦苦地乞求说：“我只种下这三亩半玉茭，请官长给我断得留下点？”

这都是两个穷苦可怜的农民呀，他们被阎逆锡山的“兵农合一”暴政荒芜了土地，挑拨成仇敌。可是如今是农民团结一致，共同打翻吃人的“兵农合一”暴政的时候，于是工作组同志将这道理仔细地解释着……赵贵有老汉诉说着的那股气愤，似乎渐渐地消除了，不住地“是呀，是呀”地点着头，阮二牛更感激地道着“对对”。最后，工作组同志提议道：

“现在一家一半分开种，秋后地归原主……看怎样？”

“好好！”赵贵有慷慨地抢先接纳。

“这老人也穷，给他二亩，我分亩半好哩。”阮二牛谦让道。

“哦，不要哩……”赵贵有为这突然的谦让，感动地舌尖软软地说，“唉，好人……穷人的心！”

“你没地，还是你多种点好，”阮二牛二次谦让着，忽忽地换着谴责的口气道，“嘿，看刚才你在地里那股气……这还不好说嘛？”

“不提哩，哦哦……”赵贵有带着生平最大的忏悔，抱怨自己地说，“从前给‘阎钵子’气得把心眼糊涂哩！想不通，实在……对不起，走，到家喝杯水……”老农夫惭愧满面地向阮二牛伸出爱怜的手，拉着走。

“真好人，快到家喝杯水吧。”关切地坐在一旁听着打官司的寡妇儿媳，看着两个仇人的和解、友好，喜乐地眼笑心欢地边走边祷祝，“天，还是穷人好说话……”

“就是穷人好说话嘛！”玉明高兴地叫着，随着母亲跑出去。

“再好好地商量商量！”屋内传来工作组同志的祝贺声，“天下穷人是一家人呵！”

“哦，哦……”

（《晋察冀日报》1946年9月2日，《副刊》第94期）

马秀英献田

张岱

天刚摸黑，王慈喜挑着一副空担子，回到家里，他嬉皮笑脸地右手往钱包袋里一拍打，对马秀英说："都卖光了！"那副样子带点傻气，秀英夸说了他几句，他弯着腰呵呵地笑了。

吃饭时，他还是啰唆着做买卖的事，秀英有声没气地不待搭理他。

"嗨！你低了头不哼气，想啥心事？"

秀英向他看了看，又勉强地笑了笑："有事？你可摸到我的心啦！只是同你说有点犯不上。"

"哈哈哈……犯不上，说吧！"他靠在椅背上笑着说。

上一个星期，秀英在宣化市二区干训班受训，知道无地的农民太惨苦，心眼里思闷了好几天，向区妇联会郭主任也提说过两次，打算着把租田献出去，但自己的丈夫有一股牛劲，敌人在时抓了他，枉坐了一年大狱，气疯了，到如今还不算全好，几次想把献田的意思说给他，总没得张口。秀英闷着这伙儿趁他高兴，就说了吧！

"你看咱家里一百二十多亩田，自己没人手养种不了，每年租出去，四成五成地剥削人家，那多不好呵。这伙儿穷人要翻身呀，会种田的要有田种，咱家留下点，别的统统分给受苦的吧。"

"你说啥？把田分给人家！"他瞪着眼问。

"是的，说的就是这话。"

"那还税契吗？"

"不税契，献了田就归人家了。"

"这祖一辈父一辈子遗留下来的田，轮到你手里要给人家，哪有这等事。”他像生了气，两簇眉头交结在一起，嘴里迷糊地说个不停。

秀英不待搭理他。

夜晚，丈夫上炕睡了，秀英还在闷坐着，灯油快熬尽了，发出吆吆的声响，晕光卜跳着。

“谁又得罪了你，三句说不对头就同我赌气。当上了干部，真惹不起你嘛!”

秀英不作声，吹熄了灯，跳进炕里各自裹着条被子睡了。

丈夫伸出手来抚摸着她，如同哄孩子一般：“休想献田的事，田是命根子呵！这又比不得别的东西，可以随便送人，别听街坊里的闲话。”

“命根子，我不要这命根子，有本领自己生产劳动，要靠人家养活，这算是人?”

“呃，你真是孩子气，二十四五的年岁，连天理也不认了。我有田出租，还能靠人家养活，你试试看，种田的要是没有我家租田，吃什么?”

秀英坐了起来，她讨厌地把丈夫的手抡在一边。

“你真是有田有理，人傻嘴不笨。别说种田，你连做买卖看称花也稀里糊涂。只会吃饱蹬，你看着吧，年上佃户们的退租还没算清呢。”

她的话硬了，丈夫也冒火了，一骨碌坐将起来，用一连串的话想压服她。

“好吧，我是你的冤家，我思闷要把你变过来，实在比黄牛上屋顶还难，你这没能耐的人，我看还是同你离婚好!”

“又要提离婚?!”他粗声粗气地说。

“我不想睡了，到区里找张主任去。”她大声地开关了一下门，就出去了。

他从炕上爬起来，不能再睡了。

就这样，又一连过了好几天。

秀英几乎天天与丈夫谈着献田的事儿，百般地劝说他，话已说得一清二白。年上退租时，还欠了三年租，这笔账迟早佃户总得来算清，家里没有余粮，也得把田顶过去。这伙儿穷人要翻身啦，种田的要有田种，还像过去那样“占了茅厕不屙屎”，已是不行了。她左说右劝，翻哒了多少遍，丈夫的心肠软得多了，但老是迷迷哼哼的，拿不定主意，“看看再说吧，别人家的田还没动啦!”真使秀英心眼里焦急。自己是个区委员，又是后府街妇联会主任，各自人事情不赶在头里办，还能行吗？一天，她去找本街的户籍员，名叫小帮连的，他们平日常来常往，知道他的认识好，能说会道，秀英把献田的事向他叼念了一遍，小帮连竖起大拇指欣喜地说：“好！这种事我挺赞成，一定帮你忙。”他也就常去找慈喜拉话，有时捎了报纸去念给他听。这样又过去了半个多月，慈喜的态度渐渐地转好了，他对小帮连说：“别人家都是这样，我那百把亩狼不吃的田，也就照着办吧!”

一天晌午，秀英从区农会回家来，就同丈夫到南门外去找佃户。

在村公所里，召集了五家佃户，农会主任王仲昌也到了，他租种着秀英家十来亩田，佃户们在地上圪蹴着，用旱烟袋对火吱吱地抽吸，说着话儿。对今天东家的到来，都感到惊疑，每年总要到起租时才来一趟，平时敢不遭面儿，真叫人摸不清头脑!

秀英坐在炕上，就拉开了话，丈夫靠在炕角里，两腿直直地伸展着，像是从远路赶来的客人，劳累不堪的样子。

“今天我来没别的事儿，就为的给你们分田。”秀英最后这样说。

“你们田多要不了，给分?”一个年老的农民，额头上掀起深深的皱纹，张开大嘴，口涎水也掉下来了。

“不是田多田少，受苦人要有田种，做到种田人都有田。”秀英的话诚恳而婉和。

“你家不种田?”

“我们留一点”。

“你们一大家人家哪行!”

佃户们你看我，我看你，眼珠子溜来溜去，摸不清是怎么回事。

“这可不能要……给你们送上点租子，心里倒舒坦。”那个老农民连连地摇头。

“管他，秀英在区上办事，人家啥事闹不清，说话没有个错。”农会主任是个高个子，他这时站了起来，把白布衫搭在右肩上。

“这伙儿是穷人翻身，大伙儿都要顾住生活，我这里有一个底子，区上张主任也同意，除我家里留下二十亩生古田，别的统统给你们分了呗。”秀英又再三地解释着。

佃户们搔着头皮，满脑瓜子的疑团似乎也解开了，随着呵呵地笑了起来。

(《晋察冀日报》1946年9月3日，《副刊》第95期)

红　旗

胡可

报纸上的消息一天比一天紧张起来，国民党的军队正在各处向解放区发动进攻。头顶上出现了美国造的国民党飞机，它们怪叫着从树梢上掠过，并且扔下炸弹来。爱好和平的老百姓受伤了、房屋被毁了、庄稼地里留下了深坑、未熟的庄稼歪倒在一旁去……

老乡们的脸沉下来了，眉毛又皱起来了。

战争又压到人们头上来，子弟兵不得不出发去打击敌人。队伍把门板送还老乡，把盆盆碗碗送还老乡，拉拉扯扯地赔偿家具。为什么说是拉拉扯扯呢？老百姓说什么也不要，军队说什么也得赔……

出发的消息马上被老乡发觉了，住惯了的房东真有些舍不得这伙可爱的穿灰衣服的孩子。可是那有什么法子呢？蒋介石已经打到门口来了……

八路军在这里住了半年多，他们对这个小城也有了感情，谁都有自己的房东，谁都有自己的“大伯”和“大娘”。半年来，他们天天早早地起床，扫了大街扫院子，用水泼得大街像刚刚下过一场雨似的那么凉爽。提起担水，整整一条街就用不到房东来挑，家家户户的水缸都保证漾到缸沿。过年了，请房东吃饺子；春天了，帮老乡担粪种地；麦熟了，帮老乡拔麦子。弄得老乡怪过意不去，“儿呀儿呀”地叫着送了粽子和黄米糕来。八路军都是些爽快的小伙子，说不吃坚决不吃，说吃那也毫不装蒜，吃了就又去练操。一天忙到晚，晚上还乐乐呵呵地唱歌子。八路军每学会一支新歌，小学生们很快也唱会了。

老乡们爱这伙爽直的吃苦的人。可是他们明天就出发了。晚上，他们召开了房东座谈会，买了烟卷，泡上茶，抽着喝着和房东说了些客气话。虽说客气，在他们说来却是真诚的，他们说：“麻烦了你们半年多，老乡们各方面待俺们太好，可恨蒋介石非跟咱们作对，为了人民利益，俺们有新的任务，咱们又只得离开了……”老乡叹着气说：“你们为俺们受苦受累，好容易住得熟快了，就又走了。唉！……盼你们马到成功吧！”小孩子拉着战士的衣裳角，小眼睛一眨一眨地要哭出来了。

第二天，老乡们男男女女老老少少敲起锣鼓欢送军队出发。领头的俩小伙子用竿子挑起一面大红旗，送到营部里来。老乡们乱糟糟挤满了一院子，锣鼓敲得像是开了锅。教导员接过老乡们送给二营的这面红旗，扬起眉毛看那上面用绿色电光纸剪贴的字，那字写的是：

第××旅第××团第二营全体同志纪念

军 民 一 家

××县××区第二街全街人民敬送

出发了，老乡们跟在屁股后面喊口号，一个老汉把嗓子都喊劈了，队伍唱着歌上了火车，火车把歌声拖出站去，拖得老远：

“谁种的庄稼谁收割，谁栽的果木谁得果，我们流血抗战八年多，胜利果实谁也不能夺！……”

歌声远了，歌声又响在几百里外的另一个地区。半月以来，八月的太阳把人们的脸晒黑了，衣服发着酸味。白天晚上，除了吃饭睡觉就是作战行军，今天住在这里，明天住在那里，他们被不同的房东接待着，疲劳却使得他们没有时间去帮老乡干活，没有时间去和老乡聊天了。性急的战士昼夜希望着多缴几支枪、多捉几个俘虏，当老乡向他们倾诉悲苦的时候，他只是简单地这样说道：“别忙，大娘，我们来给你报仇！把反动派打垮了就好过了！”老大娘似懂不懂地点着脑袋，望着这伙当兵的：这就是八路军么？八路军占了这地方又怎么样呢？……

夜晚，明亮的天河，无数的星星。战斗打得很激烈，枪弹手榴弹连续地爆炸着，像引发了一座火药库。弟兄们匍匐在壕沟里、土坡上、瓜地里……前进。

渴得要命，嗓子要冒烟了！要是来一桶凉水多好！

这时，忽然摔了一个跟头，一摸，滚圆冰凉，西瓜！心里话：管他纪律不纪律，吃了再说！就拔出刺刀来，噗的一声切开，吃了……

把顽固军队打死的打死，活捉的活捉，他们再也不能在这里抓人抓牲口、要粮要款了。

可是西瓜地里有好些个西瓜壳，这是谁办的事呢？

偷老百姓的西瓜吃，这多丢人呀！谁也不肯承认。战士中间有了舆论："有钱可以买，没钱别吃！这是谁呀，到新解放区来给八路军丢这份人？"

开军人大会了。教导员讲话，鼓励了大家战争中坚决奋勇不怕牺牲的精神，表扬了模范的同志，最后才讲到群众纪律，说着从通讯员手里接过那面红旗，把这面红旗展开，挂在小树枝子上。

夕阳映照着这片碧绿的小树林，映照着红旗上闪烁着的碧绿的字："军民一家"。多么亲切的一句话呵！战士们望着这面鲜艳的红旗，有的低下了头，不好意思正视它了。自己犯了错，连旗子好像也跟着昏暗起来……

在这被人民亲手送给的红旗面前，在这标示着军民正常关系的红旗面前，教导员用低沉的声音说着：

"……这旗子是老百姓送给咱们的，因为咱们是为人民服务的军队，群众纪律也很好。同志们！要是像这两天呀，老百姓该收回这面旗子了！"

…………

"太丢人！不声不响吃了老百姓的瓜，同志们！怎么办呢？"

…………

“瓜是谁吃的，他自己知道，他自己处罚他自己，我们也不追问了。”教导员掏出一沓钞票，“这是营里的生产款，先拿出来，还给老乡。丢人丢谁的？丢咱们营的，出钱出谁的？出咱们营的……”

战士们昂起脸来望着红旗，红旗映着西方的彩霞。

“同志们！今天为了这件事，浪费了多少时间，有个工夫咱们唱个歌，说个笑话，够多好！同志们！大家很辛苦，流血流汗，本来是为老百姓打的仗，可是这么一来，你们看，又耽误时间，又得出钱，又惹老乡讨厌咱们！这事多不上算！”

夜里队伍又出发，战士们经过沾满露水的草丛和高粱地，经过一片接一片的瓜园。他们勇敢地投入又一次战斗中去。

（《晋察冀日报》1946 年 9 月 8 日，《副刊》第 99 期）

这便是我的心

张夫

熄灯铃摇过了，黑夜里传来这样的通知：明天一早我们市中派五位同学到前方去慰问。

于是，当天晚上，全体教职学员都忙着为前方勇敢的战士写慰问信，女同学们都赶做慰问袋。

第二天，天正亮的时候，人们都高兴地将自己所要寄给前线的东西，陆续送到分队部了。

在无数礼物中，流露了自卫战争鼓舞我们关怀前线勇士的诚挚与热情。

其中玉雁同学送来的一个慰问袋，是用黄布做的，还镶着细小的红边，做得很精致。上面还绣着："勇敢杀敌人!"当时有人问她："这小口袋里装的什么?"

"这是我对前方战士的一颗心呀!"她笑眯眯地说，"装子弹不成?"稍想了一想，又补充一句，"装干粮不成?"说罢转过身来就走了，约离开十来步，又扭过头来说，"可不要看口袋里的东西呀!"脸上微微有些红了。

本来不很注意的，她这样一说反而引起人注意她那慰问袋了，抽开袋口，从里面拿出雪白的纸，纸里包着一首小诗：

"一线线，一针针，

绣上：'勇敢杀敌人'。

战士同志呀!

这便是我的心，

慰劳团把它

捎到你身边去，

你看了它就像看见我的心。

我是学生，

你是兵，

没有你们的杀敌呀！

哪还有我们的宁静？

前方后方呀！

你们的心就是我的心：

‘粉碎蒋介石的进攻’。

战士同志呀！

你看见了我亲自绣的

慰问袋和信，

希望你要：‘勇敢杀敌人’。

张家口市立中学玉雁寄”

纸是这么洁白，字迹又这么端正，一笔一画好像刻的一样，好像真的看到一颗，不，无数颗热爱战士的心在这上面跳动。

（《晋察冀日报》1946 年 9 月 8 日，《副刊》第 99 期）

平 常 事

——一个国民党士兵对我说的

康濯

同志！我叫胡松成，十九岁。你是湖南人么？我也是，我家在零陵县冷水乡。我没兄弟没姐妹，只有五十来岁的父母。我父亲有病，身子骨不行，自己十二亩水稻，就光靠我种着，忙了才请个零工帮帮。你知道，我们那里好地上，一亩田打三石谷子，我家先前的光景不算坏啊！

后来，自从抗上了日，光景就不往上光往下了。到大前年，你算算吧！好年成打三十来石谷子，田赋捐税掏去十来石子；每月派官夫三回，一出门就五六十里，给队伍挑粮食，来回两天，三回得六天，我家没人手，我怎能去？回回就都是买小工顶，买一个小工，那会是一百二十块钱，合当日一斗大米，一个月合三斗大米，一年光这就要花销七八十来石谷子；里里外外，再加上不定什么时候临时派夫派工，临时捐款慰劳，保甲长没个名目也能随便要钱……一年穿的吃的、柴米油盐，就没个剩头啦！这不是，我定了亲哩！就为的家里没余没剩，娶不成。

也就是大前年，民国三十二年。那天，我到三十里外赶场买烟丝。一去，就碰上队伍啦——是从长沙退下来的，日本打长沙，他们跑了。那队伍一见我，就把我抓了，说："小孩子，给背个东西！"你知道，同志！那地方见了兵就大人也矮半截，我还敢说话？那会我才十五六岁哩！没法，只好给人家背呗！好！这一背，就一家伙背到底，不叫回啦！跟我一道抓的，可是谁也想回，有大胆的，就偷跑了两个，谁知开小差又给抓回啦，抓回就都给枪毙了。

抓我的队伍，是国民党九十二军五十六师。日本在后面紧追着他们，他们就紧跑，我也就背着东西跟着白天黑夜跑。我们过江华，到广西，一路上尽日本人炮楼，不敢待，一口气跑到平乐，才休息了七八天，平乐有美国人了。

我在平乐正式下连当兵，在六团二营四连三排九班。我背的中国造七九枪，两年多来只是十发子弹，不多发。后来我们从平乐回湖南，到清县、慈利，我们就受训，每天除了下操就是上大山扛柴火。当时吃的是糙米饭，没菜，米汤里放把盐顶菜喝，连青菜豆腐也长年见不上，一天两顿，只二十元伙食，那顶什么呀？唉！老吃不饱，一上操就站不住。你看，我身子骨不强，瘦高条个，胳膊跟腿都像柴棍子，十六七岁，背上个八斤半，操场上一见长官瞪眼，就腿抖心不灵，常常会操的也操错啦！好！国民党嘛！错了么，不是揍就是打呗！这人，那会子一挨打就心发酸，只好等下操找个偏僻静处哭一场，想想家；哭也不能当着人哭哩！想家，更是连打封信也没处打。真没有办法啊！又没理讲，“秀才碰了兵，有理说不清”呀！队伍上又没个亲戚长官的……

后来，我们从慈利调到津市驻防。这中间一年多，三天两头爬大山，走没人走的道——沿路尽日本人占着，我们又不打，碰上了也只随便还两枪就紧着跑呗！说是抗日，我都当兵两年多，连一个日本人也没见，直到去年才见上日本鬼子，那是日本投降以后了。

日本投降，我们还在津市，后来就到岳州、到武汉，说是受降，这才见上日本人。

日本投降，我们还在津市的时候，有一天长官训话道：“如今日本败了，我们要去反共了！我们的生活也要提高了！”这一来，每日伙食就增加到九十元，饷也加了，我这一等兵加到每月一千二。我们往武汉开，连被包也不要了，到武昌就发了日本毯子，换了武器，子弹是一人一百多发，还有些杂七杂八物件，天天都吃好的，长官们说：“这会高兴了吧，高高兴兴的，好好反共去！”

我们在武昌过的中秋节，后来又住了一个多月。在武昌，那时除了我们这军，还有十八军、七十三军。我们都受训，学新武器，此外就站岗，看守武器和汽油等。阴历九月，天冷了，我们发了灰棉衣，就过大长江，大早太阳才丈多高，到汉口飞机场上飞机，说是到北平去。那飞机大的坐一连，小的坐一排，在上面不许带烟火，饭也不叫吃饱，不叫说话，动也不叫动。美国人开飞机，美国人在飞机上走来走去，见人说话就瞪眼。飞机在上午八九点钟到北平，飞机场上整待了两个钟头——队伍太多，六七百架飞机运兵哩！

下飞机，在北平住了两天，开到通州驻防一个多月，后来又到高丽营。那会就接近解放区，我们短不了以营为单位，到解放区搜索。从这，我们就害怕解放区了。

我们到解放军区那一个村，那村就没一个人，有时抓到一个老百姓，问乡长，问八路军，问粮食，总是什么也不说。有一回，抓了个老乡叫带路，他尽领着我们走山道走小道，把队伍累个死，碰上民兵打两枪，队伍吓得乱窜；有一回，一个领道的老乡，把我们领到地雷阵里，地雷炸了，我们伤亡十多人，那老乡也死了。唉！还有一回，我们连的二排长，领着六个人，抢了些菜，见村口上有辆马车，想用马车拉回来。嘿！刚一拉，地雷从马车下面炸开，排长死了，另外的人也都死了……反正，我们白天见不着一个老百姓，晚上睡觉，却尽听见民兵打枪，闹得我们睡觉也背着被包；吃饭，也是有一顿没一顿，靠往通州拉粮食吃。

到去年十二月，我们调到古北口打仗。哎呀！那地势：山高得不行，长城也叫人害怕。天气是大雪纷飞，冷得手拉不开枪拴，那地势没村子，粮运不上去。每天从山下熬些小米粥送上去，冻得要用刺刀挑开才能啃。你说同志！那怎么打仗啊？可是，我们打了十天十夜。

我们到古北口，长官说是打土匪，可谁也知道是打八路军。开头，我们还说也是像通州一带的民兵吧，后来一看：嘿！尽穿黄衣服的大队伍！这怎么打啊？我们谁也是心怦怦跳，怕得不行，只好乱打枪。有一回，我们有个排往山下冲，明明没八路的，谁知一下去就被八路包围，全部被俘了；还有一回，我们有个阵地上，一排人正在休息，忽然，也不知从哪里钻出了八路，也全部被俘了。嗨！八路军打仗就是打得好啊！白天不动，尽夜晚打，一打就胜！八路军炮也调得准，国民党军调炮，总是调到八路军后面去了，可是八路军调炮，我亲眼见十炮中了九炮，我们有个重机枪班九个人，一炮就给轰个光，人死了八个。我们是又害怕又不乐意打，到第十二天，我们子弹又快用完了，第十三天，我就被俘了。

问我怎么被俘的么，是这样的。那天，八路军四方八面包围了我们团，团主力撤了；我们班当时担任最前线警戒，没接到通知，不知道。后来老不见联络，班长就回后面找队伍去，正在这时，我们前面来了股子队伍，副班长问是谁，他们说是八路军！这有什么说的呢？我们早就不乐意打仗啦！我们副班长说："缴枪吧！"我们就过来了。

当时我们还有些怕哩！什么"八路军杀人放火，捉了俘虏砍八块"！国民党胡扯呀！到后来，见八路军那么好，我们才只恨过来太晚了。可是，刚过来，八路军跟我们一个个谈话，也叫人难受，问："你为什么打中国人？"这怎么回答呢？我听了这个话，心眼里光觉着自己不对，我只得说："是长官命令的啊，长官也只是说打土匪啊！"唉！当时说这话，心眼里可真想哭哩！好在，往后就好了。

往后，今年一月，我到了张家口，要求工作，就分配我到了汽车修造厂，当通讯员，一月二百零九斤米，一天三顿饭，短不了白面馒头。我在这里又开始了学习，一天除上政治课，还学三个生字，于今认识三四百字了——以前我是一字不识的。你问我会写么？会！你叫我写字？好吧！写可是写得不好，我写上这么几个字吧：“胡松成，湖南人，从家出来是三年多了！”

你问我想家么？不！这里不比家还好？这里厂长科长都好，还叫我学技术，当修理工，开汽车；没事，礼拜天看看戏。钱么？我也有的花，支援前线，我捐了三千五。同志！解放区真好啊！我们湖南什么时候也会这样子呢？啊！对，你说得对！我们都努力工作吧！工作得越好，我们湖南也就会更快地变好。好吧！将来我们同回湖南去，把湖南也工作得像这里一个样子。嗨！那日子不长了么？对！不会长的……

（《晋察冀日报》1946年9月13日，《副刊》第104期）

欢送伤愈归队的勇士们

苏凡

“晚饭以后，伤好了的同志们要回到前线去!”这消息，像胜利的大捷报似的，在每个病室里传递着，为人民、为自己复仇的日子，终于来到了。幽静的村庄，被锣声、鼓声、狂热的情绪翻腾着。

“走哇！是好样的，回去报仇呀!”伤愈的勇士们，一边看着自己刚刚复原的伤口，一边打着背包，充满了胜利信心快乐地叫喊着。

虽然离晚饭还有两个钟头，可是勇士们再也不能耐心待下去了，全都背起了背包，整理好服装，绑好绑带，雄赳赳地站在街头巷尾，几乎使你认不出他们是刚刚伤愈的勇士。他们的周围围满了拄着拐、包扎着绷带、没出院的伤员，恋恋不舍地看望着他们，眼睛里充满了羡慕的目光。有一个实在忍不住了，他高声地说：

“哼！我向院部要求了五六次归队，可是伤口，他妈的老不争气，要不是上级不允许，我这回不和你们一块走，算我小子不好种!”伤还没好的伤员们，要不是自觉遵守纪律，这一次真不知道要走多少。

★★★★★★

集合号还没响，但百十来个勇士们，早都在村边的一个空场里站得满满的。

妇救会、儿童团、老乡们，拿着煮好的鸡蛋，衣服里兜着果子，在村长的领导下，笑嘻嘻的，像来欢送自己的亲人。

“唉！同志，早点把那些灰鬼们，从大同打走吧！要不，咱这心里永也安生不了。”老乡们乐得不知说什么好，老太太们都紧紧地拉着勇士们的手，抚摸着，舍不得放下。

妇女们、儿童们，把自己送来的一点慰劳品，硬往勇士们的挂包里装，心里都洋溢着纯朴的热爱的心情，到处跑个不停——没有一个不像是自己的亲兄弟。

★★★★★★

“集合了！”跟着口令连蹦带跳的，很快便站好了。

“同志们！首先，我庆贺你们的伤愈……你们为争取和平光荣的负了伤，又为人民重回前线去，更是无比的光荣。祝你们早日解放大同城，来回答雁北一百二十万人民对你们的期望……”医院政委的话，有力地激动了每一个人。

“对！瞧着吧，我们要拿一连串的胜利来回答人民的希望！”勇士代表激动而肯定地说。

剧社的女同志，给同志们做了一些光荣花。伤员们说：

“戴上！咱一直戴到战场上，也让顽军看看老子们又回来了！”大家一拥而上，把光荣花抢光了。

于是勇士们的帽子上、耳朵上、军衣上、枪口上，马上挂满了鲜艳的花朵，笑得闭不上嘴。

抗敌剧社的《欢送歌》唱起来：

前线炮声响隆隆，

我们唱歌来欢送，

欢送光荣的好英雄，

反动派仇恨要记在心，

为民除害杀敌人，

搭救人民出火坑，

坚决勇敢解放大同城。

…………

“唱得好！再来一遍，让俺们心眼里也记结实点！”战士们热烈挚诚地要求着。

于是一个歌、二个歌……数不清了，人们的嗓子沙哑了，伤员们最后也情不自禁地，和剧社合唱起来。

★★★★★★

一个满面血污包扎着绷带、在我们病院养伤的俘虏——阎锡山的二等兵，穿着麻包片似的黄军装，蹲在角落里，痴痴地望着这欢天喜地的光荣伟大的场面。虽然他不太懂歌词，但他却被感动地擦抹着眼泪。

“你知道这是干吗?”我问他，他苦痛地点点头说：

“我不明白，不明白为什么老百姓对八路军这么亲热，八路军又这样愿意要求上前线?”他像个陌生人，完全不懂。

“为什么呢?”我问。

“我们到哪儿，老百姓就从哪儿跑。要不是督战队用枪逼着，我们当弟兄的谁也不给他打，所以一打仗就怕死，简直和你们完全两样……”他深深感到了自己的可耻，像个罪人，在人民面前再也抬不起头来。

九月三日写在西线

（《晋察冀日报》1946年9月14日，《副刊》第105期）

在兵站上

杨默

为了转运伤兵，运输粮秣弹药，在接近大同的前线上，我们设立了许多兵站——转运站。每个站上经常准备下许多副担架，随时转运伤员，还住着一些县区妇联干部在这里发动和帮助村中妇女照顾伤员。不分昼夜，只要伤员一到，立刻就有许多年老的、年轻的、大脚的或小脚的妇女们拥到各个伤员面前，先喂水，后给伤员洗去血渍泥土——脸呀、手呀、肩背呀，甚至脚丫呀，她们全替每个伤员擦得干干净净，然后喂饭、端屎端尿、打蝇子、找东找西……最后服侍伤员再上担架。她们紧张地奔忙着，但是她们不知疲劳，满心愉快。许多年轻的姑娘媳妇，在神圣的工作面前，忘掉了羞臊，他们抚摸着伤员的额头，温存地在他们耳旁问寒问暖；许多老太太见到伤员就跪在他们面前（因脚小立不长)，连发着“唉，唉”的怜悯声：“儿娃们为了谁呀？儿娃们受了这重的伤……”老太太们红了眼圈，伤员们很受感动。他们默默地点头赞叹，在人民的热爱里，他们更体会到自己任务的光荣和伟大。

九月七日，慰问野战医院伤员的任务完了之后，我转到一个兵站上去帮助照顾过往伤员。这一天清早，从前方抬下六个伤员——两个被大炮完全震聋了，坐在炕上直瞪着两眼不作声；一个名叫贾一云的战士，宁武县人，头肿得有斗大，满头满脸都绑着绷带，整个头部只露出一个沾满污血的大鼻子和一副歪得几乎垂直起来的厚嘴唇。原来九月六日他在大同北关战场负伤之后，不能动了，眼看好些日本人拿着刺刀向他扑来，在这千钧一发的当儿，他坚决地拉出了手榴弹弦——自己炸死也不愿当俘虏。但他没有死，弹片把他的头炸成斗大，全身也布满了伤痕。另有一个伤员也很重，炮弹把他的大腿炸了一个大窟窿，弹片还嵌在肉里，还得做手术。他被担架抬到病房的炕上，静静地躺着，因流血过多，嘴唇和脸一样惨白。

另外两个伤较轻，但其中一个两条胳臂全伤了，吃喝也需要喂。

为了防空，他们在这个站上需要住一个白天，等到天黑才能再转下站。因为伤员少，就把各村赶来看护的妇女打发回去，只有我和一个区干部动手来看护他们六个人。我们用毛巾轻轻地擦去他们每个人脸上、手上、身上的血渍和泥土后，找些东西给他们垫合适枕头，压紧被角，然后再给那三个能自己吃喝的端水端饭，给三个不能自己吃的喂水喂饭。那个头有斗大的贾一云，脸上的血凝成了紫块，加上臃肿的歪嘴，样子怪怕人，但是激荡在我胸中的热情，使我完全改变了过去看见人家割个口子全害怕的软弱，我不怕他，我们更注意地照顾他。我伏在他头旁轻轻问他："同志，喝水吧？"他哼着："喝！"于是一匙匙的热开水，我一边吹凉着，一边慢慢送到他的厚嘴唇里……

那个腿部受伤的战士，动完手术抬回来以后，是更加衰弱了，给他煮鸡蛋、泼鸡蛋、煮挂面、大米稀饭，他什么也不吃，只不住地要水喝。刚才动手术时，他虚脱过去，几乎死掉，现在他闭着眼像死人一样地躺着。我焦急地坐在他的头旁，用手巾替他轰着苍蝇，不时低下头问他："同志，你这会儿觉得怎样？"他睁睁眼说："心乱。"过一会儿我又对他说："吃点小米稀粥好吧？吃点东西心就定住了。""嗯！"他算答应了，看护员又打来小米粥，我们喂了他半碗，他睁开眼睛，他精神一些了，于是我慢慢和他谈起来：

"同志，你叫什么？"

"施振海。"

"哪儿人呀？"

"新乐县。"

叫我小子参军去

培之

当我走到邵吉林家的门口时，他妈就迎出来说：

“进来吧！坐下。”她笑着拍拍我的肩。

他爹第一句是：“只有八路军才会这样，儿子参军了，还常有人来看咱们，给咱家里解决困难，别的军队哪会这样，谁家的儿子当了兵，还不是谁活该。”

这是一个四十多岁慈祥的父亲，邵吉林是他的大儿子，除了吉林以外，还有三个闺女，最大的十二岁。他们原籍山东，因生活艰难，逃往天津，后又逃往张家口，到张时日本还在统治着，一家六口，生活依然无法。

“你们同意邵吉林参军吗？”我问。

“同意的。”邵吉林的妈妈高兴地说，“当我儿子和我说过后还说再去问他爹，我就说，去吧！用不着去问你爹，你爹也会同意的。”

说到这里他爹爹又开口了：“我和我儿子说，去吧！做爹的很高兴！家里有我，不够，政府会帮助的，这是个光荣的事情。没有八路军咱们怎会有今天。去了好好地工作，不要惦念着家。方才我还把他送上扎彩的汽车。嗬！我那小子可真也是乐意。”他说着也得意地笑了。

接着他以叹惜的口吻说：“蒋介石总想不开，光为自己打算，不管老百姓的死活，怎么能得到拥护，现在他进攻解放区和八路军，真是没良心，只有汉奸才说他是好的，我看他比日本强不了多少。他一定会败的。”

邵吉林的妈，更坐近我一些，低声地说：“这一辈子咱的苦算受尽了，事变后（解放后），可翻身啦。鬼子在时，老百姓见着他就像耗子见了猫，他爱打就打，若不就是大皮靴踢人。八路军个个都是有说有笑的，见面就像自家人。”她指着电灯对我说：“那时哪点得起这个，住的房子像猪圈那么大，租钱可一样不少。再说吃的，全靠配给，若不就只有饿着肚子。前年腊月的一个下雪天发配给粮，我叫那大的闺女去领，刚发到她时，粮可没有了，孩子在雪里站了好久冻得直打战，脚也站不住了，提着空口袋，哭着回来，你想这时做娘的心里多难过。中国人真不知受到他们多少气啊！现在我那大闺女也进小校啦，这不都是八路军给咱的好处，我怎也乐意叫我小子去。”

（《晋察冀日报》1946 年 9 月 21 日，《副刊》第 111 期）

复　活

郭光

这几天，张化龙变啦，他脸也透红了，眼也清亮了，走路也轻盈了，一句话，看着好像年轻了。

他刚来的那几天，可不是这样子。脸上像蒙有一层什么气，灰暗暗的，两眼不是呆呆的，就是东闪西闪的。那时，他心里有块疙瘩解不开："八路军杀不杀我呢？"

张化龙是阎军三十八师二团二营六连连长。据说他打了次"胜仗"，那是"上边"叫他"死守"南大庙。巧得很，八路军也攻上去了，天也明了，不好继续攻，退下来，丢了几支枪。这一下，张化龙的名字在大同城里可响亮了。因为他"死守有功"，"上边"给他吹起了个"模范第六连"。可是张化龙心里话：又过了一关，迟早是"守死"。死就死，但是为谁而死，死了又值几个钱，他越想越觉不是事。先前抗日时代，还有点劲，可是"上边"没叫他打过日本一枪。最糊涂的，当时他们竟吃起日本押送来的米面，接着四下里风言风语传开："阎锡山和日本连上钩了！"果不然，后来阎"长官"公开投降了日本，可是不多几天，日本就投降了。"我张化龙算个老几呀?!"他苦恼着。谁知一波未平，一波又起，阎"长官"又抱着蒋介石的大腿闹起内战来，真寒心。可是，回家吧，家在"阎王"区，逃不出"上边"的手掌；说是跑到八路军那边去吧，又不知道那边准是怎样，"上边"讲话像苍蝇，嗡嗡得人不信又不行，怎敢"冒险"。真是"上天无路，入地无门"，怎着也不是。这回调他们守南沙岭，自然又是"撤退拿脑袋见"。底下的话更厉害："投降，八路军捉住就杀！活埋、挖眼、剥皮，特别对军官，他们毫不通融！海福龙就是榜样，他一投降过去就被杀了。当然我们要把他的家眷监起来！”口气真是斩钉截铁。

张化龙在堡垒里惊惊糊糊地打着枪，眼看守不住了，他的脸色抖黄了。恰好“上边”自己打了自己个嘴巴——命令他们撤退。可是八路军的火力组成了铁壁包围，无路可撤。他们胡乱冲出来，迎面就碰上几颗手榴弹，“性命当关”，于是一百多个人惊惊糊糊地交了枪。

张化龙跟大家到了后方，不言不语，见了人就笑，笑得出奇，特别是牛犁同志请他谈话。他微笑得脸皮哆嗦起来，他想：是不是杀我呀？可是一天两天三天，不见动静。棉被子、烟、手巾发下来，吃的是白面小米肉菜。怪，是不是假招子，说不定今天半夜里偷偷地叫出我去活埋了！他这么想着，觉也睡不好。可是一夜一夜地过去了，还是不见动静。他又想：不管他们是真是假，反正还说自己是排长，官说大了许就危险。但俘虏兵们不同，过了两天，他们觉得痛快，什么都说。我问他们今年夏天发了几套衣裳，他们抢着说：“老虎下山一张皮。”这一来，话可收不住了。

什么：

高粱面，

红又红，

拉屎屁股疼。

什么：

一二三四，

努力奋斗，

高粱黑豆，

小米不够。

他们说，这是他们部队暗里流行的军歌。

一天，张化龙翻开张《晋察冀日报》，一眼盯住几个枣大的字：

海福龙率部起义，还有海福龙的全家像。张化龙看着看着跳起来，向旁边同来的司务长他们说："他妈的，咱们受骗啦！看，这不是海福龙的全家像？'上边'胡造谣言。人家活得笑眯眯的……"接着小声说："我看咱们没事啦。"

又一天，牛犁同志领着他去看一个受伤被俘的营长，这个营长因为强制士兵打枪，坚决不让投降，被部下打伤了，现在静静地在医院里疗养。回来路上，张化龙说："幸亏当时我迅速命令交了枪，要不，也是个这。"他又自言自语地说，"八路军对这样的人还优待，真是宽大为怀。"

现在张化龙已经说出自己是连长了。不用说，也经过了不少内心斗争。现在，他每天看报打扑克，唱唱打打的，乐得小学生似的。他上过高小，还当过几天小学教员，在阎军里，他很满意自己那点"文化"。现在到了这边，照过去"上边"说的，八路军不提倡文化，那自己肚里这点墨水不瞎了吗？他又苦恼了。可是又一想，人家还看报呢，老牛和我谈话斯斯文文的，不像老粗。昨天报上《新生》那篇文章，分明是前天来的那个穿军装的写的。听说他们上政治课呀，识字呀，打仗也不间断，怎说八路军不提倡文化呢？这天，他看到日报上登着张家口各学校的招生广告，于是他逢人便说："我算明白了，过去我们官长们讲的八路军的事，都是狗血喷人，胡说八道。"

自这以后，张化龙有空就找牛犁谈，越谈他心眼越火亮，他心眼越火亮也就越想谈。不久，牛犁同志调回政治部，临别时，张化龙紧握牛犁的手说："老牛，在那边我张化龙整天闷在葫芦里，没能做出海福龙那样的义事，我很惭愧。可是，我才二十五岁，还能挽救，我不当八路军，也要当一个八路军的好老百姓！"

牛犁同志回到政治部，第三天接到张化龙的一封信。信里有首诗这样写着：

一个孩子
当他母亲生他的时候
就在井底下，从没见过天日
每天过着黑暗生活
他想：人生就是这样
现在有人将小孩背上井来
小孩恍然醒白了
他才知道天下还有光明
牛老师，你猜
这孩子与背孩子的人是谁
现在孩子已经踏上了光明之路
一直不停地前进
比他人走得还要快
因为他从黑暗里出来
认清了天堂地狱之别
放开了步，放开了胆

信的后边是这么几句："现在龙等有心谢师，可是心有余而力不足，望记在您的日记本上，等我们将来工作实效出来了，再拿出来对照。"

（《晋察冀日报》1946年9月24日，《副刊》第115期）

红　石　山

杨朔

红石山是龙烟铁矿的矿山。这几段东西是从我的一部叫《红石山》的小说里抽出来的。

——作者

十八　长夜漫漫何时旦旦

人是经不起折磨的，可又顶耐折磨。董长兴比起乍来时，走样了。高大的骨骼瘦嶙嶙的，两腮洼下去，头发胡子乱蓬蓬的，□赛霜打的枯草。庆儿娘见他血气越来越衰，天天还得上班，日夜担心他支撑不住。可是也算他命大，熬过一个春天又一个春天，熬过一个秋天，如今又入秋了。

矿山上数着这时候人多，房子土窑塞得满登登的，还占不下，新来的工人只好露天搭窝棚，就地铺着谷草睡觉。秋天雨多，一连阴，漏得泥汤浆水的，站脚的地方都没有。

庆儿娘出去做小生意，回来啧啧着嘴说："只说咱们够苦了，没曾想还有更苦的！你瞅窝棚里的人，一个个瘦得皮包骨，上下班还得拖着脚镣子，活像囚犯！也不知从哪来的这些送死鬼！"

董长兴怕惹事，连忙拉住老婆道："你懂什么，乱多嘴！"

本组的伙友殷冬水一贯说话单刀直入，也没个顾忌，抢着说道："那都是日本人硬要来的，叫什么挺身队！听说察南十县，都得派人来。来得来，不来也得来，贵贱得来！"

庆儿娘又哭似的埋怨道："光知道要人，拿什么给吃的！前次领了点小米，庆儿他爹还高兴呢，谁知是霉了的坏米，焖干饭吃，臭得像屎，一闻就恶心发呕，哪里咽得下去！"

窗外恍惚有个人影一闪，又不见了。董长兴瞪了女人一眼，又朝窗外指了指，大家便不言语。

班长贾二旦踢开窑门进来了，躬着马蜂腰，手里拿着一叠食粮票，是刚由"老虎科"（劳务科）领来的，董长兴赔笑道："可叫班长费神啦。这回配给了什么东西？"

贾二旦懒得搭理，低着头数着食粮票，从中抽出一张递给董长兴，才反问道："你想吃什么？大米白面好不好？"一扭身走了。

第二天，庆儿娘背着条口袋，从食粮仓库领回来的却是些山药蛋，都生了芽，烂了一大半。米缸里没有一颗存粮。白水煮烂山药蛋，乍吃也香。一遭香，两遭臭，赶吃到第三遭，见了就发□。大人还可以强咽，庆儿快长成人，正是能吃的时候，饥一顿、饱一顿，哪能经得起？他只觉得肚子发坠，想要拉屎，可是又没屎，扑哧扑哧的，尽是白沫。不上几天，这孩子便爬不起来了。先是发冷，浑身好像□在冰里，直打寒战，后来又发热，跟火烧一样，两脚乱蹬，盖不住东西。翻腾一夜，眼窝便塌下去，说话都没力气。

庆儿娘守在旁边，擦眼抹泪的，觉也不睡。儿子哼一声，她赶忙问："庆儿，你哪里难受？"儿子蹬开被，又立刻替盖上，还截长补短地小声问道："庆儿，你喝不喝水？你想不想吃东西？"

庆儿闭着眼，糊里糊涂的，一味地摇头。天亮以后，他安生点，睡了半天，又醒了，要吃东西。他娘从锅里拾了碗烂山药蛋，剥光皮，喂一个到他嘴里。他嚼了嚼，咽了一口，都吐出来，呻吟着说："娘，我吃不下！"

他娘这一阵寒心，扑簌簌掉下泪来，除了山药蛋，就是翻倒土窑，也刨不出半点旁的吃食。她跟前几个儿女，丢的丢，撇的撇，只剩下这块心尖上的肉，剜出她的心，也要救活他。她咽下口泪，对儿子悄悄说道："庆儿，你耐一下心，娘给你找好吃的去！"一边抹着泪，赶到组长杜老五家去。

适逢杜老五跟弘报处的特务老石在喝早酒，交头接耳地谈着什么机密事。一见她进来，老石嘿嘿地干笑几声道："真凑巧，又碰上了，咱们二位也许是前世姻缘！"

庆儿娘哪有心情在意这些？没开口，先流下泪来，哭着求杜老五道："行行好，你给上'老虎科'说一声，开点白面票吧！我那孩子病啦，顶到时下，连口汤水也没喝！"

杜老五挂下驴脸，拿小拇指甲剔着金牙说："呃？庆儿又歇班啦，你们家那两个人是怎么回事？三日打鱼，二日晒网，这又不是在你们家里，怎么这样随便！"

庆儿娘拿袖口擦着泪，低声下气道："我也知道歇班不好，谁想到他就病了！先求组长借点面，以后病好了，叫他补多少工都行。"

杜老五瞟了她一眼，又喝起酒来，望着老石说："你听听，不上班，倒要借面，净是他们的便宜了！一些臭苦力，也都长嫩了，这个病，那个病，光我们组里，两天就躺下四五个。"

全山病的还多着呢。有的害热病，多少日子水米不沾牙；有的害血伤寒，鼻子淌出一大摊血，传得顶快；也有结火太大，大小便的地方烧起红疙瘩，拉不出屎，尿不出尿。

庆儿害的是热病，从早到晚昏迷着。这天黑间，董长兴从坑道里赶回来，望了儿子一眼，胆虚虚地问道："怎么样，庆儿还好吧？"

庆儿娘痴呆呆地盯着儿子，慢慢地摇了摇头。两口的心里各怀着心事，不敢点破。今天在山上，董长兴碰见十几起人，抬着狗碰棺材，往西部一区去埋死人。他不知道离他家没几栋房子，便死了一个，刚刚庆儿娘还听见有人哭。

两个人悄悄地守着儿子，听着儿子喘气的声音，半晌半晌，女人终归忍不住，抽抽搭搭哭道：“咱们就这样眼睁睁地让他死了么？连点能吃的东西都不替他弄！”

董长兴闷着头不响，眼珠死挺挺的，转都不转。好半天，他喘了口气，抓起菜刀掖到怀里，颤颤哆嗦地拉开门走到外面去。女人吃惊地叫道：“你做什么去？”他早走远了。

约莫过了两个钟头，他才趺趺撞撞地走回来，回身关上窑门，又顶上根大栓。他的全身沾着露水，满头冒着汗珠，气色挺坏。庆儿娘吓得紧盯着他，只见他走到锅台边，从怀里掏出菜刀，连带着又掏出一大堆新割的高粱穗，一面喘吁吁地说道：“我活这么大年纪，柴火根也没沾人的，如今逼得我去偷！庄稼主弄点庄稼，那是容易的，要不是走投无路，我姓董的一万辈子也不干这种寒碜事！”说着掉下几滴眼泪。

两口俩马上偷着摘，提心吊胆的，就怕碰上特务或是自卫队（矿警）。摘了一些，在锅里熬成粥，先舀了一碗给儿子。庆儿闻见饿香，半睁开眼，在娘手里喝了两三口，便摇摇头不吃了。做娘的禁不住悄悄哭道：“唉，这苦日子，几时才能熬到个头，倒不如死了好！”

董长兴却□在炕上，半点也不想吃。

十九　死亡线上

庆儿没好，他爹又跟着害起热病了。炕上躺着两个病人，忽冷忽热，整天昏迷不醒。一发高烧，老头子仰着脖子，胡子上挂着黏痰，乱说胡话，也听不真。庆儿闹得慌，翻来覆去，顺着嘴乱说：“回家去，回家去，我要回家去！……娘，桂花来了！……傻丫头，嗤嗤地笑什么？”发起冷来，这孩子便直着嗓子嚷：“哎哟嚎！哎哟嚎！”一下子就厥过去。

庆儿娘日夜不脱衣裳，伴着病人悄悄地哭，心里又焦急，憔悴得黄皮骨瘦的，好像拿栀子水洗过脸，本来没病，也带上五分病了。小生意歇了手，他们爷俩又不挣工钱，一天一天，家里早绝粮了。长兴清醒点，喝口白水，像是个馋嘴的孩子，哼哼着说："唉，要有口米汤喝多好！我就想口米汤喝！"

可是从哪弄呢？庆儿娘还是昨天晌午吞了几个半生不熟的烂山药蛋，顶到时下还饿着肚子。人穷志短，爽神抹下脸，出去讨口饭吧。碰巧能要点米汤，也说不定。就端着个破碗，走到外面来。

工人区里的光景竟大变了。四下静悄悄的，难得遇见个活人。就是遇见个把人，也只剩下付骨头架子，走路摇摇晃晃的，快进棺材了。前沟后沟，扔的满是死尸，有的卷着破席头，有的光着身子，死尸的臭味熏得人恶心。要哭么？哭吧，哭几回也就没劲了，不哭了，活着的人还得活呀！

庆儿娘拿手扶着墙，走几步，歇一会儿，挨到一家门口，便朝里伸着个破碗，有气无力地小声说："行行好吧！乡亲们，有剩饭赏我一口！"可是，这家门口摆着死人，那家炕上病倒好几口，第三家的病人快要断气，娘们小孩正围着凄凄惨惨地哭。自己都顾不了自己，谁还能分心可怜旁人。庆儿娘直着眼，时常不小心，一脚蹚着人家墙根放的死尸，绊个跟头，哄起大群的金头苍蝇。她也不在意，竟像叫木头绊倒，爬起身又走。

走过几栋房子，耳闻到有人呜噜呜噜地叫，不知嚷闹什么？她顺着叫声走去，转了个弯，来到一所大工房前，只见"老虎科"的平野嘴上蒙着白口罩，手上戴着白手套，正在耍脾气。这个人专管工人区的卫生，打从发生流行病，格外腿勤，天天来查房子，一来便大呼小叫，有时嫌工房脏，不管刮风下雨，高低也要这家把病人挪出去，打扫屋子。病人加重死了，他却整一整口罩，气得避过脸骂："谁叫你们不讲卫生，病了又不吃药，统统死了活该!”

这当儿，平野站得离大工房站得远远的，嫌口罩不紧，又拿手捂着鼻子嘴，指手画脚地叫道：

“传染病！传染病！快快抬出去埋了，好封门!”

就有个跟来的中国职员，跑到各家门前嚷道：“埋人去，埋人去啦!”

庆儿娘倚着墙，茫然地望着大工房，只见里边对面两铺大炕，排满了人，全都伸着腿，光着脚，直挺挺地不动。屋旮旯儿里还有四五个死人，堆在一起，像是柴火。

那个职员白嚷一阵，嗓子都哑了，跑回来喘道：“真没法子！我全区都跑遍了，也找不到一个像样的活人！能动的早上班啦。”

平野就像跟谁赌气，恨恨地说：“死吧，死吧，中国人死光了没关系!”

庆儿娘正整家里没吃的，饿也会饿死人，别说再一病。平野是“老虎科”的人，也许肯借点粮食，救救他们一家三口，便走过去跪下磕头道：“掌柜的，发发慈悲吧，我家里有两口病人，一天没生火了！……”

平野却一扭头，掩着鼻子骂道：“臭死了，给我滚开!”说着啪地一脚，连忙带着那个职员躲开了。

庆儿娘跪在地上，披散着头发，两眼直瞪瞪的，再没有力气爬起来。她心里空落的，各种念头都断了，只觉浑身软绵绵的，一点一点□化下去。这都是命，听凭命摆弄她吧！背后来了一阵脚步声，有人压着嗓门唤她。她听见了，可像在梦里，连说话的气力也没有。来的人俯到她的头上，连声问道：“大娘，你怎么啦？呃？你怎么啦?”

她扑落开头发，抬起眼，看见殷冬水站在眼前。殷冬水敞着胸膛，右手叉着腰，肩膀上扛着个挺沉的口袋，他也不等回答，性急地问道："大叔他们好点么？我刚从乡村买回点米，就怕碰上混账的自卫队，说是犯私，给我没收去！走吧，赶紧回家去吧！"

就扶了他大婶一把，搀她起来，两个人东张西望地溜回家来。

二十　阶级的爱

不发寒热时，董长兴的神智挺清醒，只是不能动，更懒得说话。时常要想到自己的身世，离乡背井、拉家带口的，眼前病得下不来炕，万一有个好歹，剩下他们娘俩怎么闹？一个老人家，受苦受难，心上磨得起茧，归期落得这样惨，思前思后，就忍不住一阵心酸，簌簌地淌下泪来。

起初，一早一晚，贾二旦也不让他安生，常在窗外尖着嗓子骂道："真背幸，辛辛苦苦一个月，到头分不到钱，还得喝西北风！组里也不像个组了，东倒西歪的，简直是□□毛炒韭菜，乱七八糟！别拿死降着人，又不是什么宝贝，有鼻子有眼的人，天下还不有的是！要死快死。好倒地方给旁人！"

一来二去，慢慢地不大骂了。董长兴幸喜没人聒噪，心里可寻思道："那个刻薄鬼，莫非是吞了糨糊，黏得张不开嘴？"

殷冬水搀着庆儿娘迈进门时，董长兴躺在炕上，怪凄凉地望着儿子，又在流泪。一时有点难为情，拿鸡爪子似的黑手抹干净泪，苦笑道："你看我越老越不成材了！也不知怎的，动不动就好哭！"

殷冬水揪住肩膀上的米袋子，一哈腰，撂在地上，拿胳膊往脑门子上一擦说："他娘的，剩下一只手，做事到底不灵了！"一回身又说："大叔，你也不用过意不去，这袋米是买给你和我兄弟的。我孤人一个，这两年勒紧肚子，好歹攒下几个钱，今天总算用得着了。"

董长兴一阵感激，背过脸说不出话。他女人小声哭道："多亏大哥操心啦！人到这地步，也说不出旁的了！这也是天数，赶上这个灾难，只好听天由命吧！”

殷冬水揪着破袄襟擦擦胸膛上流的红汗，又呼嗒呼嗒地扇着风，亮开大嗓门说道：“什么天数，我再不信这一套了！你就是说得黄河水倒流，我也不信了！要说是天数，为什么日本人不死，那些职员老爷不死，偏偏就是咱们出苦力的该死！依我的歪看法，这都是几年来肚里无食，身上无衣，劳累过分，一下洞子坑道再受了阴寒，才熬出这场大病大灾，旁的都是假话！”

董长兴闭着眼，上气不接下气地道：“冬水，你说得是！……我一辈子做事，一步迈出去两个脚印，心胸放得正，几时亏过人？不该把我往死路上挤！……”

殷冬水一歪身坐到炕沿上说：“大叔，放宽心吧。人往高处想，水往低处流，等你病好了，咱们回家去……”可是又即时改口悄声道，“不过我真等不及了，打算就走呢！”

董长兴从枕头上抬起头问道：“他们放你走么？”

殷冬水把大嘴一闭，又压着嗓子说：“腿是我的，他们管得着么？丢了一只手算了，不能把命再丢在这！组里有八九个人，都想跑！”

董长兴颤颤哆嗦地伸出手，使劲抓住殷冬水的厚手背，半晌才颤着声说：“跑吧！……趁着翅膀没断，赶早跑吧！……你大叔算是完了！再不能活着见到家乡人了！……记得我的好处，忘了我的坏处，咱们二位这世有缘，来世见吧！”

殷冬水心里好惨，咽了口唾沫，不能出声。

已经是晚半天，工人下了班，只听贾二旦在外面尖着嗓子叫道：“埋人去啦！‘老虎科’叫埋死人去啦！”

殷冬水便骂道：“这小子，太没人味！病人死活不管，光知道顶着病人、死人的名字，报虚名，吃私钱，亏他心想得出！”

贾二旦又在外面指着名字叫道：“殷冬水，殷冬水，埋人去啦！——这家伙，也不言语一声，就旷半天工，钻到他娘的肚子里去了不成！”

殷冬水提起嗓子回骂道：“你吃了屎不成，满嘴不干不净的，混骂大街！老子就在这，别当我也怕你！”

一边气呼呼地往外就走，可是个子大，忘记低头，一下子碰到门框子上，痛得直揉头。这一下子倒想起件事，连忙回过身说：“他娘的，正经事没办，倒气昏了！这有两粒牛黄解毒丸，刚给大叔他们淘换的，人家说治这个病顶灵，留着吃吧。”

说着从怀里摸出个纸包，递给庆儿娘，一掉臀又走了。

（《晋察冀日报》1946年9月24日、9月25日，《副刊》第115期、第116期连载）

战场故事

鲁沂

新战士白存良 夺机关枪捉俘虏

你一见他，就知道他是个很精干的小伙子，二十来岁，中等身材，参加部队虽个把月，举止言行，却很像个老战士。他是大同县××村人，今年□当了半年多武委会主任，带领着把子民兵，很想打个仗，可老是碰不上机会。七月初，国家的世道变啦，白存良就立志参加八路军，来保卫和平，保卫民主。

一来，他在突击部六连四班当战士，一个月后，由于他学习好、进步快、工作强、负责任，很快就提拔成四班的副班长了。

在反击南沙岭子时，敌人被我×团打得立不住脚了，就拼命地向外突围，路上恰巧碰上了突击部二营的阻击。枪一响，敌人就突到我们的面前了。

“冲呀！”我们的冲锋号令一响，野地上立时像起了一阵风，同志们个个端着白花花的刺刀，从高粱地、谷子地里迎着敌人追上去。敌人不顾东西南北乱跑着，遍野都响起了枪声、喊声，敌人跑到哪里，枪声和喊声便追到哪里。此时白存良同志，也追着三个顽军，喊着：

“缴枪，优待你们！”

“缴枪不杀！……”

但他的嗓子喊哑了，敌人仍是不顾命地跑、跑，真把白存良同志气坏了，他伸手从腰里掏出一颗手榴弹，又喊：

“你们再跑，我用手榴弹炸你们啦！”说完，手榴弹“嗖”地飞到三个顽军的头前去，“轰”一声爆炸了。

三个顽军落魄丧胆地趴下了。

“缴枪是好朋友！缴枪保证不杀！……”

白存良一面喊着，一面扑到三个顽军的跟前了。

“缴枪！缴枪！……”

三个顽军像老实的绵羊一样，对着白存良跪下了！

白存良上去一手接过来一挺机枪，接着又拿过一支步枪和一袋子弹后，于是命令他们：“起来吧，只要缴枪就不杀！走！到村里休息去吧！……”

伙夫老王的扁担痛打鬼子兵

曾得到军区嘉奖的伙夫老王，他是个面色黑红、粗手大脚的老干家，平时烧水、做饭、炒菜，几时同志们也没说过他赖。这次他跟着一排人，在前面警戒，碰到了大同日顽联军的三千人包围，他气得直咬牙。在敌人两次攻击最猛烈的时候，他放下了锅铲，捡起了一条扁担，握着两颗手榴弹，迎着敌人劈头盖脸的弹雨，义愤地爬上堡子墙去。

他蹲在工事里，同志们告诉他，敌人的两次冲锋，都被打下去了！堡子墙外十几个鬼子的尸体，横七竖八地躺在那里。恨自己上来得晚，没使自己的武器，也杀伤几个敌人！

不久，敌人的第三次冲锋又来了，老王带着他的扁担，握着两颗手榴弹，顺着工事壕，往那炮火最激烈的堡子的西北角转去了。

真巧！也真危险呀！守卫这面的两个弟兄，耳朵已经被炮弹震聋了，眼睛也被尘土迷花了，老王一过去，就看见三个鬼子靠好云梯，一个家伙已经快爬上城了。

“好狗入的！给我滚下去吧！”

老王把扁担高高一举，迎头就是一击！“扑通”，那个鬼子就像堡墙上一块朽土，摔成烂块了。

其他两个鬼子，见势不好，扯下云梯就要跑，老王的一颗手榴弹早扔下去了：“哪里跑？跑不了！”老王卡着腰，立在堡子墙上，瞪着炸翻的两个鬼子。

（《晋察冀日报》1946年9月26日，《副刊》第117期）

为了光荣的伤员们

林宁

在十二日下午歼灭傅顽一个多师的胜利消息传来了，到天黑从集宁转来一批伤员的电话也打到了，于是临时的兵站便在××村成立了。

因为部队都去了前线，这里很缺少部队的工作人员，也没有部队上的医生。但为了给一路上受了饥寒的伤员以精神的和物质的安慰，为了减少伤员的苦痛，阳高城里的医联主任张甫和郝玉芬、张鸿儒、杨英三位地方上的医生在晚上十一点，便冒着夜寒，踏着月色，用疾速的步子赶到了××村；××村的医生燕旭听说伤员要来这里已等了半夜尚没睡觉；于是我们五个合在一起。当伤兵一被抬到房子里，也就跟着进了伤兵室，按伤势的轻重分别给伤号打了针，吃了止痛药，重新缠好绷带，使百里外抬来的伤员安安稳稳地睡了一大觉。

第二天，天亮了，伤兵们醒了，他们早就蒸好了药材，端着磁盘，拿着碘酒瓶，提着药包又在伤病室里出现了。张甫拿镊子，杨英解绷带，张鸿儒扶着伤病员……细心地而又敏捷地，不到两个钟头，便给四十多个伤员都换好了药。在匆促中设好的兵站里，伤员们感到像到了休养所一样，伤员的舒服实在是五个医生的辛劳换来的啊！

县政府因有好多工作，在这天下午把医联主任张甫叫回去了，杨医生本来就是带病来的，当他紧张地工作了一夜一天后，身体是难以支持下去了，于是不得已才回了城。但在天色傍晚时分，张主任又动员了两位医生和三个看护来了，在同一时间里，侯县长也派了四个人来帮助兵站工作。又恰逢大批的伤员赶到了这里，于是耐心的紧张的工作便又开始了，成天整夜地一直忙了三天半。

有个伤员的下巴颏被敌人一颗炮弹打烂，嘴唇歪到了右边，由于远道转来没换上药，伤口腐败了，生了蛆虫。上了年纪的管医生慢慢地给他解开绷带，用食盐水冲洗了后，唯恐不干净。把眼睛紧挨着伤口去仔细观察，看清了伤口确实是洗干净了，才慢慢地填好纱布条，又叫护士端着喂了一壶开水，才缠好绷带。

又一个伤员的腿，是被美造机枪打穿的。从炮火下把他抢救下来，始终没换过药，流出的血水不断地放散出臭味来。在十四号早上虽已给他上好了药，约隔两个多钟头，黄的血水便湿透了军衣，引来了一群绿豆蝇，落在他裤子上，下了一片白蛆皮。这个伤员睡得很熟，还不知道。当昝医生、燕医生转到这个伤兵室里才发觉了。他俩一看到这种情形，燕先生急忙跑回家去取了自己一些石炭酸洒在地上，赶快把这个伤员的裤子脱下来，也用石炭酸水冲洗了一遍，这才把那群绿豆蝇轰跑，房子里的空气才变得清新。昝医生很亲切地安慰了伤员以后，又用食盐水洗伤口再换药。

有个战士负伤后，浑身发烧。兵站上没有退热的药，如果到医院去取也来不及，燕医生就取出自己一支爱尔斯丁给他注射了。他妻子朱贵莲看到兵站上的人忙不过来，就自动地当了看护，在伤兵室跑来跑去给伤员打水、喂饭。昝医生看到没替换的绷带了，就亲自烧水，动手把三十多条带脓血的绷带完全洗出来了。

地方干部陈文则一会儿去督促担架，一会儿把才抬来的伤员引进房子，一会儿又去给伤员要吃的东西，他的两条腿转过来转过去，没个停。叶秀梅、郑子轩、郭秀云好像伤兵的亲姐妹一样，给伤员端开水喝、喂鸡子、送水果，扶着伤员上担架，热情地安慰他们，半夜里她们强打着精神还招呼伤员。伤兵们深深被她们的体贴与爱护感动了，他们好像忘了一路上的饥寒和伤口的痛楚，使他们更加感到为人民流血的光荣和伟大。在夜间我亲自听到几个伤兵带着兴奋的心情，对她们说：“没关系，好了就回前方去，你们太费心了，休息去吧！”

在这三四天里，这几个地方干部和地方医生、看护每日都做很多工作，几乎一天中做了两天和三天的工作，一个人顶了几个人的作用。给伤兵换药、打针、喂饭、烧水还端尿屎……他们白天不能睡觉，晚上也很少瞌眼；他们听到伤兵苦痛的呻吟就好像关心自己的苦痛那么着急；看到伤员精神愉快了，他们也跟着高兴。由于过度的辛劳、睡眠少，他们的眼皮浮肿了，眼睛微红了。我对着年老的昝医生说："你抓空儿休息一下吧。"昝医生用力睁着困睡的眼睛说："不算什么，为了前方战士，应该累些!"

为了报答光荣的伤员们，在××村的各家房东也是够辛苦的，每晚上都起来两次，给伤员送菜、送水果，已是平常事。七十四岁的叶廷云，半夜里还起来两次给伤兵煮鸡蛋，在白天他经常守着伤兵往房子外面赶蝇子，叫伤兵好睡安生觉。叶旺他老两口儿，每夜要起来四次去看顾伤兵。花白胡子的叶多亲自背了伤兵到茅房里去拉屎，他老婆亲自给伤兵端尿盆。当我感谢他们两位老人家对伤兵的关心时，他俩多皱褶的脸上，两眼笑成一条线，说："不累，自家孩子有了病不是一样。"一个拐腿子房东叫樊京的，他家里每天住四个伤员，有的想吃面条，有的要吃大米。他一天到站长那里领五六回东西，扶着拐杖，拐呀拐的，把伤员感动地说话了："樊京的心眼可强哩!"……

这不只是代表××村老乡的热情，而且是整个解放区老百姓的热情，这种热情和前方战士的热情交流在一起……

九月十五日晚

（《晋察冀日报》1946年9月26日，《副刊》第117期）

仇

王楠

这篇小说的情节极其曲折，整个事件发展过程也很自然；所有人物虽都没有面貌，但性格却都相当明显；小说主题的积极意义也很强。

我们读了原稿之后，猜想作者并不是常常写作，也并不善于写小说的人。因为在原稿上看不见半点“结构”的痕迹，作者好像只按照某一真实事件的发展过程，依发生的时间先后，做有顺序的描绘而已。因此有许多穿插（如第二节王老拴入伍后情形的叙述，第四节他家庭不幸遭遇的经过等）都不是作者有意为之，而是因为事情发展中间，遇到这类的穿插而已。

作者在这两个穿插之前，都有几句“交代的话”。如第二节开始，原稿这样写道：“我们为什么一定要问呢？这是有原因的，说起来话就长了，这不得不从王老拴入伍时说起！”如第四节开首，原稿这样写道：“下面就是他（四叔）告诉我们关于王老拴一家的事！”我们认为这样反较累赘，所以将“交代的话”删去，一律改为一、二、三……

其次原稿内容较松散，为了更集中表现王老拴这个人物，我们大胆地将一些不必要的描写删去，请作者原谅！

全文共一万二千字，拟分三期刊完。

——编者

一

四月里，赵国宗父亲来看他，碰巧国宗出差去了，一两天回不来。因为我们这个连，是完县支队改编的，完县人占了一大半，特别是二区，老人家至少一小半认识的。战士们野战化了，好几个月听不到家里的信，见有乡亲来了，都找来问问家乡的情形，加上老人家又爱说又热闹，一到班里就给战士们围住说开了，谁也喜欢他，都留他住两天再走，他也想等小子回来见见面，我又代表连部留他，他就住下了。

他来的那一天，班里听说国宗父亲来了，就不断有人来看他。两顿饭工夫，来了三四个，四班陈占环一进门，他就说："这不是西村占环？"占环问起他奶奶，他就滔滔不绝说起来："老人家可是结实，你说怪不怪，六十来岁的人了，还留着半嘴牙，什么硬东西也吃动了……"于是他又说到占环家的庄稼，占环妹妹学会了纺线了，又说到中央军过来了比日本鬼子不差什么，还出来抢粮食，等等。后来一连进来几个，他谁也认识，对谁也熟悉，说的话也确实使人爱听：什么家里去年年成好，棒子长得赛棒槌、谷穗赛狗尾巴；什么过年抗属优待得好，每人二斤肉三斤白面；什么村里组织了代耕团，先尽抗属；什么完县除开铁路上，哪儿也解放了。说起来就没头，好半天也说不完，最后是不要惦记家里，家里没问题，等等。

来了两天，连部都做了细粮优待他，可是四顿饭，他一次也没回来吃过。因为战士们都不让他走，吃饭时，你三十、他二十地集起来，割点肉买点烧饼麻糖，比连部吃得更好。

他一个过房侄儿，叫赵保儿的，在机枪连上，喊他四叔，连里也全跟他喊四叔。

第四天，国宗回来了，一到连部，父儿俩见面了。他说国宗又吃胖了，又长高了，连部里满是笑声。国宗问了问家里情形以后，指着他身后的王老拴，对他爹说："爹，你不认识他了吧？他是老拴□。"四叔一看，猛一惊地问："你是铁路边上王家老拴吗？"王老拴笑一笑喊了一声“四叔”，说：“不认识我了吧？”

老人家本来很高兴，又是说，又是笑的。一认出是王老拴，忽然变了态度，什么都不说了，好像受了什么刺激，心里很难受，只和王老栓说了几句话，声音不大，很勉强。老拴也看出来了，他就很急地问：“我娘在家好吧？”

四叔结结巴巴地答：“嗯，嗯，好好，不坏。”

“大拴、二拴呢？”

“两个孩子吗？孩子也好，嗯，不坏，也好。”

“我娘壮实吧？”

“是的，壮实，壮实。”

“孩子长高了吧？”

“不，不，老拴，这一阵我没上铁路去，没见大拴和二拴，你们村，半年我没去。是听你二舅回来说的，三口人都不坏，不坏，嗯，不……不坏。”

这以后老拴不问了，彼此，忽然冷淡下来，没人说话了。我看空气很僵，就对回来的人说：“你们到伙房吃饭去吧，老远回来，也饿了，有话吃饭再说吧。”

别人都走了，老拴还想问什么，我又催了他一次，他也出去了。

趁他们吃饭的时候，我想问问究竟是怎么回事，连长也帮我问，问了半天，四叔老是说：“没什么。”我老问，他不说，只好算了，打算再另找机会。

二

老拴是四四年九月里入伍的，入伍没两天我发觉这个人旧社会习惯很浓厚。比如我说：“王老拴，你的胡子该叫理发员刮刮了。”他就弯弯腰应声：“是！”我说：“王老拴，连里的生活习惯吧？”他也弯弯腰应声："是！"我因为他是新战士，给他解释说："你不要老是'是'，八路军是革命部队，不讲究那一套。"他不应"是"了，还是弯弯腰。过了十几天，他也不弯腰了，我又发现他一个新缺点，有一次我说："王老拴，把帽子洗一洗。"他说："到课外活动时洗。"晚点名，我看他还戴着那油光光的棉帽子，我又对他说了，他又满口答应。第二天早操，我看还是没洗，我想："这个新战士，阳奉阴违。"不过再一想：他在敌占区出来的，支应敌人惯了，旧习惯一半天改不了，也难怪，慢慢来吧。

有一次出操，他背着枪，连长问他："王老拴，枪擦净了吗？"他打了一个立正，说："擦净了！"连长打开枪栓一看，底子板上厚厚的一层灰，连长批评他为什么不爱护武器？他什么也没说。后来王班长说，枪不是他的，他背的是刘四的枪，他的枪刘四借去侦察去了，可是他没解释。他到连里不久，我问王班长他有什么表现，王班长说："他这两天有些想家，在班里老是念他的老娘和两个小子——大拴、二拴。"我说："注意巩固他，这个人很滑。"

有一次，我试探他："王老拴，你想家不？"他完全否认了。我又问他："你为什么参加八路军？"他回答是："为打倒日本帝国主义，建设新民主主义新中国。"我知道这是有人教他说的，我又故意地说："准备叫你回家呢！"他一听之下，吃了一惊，再三再四说不愿回去，直到我说不让他回去，才算放心了。这一下子把我弄糊涂了，是真不想回去，还是虚伪？实在摸不透。回来和连长说了，连长说："要不有政治问题？"我也不敢断定。

可是他除开常想家之外，也发现不了什么问题。

反而有许多事表现得很好，他能吃苦，肯劳动，打柴总是一百斤以上，没下过五名。连里生产，他生产知识丰富，什么也懂，还熟练，看样子是个老庄稼人。后来他选进生产委员会，作用起得很大。

因为支应敌人久了，把这个毛病也带到八路军来了，其实他并不虚伪，后来支应礼貌渐渐少了，胆子也大了些，在干部面前敢说话了，讨论会也发言了，可是连长对他印象总不见好，特别是军事上看不起他。

去年正月里，进攻庞家峪，连长命令五班抢东山头，全班都冲上去了，他一个藏在一块大石头背后拉下了。回来问他，他也说不出理由，连长一向看不起怕死的。过几天，听说他在班里开玩笑，暴露了心里的话，刘四说："老拴，为什么藏在大石背后不起呀？"他说："家里有老娘和孩子呢。"连长听说有了气，还发了牢骚，说他生产是假积极，要好好考查他，我不同意这样说，我认为他只是想家和怕死。

他在连里快一年，日本投降了。反攻开始不久，有一天他在班上问我："指导员，胜利了，叫退伍不叫？"我说："你是不是愿意回去？"他却不言语了，我估计他思想有些变化，叫他班长和他谈谈，也没谈出什么来。以后他就不断打听他家乡情形，铁路上去了去不了？鬼子退了汉奸怎么办？可是以后上了几次敌伪顽合流的课，他也不问了，我找他谈了一次，他只说鬼子缴械了，他想回去一次。

他的思想是在今年二月才完全暴露的，停战协定颁布以后，他来找我，他说："指导员，不是停战了吗？"

"嗯，上课不是讲了吗？"我说。

"不打了，我要求回家看看！"

"等一等再看吧，情况稳定了再说，该回去可以回去。"

"不是和平了吗？"

我又和他解释了一会儿，说和平还没有巩固，等双方谈好了，交通恢复了，回去也不迟，现在回去很危险。

在政协决议以后，报纸上登出复员的消息，连里有几个人闹着要退伍，他也是一个。一天找我来，告诉我："家里有六十多岁的老娘，有两个孩子，一个五岁，一个七岁，但都没吃、没喝、没人管。"我说看一看上级有什么指示再说，他又说："上级不是说打败鬼子回家么？现在鬼子打败了，该让我退伍了。"接着他又重复说他的老娘和两个孩子，都没吃没喝没人管，说得很可怜，听着叫人心酸，看起来倒不是假的。我安慰了他几句，答允考虑他的问题，他再三嘱咐又嘱咐，才走了。

谁知道以后，形势不但不见好，反动派一天比一天反动，我注意到每读一次报，他脸上就暗淡一次。他也常抱着很大希望来问我时事，我每一次答话，都增加他的失望。我总想竭力报告他一些好消息，可是我实在造不出好消息来，东北十五天停战，我明知道是不抵事，但为着安慰他，特找他告诉了，他微微有些高兴，说："不要是一场空！"自然是一场空。第五天，国民党就违了约，他知道了，又是一次失望。休息时间，他对我说："我看我给我娘这辈子别想见了！"我问他："你怎么知道呢？"他说："老娘太老了，一半天和平不了，老娘等不到我回去了。"说着说着就流下泪来，我只好劝他不要急，我告诉他内战不会太长，和平总要来的。后来不知说到什么，他恨恨地骂了蒋介石一句！据我知道，他很少恨过什么人或骂谁的，这一次居然恨恨地骂了，我知道他心里是恨透了。我想他也许还有什么更大的事不好对人说，我又问了他大半天，但他什么也不说。他一向是个有心思不大肯说话的人，所以我只好暂时不问了，但却一直□疑他。

三

问了半天，国宗父亲什么也没有说。

我想了想，便去找国宗，叫他问他父亲。找到国宗，叫他好好打听打听，等我回来再详细告诉我。说完我就同副指导员、连长三个人，同去营里开会去了。

晚上十二点才回来，通讯员荣儿告诉我："赵国宗和他爹顶了几句嘴。"我很奇怪，白天父儿俩不是很好吗？怎么顶开了嘴？我就问原因。通讯员说："你走后，四叔和国宗谈了半天话，以后老拴又找他，他又和老拴谈了半天。谈完了，四叔回连部正要睡觉，国宗就到连部来了，父儿俩就顶起来。先是国宗问他爹和老拴说了什么？四叔说：'没有说什么。''没有说什么，为什么他回班去就变得像傻子一样？立眉瞪眼的，话也不会说了？'四叔还是说：'什么也没有说。'因国宗说的话不好听，老人家就发起脾气来，小子也不弱，两个就顶嘴了。"

我本想亲自问问国宗和四叔究竟什么事，看他们都睡了，国宗又走了一天，就没有再找他们，我想明天再处理吧。

但半夜里，三排长跑到连部来，喊醒了我们说："王老拴拖枪逃跑，带了自己全副武装，还偷了班里一袋手榴弹！"

我和连长一听，急忙爬起来。二排长接着说："我估计是投敌，不然为什么带上自己全副武装，还偷别人的？"

连长问："人呢？"二排长答："没出村就叫发觉了。"

我想这个人真摸不透，心里也气得慌，连长说："走！到五班看看去！"走到五班院里听到五班长大嗓子嚷呢。

"你想想你对起革命？对起连长指导员吗？你思想不开展，时局认识糊涂，家庭观念，指导员来回给你解释，连长军事上处处照顾你，人家为的什么？人家为什么？"

一个插嘴说："班长，不用给他磨牙了，我提个意见，这种人干脆枪毙算了。"又一个说："我说他准有政治问题，你为什么偷我手榴弹？"

我们一进屋，大家全静下来，我看老拴坐在炕沿上，一句话不说，身旁放着两袋手榴弹和子弹袋，一支大枪躺在炕上，他眼直直地盯在墙上，我进来心里本有气，一看他脸上不是色，气打消得干干净净。可是连长却冲动起来，他一进门就喊了一声“王老拴”，老拴像没有听见，还是坐在炕上，眼盯着墙，连长立在他面前问：“王老拴，你打算到哪儿去？”他还是不答，连长更气了，转过来说：“五班长，关起他来！”

五班长过去碰了老拴一下说：“走，跟我来！”他像木头一样，立起来跟着五班长要出去。我看这样处理不对付，就对连长说：“我的意见问清楚了再关他。”大约连长真气极了，对我说话也有些冲动，他说：“指导员，我以为，管理方式好，也要看什么人，像这种人，带枪逃跑，我觉得一定要执行纪律！”我自然不同意这样说，不过别人也同意连长的意见，也就没多说，让五班长把他带出去了。接着我把五班长和党的小组长叫来，要他们派人看着老拴，说老实话，我怕老拴自杀。

我和连长研究了一回，我总觉得老拴不像是个会投敌的。连长说：“知人知面不知心，咱们不能麻痹！”我也没争，正说话间，四叔过来了，一进门就问：“说是老拴带枪逃跑了？”我告诉他没跑了，已发觉了，并把他关起来了。他一听关起来，就对我说：“关起来了？这里面有冤枉！”我问他有什么冤枉，他又不说了，只是连连叹气，一股劲抽烟。

我正想从他口中了解些情况，碰巧国宗也急急进来了，见他爹在坐桌旁抽烟，生气地问：“爹！你对老拴说了没有？”四叔没答他，他又说：“说了就说了，咱们可得负责！”老人生气了，对他小子说：“说了怎么样？”国宗说：“你真说了？你看闹这么大事！”老人家想了想，气像是平了些说：“国宗，我本打算不对他说，你知道我这个脾气，心慈面软，有句话夹不住，他问我问得我流下泪来，一个劲央求我说实话，我就说了。纸包火，早晚也藏不住！”

四

王老拴原是老老实实庄稼人，家在完县，离铁路不到半里地。家里共五口人，老娘已经六十多，媳妇比他小四岁。他出来那年是二十五，他的大孩子大拴那年五岁，二拴那年只三岁，媳妇虽不是什么能干人，模样长得不坏，人也贤良，夫妻感情很好，过门八九年，从没红过脸。事变前，家里虽只有六亩地，因为夫妻都还勤谨，光景倒也凑合。民国二十九年，鬼子来了，在村里安了据点，立了大乡公所。该村财主杨家有钱，手长、门路多，老二在大乡公所当了副乡长，抖起来了。这些事王老拴倒不觉什么，他总以为，鬼子也罢，中央军也罢，老百姓纳粮完税，谁坐江山不一样？老拴确是老实人，他娘脾气硬梆，有主见，常对人们说：“我家拴儿跟他死爹一样，窝烂得立不起来。”老拴听到了，他想：这年头，“没事少出头，有理让三分”。窝烂人少生气，不吃亏。谁知杨老二上台的头一年，就借口支应，逼他掏出了三亩地，磕头、托人都不行，挖心摘肝地拿出了地，后来又生了大拴、二拴，光景就一天不如一天了。庄稼人老实又有什么法？吃糠咽菜熬着过吧，可是熬，人家也不叫熬呢。三十三年祸从天降，杨家老二看上了他媳妇，暗地里派人来说，叫他休了妻。家里老是老，小是小，夫妻感情又好，如何割得开？响头磕了千千万，杨家明里不好说，暗里派人把他媳妇叫去，说是帮忙做冬衣，叫去谁敢不去？到了杨家，晚上给奸了，女人家心眼死，又害臊，觉着回家没脸见祖孙三代人，一声不响，在院后大槐树上吊死了。老拴虽说窝烂，也豁出一条命拚了。他老娘虽说脾气硬梆，可是怕自家小子有差错，家里老小没人管，老拴经不住老娘死拉活扯不放，再想想大人孩子，撇了斧头咽下了这口气，把媳妇埋了，自己打算等一等再看。可是等，人家也不叫等呢。杨家怕老拴报仇，就变着法想要他的性命。村里热心人知道了，给了他一个信，他知道了村里留不了，才打算往外跑。没走以前，老娘眼都哭出血来了。大拴已知道跟着大人哭了，二拴才三岁，百事还不知呢。做爹的长短不舍得走，还是老人家心硬，立逼着他走，他这才给老娘磕了一个头，托付了小子，提着小包袱，十月三十离开了家。大路不敢走，怕叫杨家拦住了，翻墙头出的村。就这样好好一家人，死的死了，跑的跑了，剩下的，老的太老，小的太小！可怜一家人拆得四零五散！四叔谈到这儿，长叹了一口气，屋里人听得气也不出。外面下起蒙蒙雨，我一看人们的脸，好几个挂了泪珠。我再看连长的脸，也不好看，我想我的脸也一定不好看。过去我只知道老拴媳妇是吊死的，其余什么也不知道，老拴不知道是害臊不愿说，还是怕别人知道自己是被逼出来的。

说到这里，连长很难过，说要看老拴去，我认为听完了再看去吧，也没有什么大问题，因老拴左右也没离人，于是连长也赞成。

灯头老是往下缩，我把灯挑亮些，四叔抽完一锅烟，又说下去……

老拴离了村，听说杨老二为了斩草除根，还打算祸害大拴、二拴，后来因为见日本鬼子火势一天天往下低，又听说老拴参加了八路，怕他回去一不做二不休，没敢下毒手。他娘一个老人带着两个小人，在村里讨点残茶剩饭，度过了一年。去年秋天，日本投了降，鬼子汉奸都被挤到铁路上去了。八月里我去定县卖布，老拴娘是我们村里的姑娘，他二舅托我带了两千块钱，顺便去看看大人孩子，我就到老拴家去了一趟。

见了他娘，可怜几年不见，六十来岁的人，看过去八十也不止了。见了我就问：

“不是说鬼子降了咱们中国？”我说：“对，望晴望晴！这算见了日头了！”

她问：“杨家快倒了吧？”我说：“快了，受气的把刀磨得快快的吧！”

她问：“不是说还要打仗？”我说：“鬼子降了还打什么？老是打还行？”

她问：“那我家拴儿该回了吧？”我说：“快了，这会毛主席坐飞机，找蒋委员长正商量呢，商量对付了，鬼子汉奸该杀的杀，该剐的剐，有功之臣也该班师回朝，回家探亲祭祖了。”

她说：“四叔，我这辈子没别的指望了，我就想见拴儿一面，把王家两条根亲交给他，也算对起王家祖宗了。”说着说着，她伤起心来。

第二天是腊月底，我在他们村又碰见她，她劈头就问我：

“听说，杨老二在县城里升了官？”我只好：“嗯，嗯。”她又问我：“不是说过来的是中央？”我对她说：“这会中央和日本合起来了，好比奸臣私通番邦，要害忠臣良将呢。”这一下她听懂了，说：“四叔！我看也是奸臣当道，你给我捎个信，叫拴儿千万别回来，你说村里来了一把中央的兵，比鬼子还凶！杨家没倒，杨老二倒在城里升了中央的官了。”

她又问我：“四叔，你说我这辈子见上拴儿一回了呗？”我只好说：“见着了！”

她说：“不见拴儿我不死，我要活着，把这两条根交给他。你见他捎个信说，他娘不死，孩子他可放心！他娘在一天，他两个小子有一天，饿不着，冻不坏！真没吃的，割奶奶的肉喂他们，没穿的，奶奶把孙子搂在怀里。老天爷有眼，王家没做坏事没出坏人，世世都是好庄稼人！”

她说一句，我应一句，老婆子顶硬梆，这次泪也没流。老拴那大小子在一边，真是个能说会道的聪明孩子，插了一句嘴："奶奶想爹天天哭！"他娘带笑骂了孩子一句："这死孩子，四叔别听孩子乱插话！你告诉拴儿，他娘不想他。"

这以后，我再没见过她。四月里，听到个慌信，说是母孙三个全给杨家害了。谁听了也不信，我也不信，劝他二舅去看看，他二舅看回来，果真被害了。

杨老二那蝎子，怕小的起来报仇，早存心想害大拴二拴。看着日本鬼子长不了，不敢动手；中央军过来，他觉着这靠山比鬼子稳。为了讨好，他报了王家是八路家属，暗指着村里住的中央军，把两个孩子抓了，当时扔在井里，一阵石头，可怜两个孩子，哼也没哼就砸死在井里了。她奶奶不见孩子回家吃饭，四处寻找，村里谁敢对她说！老人家寻了两天，嗓子都喊哑了，两黑夜没瞌眼，一点也不累，村东找到村西，村南找到村北，两天过去，她知道坏了事，就骂起天骂起地来了，还骂菩萨瞎了眼，家里神像也给砸了，像疯了一样。第三天不知谁家的孩子会学舌，给她说了，老人家叫孩子把她领到井边上，她也没哭，也没说话，朝山里磕了一个头，看意思是给她小子磕的。磕罢头，立起来，跳进井里，和两个孙儿一道走了。

五

四叔说完了，人们像一块大石堵住了心，半天说不出一句话来。静了一会儿，还是连长先开了口："四叔，这些事你全给老拴说了？"

四叔好像很抱歉似的说："连长，你是知不道我这个人面慈心软……"

我怕老人家为难，就打断他的话，说："四叔，说也不算错，你不要放在心里，我们看老拴去吧！"

我、四叔、连长和国宗，就去看老拴。走到他屋里，桌上一盏半死不活的灯，五班副坐在炕沿上看着他。他立在屋中间，一动也不动，像一个木头人，我们进去他也不知道，还是五班副喊了他一声，告诉他连长指导员来了，他才醒过来。

连长就对他说，刚才不知道他情形，四叔说了才知道的，劝他不要难受。我和四叔也劝他，老拴眼盯着人，一句也不说。后来我才知道，他听到四叔对他说了以后，他始终不知道流泪，其实这比对着我哭，更使我难受！我想不劝了，给他冷静一会儿。静了一会儿，他开了口："连长、指导员，我……我好冤啊！"一句未完，掉下了两滴泪来，再也说不出了。我极力想找一句话安慰他，但什么话也说不出来，连长、四叔大概也是一样。冷了一会儿，他又说了："连长、指导员，我求你们一件事。"我们齐问他："什么事？"他说："你们让我回去一趟！"我们正要答话，他又说："枪支、手榴弹给我带去！"连长问他："为什么？"他什么也不说，只是流泪。我猜到了一大半，我问他："是不是和杨老二去拼了呢？"他一听我说到他心里话，哭起来。一面哭，一面说："指导员，我有什么活头啊？"

这时，我比什么时候也不好受，我看连长，连长这样个硬汉子，刺刀捅进鬼子肚子里就没霎过眼，现在居然也流了泪。又坐了一会儿，大家都没言语，猛然连长对桌上一捶，把灯头捶得一跳，他骂了一声："狗日的！"

我回头一看，门口挤满了人。他们来得悄悄的，加上我们也没注意他们，竟然一点也不知道。我看他们人不少，才对大家说："各班回去休息吧，明天还要出操！"大家散了，我对连长说："回去休息吧，老拴你也到连部去！"

睡下以后，连长、老拴和我睡在一条炕上，吹了灯，怎么我也睡不着。我老是听老拴翻来覆去，我听连长说："老拴，你还没睡觉？"

老拴："连长，你也醒着呢？我哪儿能睡？一合上眼，我娘、大拴、二拴就来了。"我怕又引起他难受，说："睡吧！有话明天说吧！"他们才没言语，我一夜没睡。

第二天一早，老拴又要求回去报仇，我给他解释说："你一个人不能去，这是白送死，也报不了仇。要报仇，只有团结起来打垮反动派的进攻。"我又说："仇恨不是你一个，像你这样的多着呢！"他也说我的话对，只是坚决让他报仇去。这一天我又发动全体同志来安慰他、劝他、看他，到晚上才算转变了些，只是还要求准半月假，回去埋了老娘，放下心，再坚决打反动派。

晚上，我把他意见转到团里，团里说可以去，只是考虑人埋不了，可能有危险。回来我转达团的意见，恰巧四叔在旁边，他是个热心人，说只要队伍上准假，他担保没危险，还担保一定可以把棺材下了葬。他并且说："村里不比以前了，现在工作有开展。"团里听说这样，就准了假，还找老拴谈了一次话，安慰了他，并叫他注意，还写了一封信给分区，叫多多帮助他。

第三天，老拴就随四叔走了。全连都送他们出村，老拴临走对大家说："连长，指导员，大家同志们，你们请放心，我不会对不起大家！我这是拍拍屁股一身空，没牵没累的人了，六岁上，我爹死了，我娘在我六岁上就守寡，领我到了三十一，可怜她老人家没享一天福，我回去把老娘埋了，尽了这片心。"说着他又想流泪，大家都劝他，他在劝声中说："八路军，这就是我的家！同志们我们是手足之亲！我想开了，我一个人动不了人家一根毛，仇比天高也是白事！我还指望大家一齐给我报仇！"

六

不到四月底，老拴就回来了。回来时很高兴，比去时大不相同，还带了一个新战士来，经介绍了以后，知道是四叔的四小子，国宗的兄弟。

老拴回去，卖了一亩地，买了一块好坟地，在他娘和两个孩子的坟坑里，自己各掘进了三铣土，把人埋了，在坟地里栽了几棵柏树。剩下的二亩地，他给了一个堂房的穷侄儿，托他好好照管坟地。

回到连里，他说他村里工作开展了，杨家不敢住村里，偷偷搬进城里去了，村里中央军也因为老是失落人，也搬走了。后来来一个连，村里有了游击组，埋了雷，中央军没敢进村。他回村时，十几个青年要参加，他都介绍到区里。埋人也没困难，村里谁也帮助。坟地是块好坟地，风水不风水，八路军不讲这个，但叫老娘睡在那里，是安心的。

王老拴回来以后，没事就瞄三角，有时也沉闷，不过是一阵子一阵子的。大家估计他是想死去的人，劝一劝也就好了。过去都说老拴心眼笨，不知怎么的，现在比以前灵活多了。七月底，老拴成了特等射手，七月里作了三次战，王老拴每次表现很勇敢，特别是第三次，他们一个班，顶住了敌人一个连，他很沉着地八枪打倒了三个敌人。

八月十四那一天，在张村展开击战。连长带着二、三排正面突击，我带一排侧翼牵制，二、三排前进的时候，连长派通讯员来联络，叫一排积极活动，通讯员要走时对我说："老拴牺牲了。"我听见还不信，抓住他问："怎么你说王老拴牺牲了？"

"唔，他的位太突出了，连长正要喊他，没来及喊，就打死了！"

像一块石头压在心上，王老拴牺牲了，这是千真万确的事。我说不出我当时如何想法，也没有时间想，我发下了前进的命令，整个进攻中，我就像掉了魂一样，我怕影响战斗，尽力压制我自己，不知怎的，我今天更勇敢，我几乎忘了危险，好几次都因过分突出，让一排长喊下来。战斗结束后，我对二排长说："走！咱们看看牺牲的同志去!”

我随二排长走到一棵树下，见老拴安静地躺在那儿，胸前染了一摊血，嘴上也流出一道血，手指上还套着一条手榴弹弦。我想使他舒服些，我跪下去，把他放在胸上的手慢慢移下来放平了，用我的袖子，把他嘴角擦了一擦，有了一会儿，立起来，对通讯员说：“今天牺牲的三个同志，要找好材，多花钱就多花钱。”

回来以后好几天，我总觉着老拴还活着，好几次都像听到他说话，点名时，也像他站在队伍里，但是把五班从头到尾看一下，我才真正知道王老拴是死了。不过很久很久，花名册上，我都不愿涂去他的名字。

他死的第五天上，我去看墙报，中间有一篇题目是《人民的军队》，下面是王老拴的名字，头一句就是：“我是人民军队的战士，我最光荣，因为我为人民服务到底！……”我好像又听见王老拴的声音，夹在战士中间高叫：“要打垮反动派的进攻!!”

（《晋察冀日报》1946年9月27日、9月28日、9月29日，《副刊》第118期、119期、120期连载）

地　主

韩书田

一

地主郭本正是我们住在乡下时的房东，六十多岁的老头子，高身量，高鼻子，红红的小眼睛。据他说，他这对眼在他五十二岁上就瞎了。“多亏人家高大夫，叫人家割了一层灰皮，这才能看着个路。”每当谈到他的眼，总要带着感激的口气，称赞那姓高的大夫。

一天的上午，他又向我诉起苦来了。

“你看，这顶草帽还是民国二十三年买的。”他顺手把草帽从头上摘下来，送到我面前。的确，这是一顶又旧又破的烂草帽，发出一股朽木的味道，土黄色，若不是一次又一次地被缝缀过，恐怕早已变成粪土，或者叫小孩子们检去当足球去踢了。

“我是庄户人出生，只知道个受苦。哎！一辈子不敢吃口好的穿身新的。”于是他扳起手指头计算起他的节省与刻苦来了。他说他家里整年整年地见不到白面，从来就不买菜吃。“啊！去年端午吧，不是不是，前年过清明的时候，孩儿他娘买了半斤肉，我可把她骂了一顿。”谈到穿衣服，他说棉衣总是四五年穿一身，夏天穿衫子的时候就很少，老是光着脊背，“哪怕它太阳像火炉一样哩。”说着，老头伸出一只脚，突然又缩回去了，脚上穿着一双新皮底鞋……老头停了一下，我只看到那对红眼睛眨了几眨，别的还没顾得上注意，他便又谈起来了。“孩儿们跟着受罪。”声音变低了些，“常年间就是过节也没舍得给他们一个铜板板，连个果——果子、桃——桃儿都吃——吃不上。”老头子伤心地哭起来了。

"你不要难过——"我正想安慰他几句，院子里拴着的那条黄狗狂叫起来，显然是有人来了，老头郭本正戴起草帽，走出我住的屋子，我也跟着出去。

进院来的是十来个手拿土枪木棍的农民，过后我问他们，才知道是村游击小队。队长是个结实的中年汉子，个子中常，头上包着一块手巾，腰间塞着两颗手榴弹，他先开口了：

"二伯，你家里有什么武器，枪炮子弹啦，刀子矛子啦，都算！"

"武器？看说得多吓人呀！咱庄户人家怎么会有那东西？！"老头声音有些战栗，叹了一口气，冷淡地笑了笑。

"二伯，拿出来将来还是你的。"一个游击队员说。

"是为了保卫咱村子。"另一个说。

"你要那东西也没有用。"又一个大声地嚷。

"知道，知道，咱们没有呀！"老头表示有点不耐烦。

"你老，脑筋转变转变吧，拿出来没有什么关系。"游击小队长这样解释着。

"没有呀，有的话还说什么哩。"老头把两手往外一张。

"真的没有？"

"可不是真的，谁还骗人。"

"你去年春上在庙前头打鸟用的是哪里的手枪！"一个刚一进院子就蹲在一旁，长着络腮胡子的队员站起来，生气地提出来证据，马上又蹲在了一旁。

地主愣了一下，接着便解释开了。我没有全听懂他的话，大概的意思是说那支枪是他侄儿（那时他侄儿在日本的县大队上）回家带来的，但第二天就带走了。当提到他的侄儿时，顺便骂了句："不成材的。"

结果是枪没有收到，游击队员们带着怀疑的表情走了。

地主郭本正回到他的屋里长长地叹息，他叹息什么？我被好奇所吸引走去问他，见我进去他连忙坐起，又长长叹了口气：“哎！这世道！”

“这世道不好吗？”我问。

他笑了笑，没有答复。

“共产党八路军来了好不好？”我故意提出这样一个问题。

“好，谁还能说不好？”

接着他说共产党八路军是好的，就是村上这班子人坏。

我给他解释说村上的干部也是很好的，又讲了穷人翻身的道理，他没有说什么，我当时没有考虑到他是否相信我说的，我只是感觉到应当解释，似乎为了解除他的痛苦……

我刚回到我的屋子不久，拴着的那只黄狗又叫起来了，两个农民，一个挟着个纸本本，一同进了老头的屋子，我没有跟着去看，只听见老头说什么“立柜”“猪”等，又听到一种哀求的声音：“可怜可怜吧！”我有些疲倦，躺在床上，竖起耳朵极力想听清楚，但还是听不清，我正想走去看看时，谈话结束了。那两个人走了，地主老头蹒跚着到我屋子里来了。

“×先生，人家又要优抗米。”他告诉我，“这可怎么办呀！”

“要多少？”我问。

“两石，我哪里有米？”他的眼睛射出哀告与求救的视线，“这怎么活人呀？”这问题一面是给他自己提的，一面是要我给他解答。

“你假如真正没有的话那就不用给。”我说。

“真的！可以不给？”他赶急地追问我。

“你要是有米，最好是缴了。抗属的儿子在前方打仗是为了保护咱们。”

“实在没有，要有的话那倒好办事情啦。原先我种两顷来地，去年退租退了大几十亩，这会清算又清了我一顷来地，我剩下二十八亩地了。”他的声音抖搂着，伸出一只手也抖搂着，眼泪又快流出来了。他接着说他家里还有两三斗米，自己还要吃，人家一定要“优抗米”的话，那只好把一对“立柜”或者是把“猪”给人家。谈到猪，他连带地谈到给他儿子娶媳妇的事儿，说这口猪就是准备“过事”的时候用的。“这还能娶媳妇？全完啦！全完啦！哎！”最后他这样叹息地结束了谈话。

我简直同情他了，答应了他的要求，到村公所给他谈谈，看是不是可以不出“优抗粮”或者少出些。

但是，当我把以上的情形和村长讲过以后，村长却摇了摇头，笑着对我说：“他能出起。”

二

第二天早晨我去上早操，突然感到肚子疼，我便先回来。刚一踏进院门，便看见地主老头和他的老婆、儿子正从东房往外搬一个装满东西的大口袋。同院的过去曾是他家的佃户的驼背的老头，正扛着一大口袋往自己家里走。

他们看见我，显得很难为情，他们实在没有料到我会这样快就回来。本来我们早操的时间有一个钟头。

他们是在藏粮食！我非常生气与懊恼！我再也压制不住感情了，有点激愤地问：

“你们这是干什么？”

“还他二大叔粮——粮食！”地主这样解释着。

“别哄人，我知道你们是在藏粮食。”

他们都不说话了。

我走进东房，呵！仓里还有半仓谷子哩！

吃过下午饭，我看到喂狗盆子的边缘上粘着白面条，由此可以推断地主家是吃的什么了……

我知道我受骗了，我跑去和村长把这些情形谈了谈。村长笑着说："你这才知道地主是什么人!"由于我的询问，村长给我讲了许多地主郭本正的罪恶行为：他做过伪甲长，曾利用甲长的地位盘剥老百姓；那时随便打人骂人，最可恨的是强奸了贺家的闺女（后来这闺女自杀了）；他是个地主，自己制了一个大斗，比一般大一升多，收租子一定要用他的斗；他的眼睛才瞎了两年（这家伙真敢撒谎，把我当傻子的哄骗）；等等。

三

晚上，我正在睡梦中，听到"乒——乒——"两声枪响，狗叫成一片。我披上衣服走出大门，听到别的巷子内有人们的嚷嚷声，我想去看看到底是发生了什么事情。

已经是秋天了，刮着一阵阵的凉风，身上感到有些冷，我得回去先穿衣服，但等我把衣服穿好，又走出来的时候，街上已经比先前平静了。我走出我们住的这条巷子，站住，张望了一下，身上还是感到冷。鸡叫了，"明天再看吧。"我自语着返回屋内又躺下。

第二天一清早，我便走到街上，碰到一个拿土枪的民兵，我问他昨天晚上发生了什么事？

"什么事？村长受伤啦。"他答。

"什么？村长怎么受伤的？"我惊奇地追问。

"坏家伙地主打的。"

"谁？"

"地主，已经绑起来了。"

我赶紧跑到村公所，一进门便看到被绑着的地主，突然使我愣了一下，就是郭本正，他还戴着那顶破草帽，还穿着那双新皮底鞋。

这就是斗争……

我走进村公所办公室，村长肩膀上受了伤，很轻，他见我去看他，笑了笑，诙谐地说："可惜没有打准我的头！"

我问起事情发生的经过，他说他们正睡着的时候，忽然被枪声惊醒，光身子爬起来，再仔细听时，已经没有动静了。他们披上衣服走出村公所，也不见什么人，最后是哨兵把老家伙逮住的。

"他没有打枪？"我问。

"他把枪扔了，刚才才找回来。"

是的，桌子上放着一支粘着泥土的手枪，经追问之后，知道这是他逃往北平去的侄儿留下的。

我想起了前天游击队向他家要枪的那场面。

过后全村开了群众大会，大家一致要求把郭本正送到区上去。

（《晋察冀日报》1946年9月30日，《副刊》第121期）

苏　　同

白桦

我第一次遇见苏同，是在一个山坡上，他放牧着十几只乳羊。它们在静谧地柔顺地啃食着生在沙砾之间的秃瘠的青草。阳光暗淡，快近傍晚了。

我是那前一天的晚上，搬到东山坡来的。我已经寻找了整个下午，还没有找到这附近有谁家出卖羊乳。而我的九个月的婴儿黎明，从早晨就在床上饿得哭。我的妻，也几乎就为她这可爱的小儿子的饿而急得要哭。

我狂喜地问他："你们那里有羊奶吗?"

苏同，立刻挥动他的小鞭棍，把羊赶回家去，拿给我一瓶奶子。

他家住在一个土岗下，半窑洞式的房屋。院里，有羊圈和挤乳的小广场。一切都收拾得十分清洁。像黑药粒似的羊粪，被扫集在一个角落里。

以后，每天都由苏同把新挤出来的还带着温热的羊乳，清晨送来两瓶给我们。他送来得那样早，因为他需要尽速按着各处的订户配送完毕，然后好到学校去学习。他的童年的面孔，表现着劳动的快乐。他的肌肤黧黑而且光泽，有着坚实的骨骼。走起路来，宛如一只健壮羔羊似的轻捷。他戴一顶褪了色的鸭嘴帽，总是稍许露出洁白的牙齿，纯真地微笑着。那种微笑，是非常璀璨的。

有一次，当天送来的羊乳，因为忘掉煮开，放坏了，起了乳酸作用。而小黎明夜里又必得醒来要两顿奶吃。我只好为着去再取一瓶迢遥地走向苏同的家里。黄昏过后，暮色浓掩着那一带土岗。苏同的院子里堆了一些人，他的缠足的妈妈，在激烈地高声地吵骂着，他则伫立在旁边，用手指抹着眼泪哭泣……看见生人去了，那人们都逐渐走散，苏同的妈妈也放低了声音，只是还没有消气，甚至举起手来想要打他，被我给劝阻了，她便更加愤愤地教训他：

“不让你跟别人家打架，你偏不听。人家来不答应，我有啥办法？自从你爸爸死喽，咱们处邻居就得学着忍。惹不起人家，还躲不了人家。你这混种，什么也不懂！”

“他骂我嘞么！”苏同负气地不平地抽噎着。

“谁骂你啦？”忽然，从墙角拐出来一个老太婆蛮横地问道。大约，她是方才退回去，躲在那里的。

“没人跟你说话，你管不着！”苏同的妈妈，强硬地把那老太婆顶了回去，她又开始教训苏同，“一天下学来，不知道摸摸书本，算术的题也不演，奶子也不愿意挤……看你这不知道长进的！”

于是，她忾恚未消地拿起铁筒和小木凳，走近一只乳房垂胀的羊，砰地把铁筒放在羊腹下的地面上，坐下来给我挤乳。乳浆从那袋样的乳房里，像箭似的冲射出来。

第二天早晨，我看见送奶子来的苏同，还是那样照常的活泼而明朗。我便问他，昨晚为什么吵架的？他带着侮蔑的神情告诉我，那个老太婆的儿子，原先是在敌人手下当小特务的，曾经欺压过他的爸爸（当他还活着的时候）。八路军解放张家口，老太婆的儿子畏罪跑掉。可是，顽固的老太婆，还没有完全改掉旧习惯，还时常疯疯癫癫地骂人。他要同那老太婆讲理，他的妈妈却不愿意那样。她在生活上顾虑太多，她竭力避免麻烦。她总是说：“那老东西，几天就快死了。连狗都不理她，你惹她干啥？”率直的苏同，显然，对此表示很大的不满。他一边咕哝着一边噘起嘴巴匆忙地走了。但，终于又回转头来向我微笑一下。

一个星期日，我出去散步，在胜利广场附近的地方。前面草场上，移动着十几只羊。这些羊，对于我，竟是这样熟悉的。我发现苏同正蹲坐在矮树底下，向我招手。他赤着脚，而且裸露着腿胫。

我们搭话不久，他就提出一个问题来问我：

“你看！那日本鬼子留下的破木头庙，怎么还不推倒它，再不就点把火烧了它。”

他用手指那奇形异状的残破的昔日敌人的神社给我看。我不会直接答复他这质问，反而有意识地先来问他：

“为什么？”

“为什么？”他瞪圆了眼睛，眼睛闪光，大声喊道：“我最恨它！”

于是，他给我讲出一个惨痛的故事，那恐怕是他最悲哀的记忆。

“你知道，咱的爸爸是怎么死的吗？”

在叙述之前，他这样提醒我的注意。有一种不祥的血腥的气息，掠过我的感觉。但是，我当然无法想象他的爸爸是怎样死的。他告诉我，敌人修建他们神社的时节，捉去许多中国民众，给他们当劳工。劳役是漫长的、酷重的，并且不给工资，不给能够饱足的吃食。他的爸爸，便是这群被奴役的中间的一个。他一面服役苦工，一面惦记着家里的羊，惦记羊没人去放牧了，惦记着羊乳没人去配送了，惦记着家中每天的生活，惦记着妻和儿子的饥饿……他的心内痛苦，精神失调。日本鬼子监工的，又要时常鞭打。那个总好骂人的老太婆的儿子，当时就是这些鬼子监工的帮凶者。

这样过了两个多月以后的一天，一根粗重的□柱，从尚没有架好的庙屋顶上落下来，正好击中他那失魂丧魄变得行动迟钝了的爸爸。那时，他正在下面，低头搬运木料。日本鬼子不高兴地斥骂着，甚至向受伤者用脚蹴踢着。抬回家去，吐几口血，他就死了……

这个故事使我悸栗。敌人在我们的国土上，给我们人民的损害是过于惨重了。但是，苏同的回忆，至此还没有完结。继被凌辱而死的爸爸，这无助的孤儿，也险些在凌辱中死去。

那是敌人神社祭典的日子。许多穿军服的、穿和服的、穿洋服的、大大小小的刽子手、统治者们，全集中在他们神社的台阶前面。一个装腔作势的日本和尚，拿着一根白纸做穗的扫帚样的丧棒，在这些混蛋的日本臣民头上摇来摇去。

苏同，正赶着他的羊群，从山脚回来，经过敌人神社的背后。看见这些万恶的东西，向那可恨的鬼神社，做无耻的膜拜，他便在心里诅咒着，拾起一个石子，不假思索地掷向敌人神社的后壁上去。投得十分准确，石子击响了一块薄的木板。

这意外的声响，使正沉浸在狗屁神圣仪礼的麻醉中的敌人，惊惧了一下。立刻，有几个鬼子，跑到神社后面去查看……于是，他们捉住苏同，惨无人道地暴打一顿。打得他不能够转动，打得他把屎和尿都撒在裤子里，最后，他已经没有力量号叫，没有气力呻吟。他奄奄一息躺在地上，四肢瘫痪，鼻孔流着血。他的羊群，围着他，哀哀地低沉地咩咩叫唤。当时，他还不晓得他的羊，已经被劫去一只，最肥硕、最健壮的一只，已经被看守神社的鬼子劫去准备杀食。

直到敌人的祭典完了，傍晚时分，他的妈妈才急急地移动着走路不方便的脚，在那里寻觅到他，一面流泪，一面恳乞邻人把他背回家去。那时节，他才将够九岁。

我倾听着，我觉得我的眼眶有些润湿了。但是，我发现，苏同的眼眸，却在凶猛地闪光。这光，使我奇异，使我判断那即是强烈的憎恨的火焰。因此，使我更加确信唯有那受过最大迫害的，才有最深的仇恨。有最深的仇恨的，才有最坚强的反抗的意志。我相信，坐在我面前的，这将是而且已经是一个最勇敢的孩子。

他的羊群，在过午的阳光里，浴着洁白的绒卷的柔毛。它们在我们的谈话其间，并没有走出好远。我和苏同，带着无限唾弃和鄙夷的心情，走进敌人神社的废墟。呵哈！他们创世祖天照大神的灵位哪里去了？他们尊严奥秘的神祇哪里去了？保佑他们武运经久常胜不败的神灵哪里去了？如今，那里却只剩下残破的神座、颓裂的墙垣和粉壁上的戏画，□的□语……

苏同，用他牧羊的鞭棍，□点那些□语和戏画，哄哈地大笑着。是的，这在旷野与羊群里生长起来的孩子，这被共产党八路军解放了的孩子，已经有足够的智慧，向这敌人可诅咒的遗迹，发出酷烈的嘲笑。

七月十七日

（《晋察冀日报》1946 年 10 月 5 日，《副刊》第 126 期）

周　芳

白桦

周芳顽皮极了，他是完小二年生。放学后，他就随便拿起木棍来譬作枪，拿起木片来譬作刀，模做旧剧舞台上的武生，乱耍一阵，撞击得屋门也是响，桌椅也是响，院里的石阶也是响。有时，他用墨涂起花脸，领着三四个比他还小的伙伴，结队窜奔在飞着尘土的巷子里。

有一次，我用一册带插画的小书，诱引着他，同他安静地谈了一会儿话。我才得以知道关于他的短短幼年生活历史的一部分。他同我讲得很简短，而且是使用着片段的句子。我也只好简短地片段地记录下来。

他们原先住在青岛，从他们家屋的窗子，可以望到海（那时，他还只是几岁的幼儿，这是后来听他妈妈告诉他的）。“七七”事变的时节，他爸爸走了，抛下他妈妈和他和一个不满周岁的小妹妹。在青岛，他们把什么东西都卖光了，于是，搬到北平，住在亲戚的家里，仰仗亲戚和周济，勉强度日。

去年八月，敌人投降了。他妈妈欢喜地昼夜啜泣，专心等待他爸爸从远方归来。但是，他爸爸并没有归来，风传是战死在缅甸了，不过，很难查询出确凿的消息。人死了，已是没有疑问的。亲戚家变得不高兴再继续扶助他们母子。国民党军政当局，竟丝毫没有抚恤的处置，他妈妈天天出去找职业。然而，胜利后的北平，却到处都是新的失业。

他妈妈起初很沮丧、很忧愁，随后，就变得愤激起来、暴躁起来，写了一篇充满苦痛的文章，投给《民主周刊》，向万人控诉。

今年春天，《解放三日刊》在北平出版。他妈妈好像在暗夜里瞥到了光亮，受到一种非凡的新的启示。她便毅然带着他来张家口了。那时，他的妹妹，正在患病，不能够起床。

张家口的民主政府，立刻给他妈妈找到职业。同时，让他去插班完小，继续求学。他妈妈在兴奋的情绪里赶回北平，为着去接她的妹妹。临行时，她随身带走了一些《晋察冀日报》，就是要给北平的邻居们去看的。在车站上，他妈妈给他买了一枚煮熟的鸡蛋，让他吃，让他好好地留在这里。他发憨地笑着，他没有哭。他以为几天以后，妈妈就可以领着妹妹一起再来的。

已经过了三个月，却还不见他妈妈再来张家口，也没有任何的信息捎来给他。这有着童年应有的活泼、乐观，而且异常顽皮的周芳，竟变得有些忧悒、有些消沉，变得像是好思索的样子。不过，别的小伙伴，如果找他去玩的时节，他还是参加的。因为心情不景气，就在墙角上、在门框上、也许在其他什么奇妙的地方，把脑袋撞出一块一块的肿包来。

目击一个孩子懂得了思念和悲哀，真是非常痛苦的。

六月末，从北平来了一个人，住在和周芳同一个招待所里，他向我讲他是认识周芳的妈妈的，并且确实知道她由张家口回去，就被特务给逮捕了。借口是她有给“奸党”工作的嫌疑。这消息，使我愤激。我嘱咐他，暂时不要告诉周芳，深恐给这孩子以过大的刺激。

为了关心周芳，为了和这个孩子的友谊，当我搬到东山坡来以后，我也不计遥远地去过周芳的学校几次，同一个非常有理解力、非常亲切的女教师同志，谈着周芳的事情。她答应我，她会绝对负责并且特别注意周芳精神的健康。

七月一日，中共诞生二十五周年纪念日，那是一个阳光灿烂的日子。我走在没有风的街上，遇见一队小学生，举着红旗，敲打着紧张的锣鼓，他们在扭秧歌。卖杏子的、摆货摊的、缝鞋匠、工人和农民们，都围起来观看。透过人群的缝隙，我瞥见了周芳。在一群孩子里，他的体格，显得很是粗壮。他涂抹着红颜色的脸，流着汗，掮一柄锄头，随着秧歌鼓的旋律，他在前前后后左左右右地扭着，他的嘴角，又挂出顽皮的笑，也是天真的笑……我看见走在秧歌队后面的那位年轻女教师同志。她没有说话，只是会意的微笑。

"七七"纪念大会，在那红旗飘荡的胜利广场上的人民的海里，我没有找到周芳。但是，在清水桥畔的街道上，我却在那伟大的五万人游行行列中间，看见了他。他用尖锐的高亢的音调，在领导着他的小同学们，呼喊中共中央"七七"九周年纪念宣言里的口号："反对内战，坚持和平！""反对独裁，坚持民主！""反对卖国，坚持独立！"他每喊出一句，他的小同学们，就□以响亮雄壮的呼应。可爱的周芳，他是那样的激烈，那样的庄严的充满确信。这幼年革命者的灵魂，使我感动，也同样使街上无数参与游行的人民，为他而感动。我瞥见他的额角，还有一块玩耍时节撞肿的包，没有消掉。他的眼睛，是特别发亮的。我不知道，如今，他是否已经晓得他的妈妈是为反动派的毒手所陷害了。但是，他对于政治所表现的这种可贵的纯真的热情里面，不是整个包藏着对于他妈妈的怀念、对于反动派的深刻的憎恶吗？

那时，我又看见那位年轻女教师同志了。她又向我微笑，然而，她的微笑里，却浮漾着骄傲。这骄傲，我是懂得的。我必须承认，她的努力，已经使她有充分的权利，为周芳这孩子的进步而骄傲。

（《晋察冀日报》1946 年 10 月 7 日，《副刊》第 128 期）

交　际

夏□

我在“新闻检阅所”的客厅里，坐在沙发上等了一点多钟，检阅官老爷还没有出来，听差的是个瘦弱的小伙子，躺在藤椅上吃花生米，这是我花钱给他买来的，为的是交个朋友，办事方便。

外面正落着大雨，雨水打在玻璃窗上好像流着大汗，我的衣服湿淋淋的，两只脚一动咕叽咕叽地响，他妈的，多难受啊！他们还不出来见我，报馆里还有许多事情等着我回去干呢，我等不得了，小声地问：

“哎，怎么还不出来呀？劳驾，你去看看……”

这个小王八犊子，他吃了我的花生米还是不给我帮忙，落落寞寞地说：

“他们昨天晚上打牌啦，得一会儿起来，等一会儿，着什么急？”

我真生气，在肚子里骂起来：这些王八犊子，昨天晚上打电话叫我今天早晨来，现在快十二点了，我来了三趟，还不起来，真他妈的，这些党棍子！

我站起来走了一圈，望望黑沉沉的天空，满天交织着的放光的大网，院子里的许多小河，活泼美妙的水泡，从房檐上流下来的雨水的线条。忽然砰的一声，门开了，检阅所的主任，一个胖子，脸皮黑得像驴屎的家伙进来，对着当差的怒吼：

“喊了半天，你没有动静，耳朵聋了么？快去打洗脸水！”

当差的急忙溜走，胖子打个哈欠，伸伸懒腰进去了，也不关门。这个胖子，我和他谈过，他曾经对我们发过这样的命令：

“各报社，都要用中央社的消息，不然就得严格地检阅，那太麻烦。文艺方面，介绍英美的作品也得慎重，因为英美作家，有许多

‘左’倾的，史诺就是一个。俄国作品，最好不用。检阅以后，凡是删去的部分，要用别的文补上，绝对不许开天窗、打叉子，那不好看……”

他这样说的时候，还故意把眼睛瞪圆一些，表示他的威严和庄重，喷一口烟，接着说道：“北平这个地方，报纸太多，应该取消，留着一两份就蛮够了！”

此刻想起他放的那些臭屁，还是生气，我真想追过去踏他几脚，可是当我踱到门口，一眼看见了“办公”室的黑板上写着几行大字，我的脑袋顶上好像浇了一盆冷水：

“×××报九月二十日社论不良，着罚停刊一日。”

他娘个腿的，社论“不良”是什么意思？那篇社论，不过写了几句日寇应该快缴武器，伪军没有理由保存……这是错误的么？难道要说日本强盗侵略中国有功，不必缴械，伪军帮着日寇屠杀人民算是伟大，应该优待，像国民党法西斯匪徒所做的那样才是真理么？

我正气得头□眼花，那个检阅老爷之一，模样好像秃鹰的家伙出现了，我为了“检阅方便”，曾经请他下过饭馆，到他家里给他孩子两千“联币”，想不到这些贡献，白白牺牲了，现在还要着罚停刊一日，他妈的，这成什么世界？

秃鹰狡猾地笑容满脸，对我扬一扬手：

“请坐，请坐……”

我忍着一肚子闷气，问他：

“又有什么事情啦么？”

“你们昨天的社论不妙，主任下了命令，罚你们停刊一天，这还算是不错，最初主任的意思是要封你们大门，多亏大家说了不少好话，这才改变原意，你回去告诉你们社长、编辑长，以后谨慎一点儿。再有，你们的副刊也不太好，怎么老介绍八路军的事情？我看你们社里的人，分子一定不齐……”

我想说：除了八路军之外，还有什么动人的故事呢？八年来，在华北，男的、女的、老的、少的。谁也没有听说有国民党的一兵卒打过日本。说到我们社里的分子，的确不齐，有的职员，因为八年奴化教育，满脑袋糨糊，有的职员赞成民主，反对一党专政。我呢，我是报社的交际员，专门担任和检阅机关的“套头工作”，别的任务一概不管，现在因为社论出了问题，如果交涉不好，大家就要埋怨我的无能，我现在应该怎样办呢？

□！左思右想，没有办法。

窗户上，汗水还在流着，秃鹰用一双眯缝的眼睛向我观察，又把难看的大嘴一咧，笑了，我也勉强笑了一下，和他坐近一点儿：

“无论怎样，你给想个办法，不要停刊——你刚起床，还没用过点心吧？走，我们先去吃饭，以后再谈，没有关系。”

我冒大雨跑到胡同口叫得来洋车，好容易把检阅老爷请上去，他还扭扭捏捏不愿意，半推半就地钻进棚里，于是我们在滴滴沥沥的雨声之中直奔东安南场。

这一顿饭又花去了一大堆“联银”，临别的时候，我还给他买了两条真牌的前门烟卷。

我的交际成绩还算不错：停刊一日改为“书面警告”，可是国民党法西斯匪徒对于言论界的统治一天比一天加紧，“文化大员”到平以后，马上订出法律章程，下令实行，这么一来，我们那份报纸，处之不合规定，终于被迫关门。我的交际战术，到底没有战胜狼牙棍棒的法规，实在抱歉。以后——以后我还要低声下气地和那些混蛋“交际”下去么？定不那么愚蠢，我要和他们算账，还我饭钱、还我烟钱……这也属于清算复仇，理所必然。

（《晋察冀日报》1946年10月9日，《副刊》第130期）

枪

宋文茂

我走在回舍二村去的大道上，到政治部去。忽然我背后有人唱起来："我爱我的枪，枪身明又亮……"我回过头去看，是一个青年战士，扛着枪匆匆地走来。

"喂！同志，你到哪里去？"他和我招呼起。

"我到舍二村去，你呢？"

"我也去，我去送信，咱们一路走。"他笑着说。

他赶上来，我们就并肩走着，他告诉我：他是×旅的通信员，是不久以前从张家口过来的。他的个子和我差不多，看来实是一个聪明、勇敢、干练的青年，肩上背着崭新的三八步枪，雄赳赳的气概，格外使人感到他的伟大。

我不时地看着他，从头顶到脚跟，从枪口到托底板，心里在赞美他。忽然我发觉他枪机上裹着白布，便故意提出疑问："同志！枪机上为啥缠上白布？"

你不晓得，天气这样不好，是怕枪栓生锈。"

"生锈怕啥？"

"枪是第二生命，不，第三生命。第一是政治生命；第二是肉体生命；第三就是这保卫人民的枪。革命武器不好好保管，怎么打反动派呀?!"他说着话，用手解开缠在枪上的白布，敲敲枪盖（防尘盖），笑着接着说："这条枪是去年的这时候，我们在十分区得来的。那次我们一个连，围困着拒绝投降的鬼子的一个中队，整整包围了三天四夜，最后敌人突围逃跑。敌人冲出去跑了不远，一股被我们压缩在一条道沟里。他们急了眼，狂叫着，机枪响得像刮风。我们冲锋四次，最后终于拼起刺刀来。我和连长冲在最先头，两个鬼子向我‘呀！呀！’地扑来，我的心跳着，全身的血想冒出来，我咬了牙，举起枪，向一个较高的鬼子刺去。他立即被刺倒了，但不幸我的右臂已挨了另一个鬼子的一刀，鲜血淋淋，手麻得像块木头，我忍着痛，使足了全身的力量，反扑正向我刺来第二枪的鬼子，终于他也遭到了同样的命运——死了。这条枪就是那回用血换来的！”

“这枪好使吗？”我不禁问了一句。

“好使多咧！没出过毛病，在去年打进攻咱们解放区的傅作义，保卫张家口，可顶了大事咧！有一次在铁路上这一支枪顶住了顽军一排的进攻，还打死了五个，不！多——六七个……”

我被激动得摸了摸他的枪，两个人都笑着！

“你使过别的枪吗？”我继续问。

他咽一口唾沫说：“使过，我使的第一支枪，是个湖北造，不如它好使，那是‘七七’事变那年狗操的中央军，还没看见日本的影子，夹着尾巴向南跑。我家离保定不远，有六七十个中央军在俺村里过，抢了一家伙，就他妈的漫散了。那枪是我拾的，我还是小孩子，后来共产党来了，我才带着枪当了兵。光说老百姓恨中央军，日本来了扔下枪去躲安生；日本投了降，又跑回来压迫老百姓，向咱们手里‘收复失地’……”他痛恨国民党，气愤地一时讲不出话来，但是又忽然转了念头，脸上发出了笑纹，又兴奋地向我讲起来：“别看那枪是中央军扔了的，咱使了四五年。战场上打死的不用说，光‘五一’以后，咱单身独马，打死过三个特务，还捉住过六七个伪军呢！……后来才使上这支三八式！”他耸耸肩头拍拍枪，“咱们军队里的老规程，谁得枪谁使，这支枪我也不打算使长，不定哪会换换中央军那个美国式的自动步枪呢！劲早憋足了，叫他狗日的蒋介石打咱们！打不了！”

我们两个快乐地谈着话，走了五里路像走了几步似的，但是，已到了舍二村的街口。我与他握一握手，点点头，我看看他的面孔，看看他的胸前的五一奖章和他那第三生命的步枪，说了声“再见”告别了。我目送着这位青年英雄，直到他背影消没在街的尽头，他的勇敢故事、他的枪，在我的脑子里旋转，刻上了一幅永不磨灭的图画。

（《晋察冀日报》1946年10月9日，《副刊》第130期）

福　　贵

赵树理

一

福贵这个人，在村里比狗屎还臭。村里人说他第一个大毛病是手不稳：比方他走到谁院里，院里的人总要眼巴巴看着他走出大门才放心；他打谁地里走过，地里的人就得注意一下地头地边放的烟袋衣服；谁家丢了东西，总要到他家里闲转一趟；谁家丢了牲口，总要先看看他在家不在……不过有些事大家反觉着非福贵不行：谁家死人了，要叫他去穿穿衣服；死了小孩，也得叫他给送送；遇上埋殡死人，抬棺打墓也都离不了他。

说到庄稼活，福贵也是各路精通，一个人能抵一个半，只是没人能用得住他——身上有两毛钱就要去赌博。有时候谁家的地堰塌了大壑，任凭出双工钱，也要去请他，去领几天工——经他补过的壑，很不容易再塌了。可是就在用他的时候，也常常留心怕他顺便偷了什么家具。

后来因为他当了吹鼓手，他的老家长王老万要活埋他，就偷跑了，直到去年敌人投降以后八路军开到他村一个多月他才回来。

我们的区干部初到他村里，见他很穷，想叫他找一找穷根子，可是一打听村里人，都一致说他是个招惹不得的坏家伙，直到很多的受苦受难的正派人翻身以后，区干部才慢慢打听出他的详细来历。

福贵长到十二岁，他爹就死了，他娘是个受苦成家的人，纺花织布来养活福贵。福贵是好孩子，精干、亮，十二三就学得锄苗，十六七岁做手头活就能抵住一个大人，只是担挑上还差一点。就在这时候，他娘又给他订了个九岁的媳妇。这闺女叫银花，娘家也很穷，爹娘早就死了，哥嫂养活不了她，一订好便送过来做童养媳。不过银花进门以后却没有受折磨——福贵娘是个明白人，又没有生过闺女，因此把媳妇当闺女看待。

村里有自乐班，福贵也学会了唱戏——从小当小军（跑龙套），长大了唱正生，唱得很好。银花来了第二年正月十五去看戏，看到福贵出来，别的孩子们就围住她说："银花！看！你女婿出来了！"说得她怪不好意思，后来惯了，也就不说那个了。

银花头几年看戏，只是小孩子看热闹；后来大了几岁，慢慢看出点意思来——倒不是懂得戏，是看见自己的男人打扮起来比谁都漂亮——每逢庙里唱自己村里的自乐班，不论怎样忙，总想去看看，怕娘说，只看到福贵下了台就回来了。有一天福贵一直唱到末一场，她回来误了做饭，娘骂了一顿，她背地里只是笑。别人不留意，福贵在台上却看出她的心事来，因此误了饭也不怪她，只悄悄地笑着跟他说一句："不能早些回来。"

二

福贵长到二十三，他娘得了病，吃上东西光吐。他自己也知道好不了，东屋婶也说该早点准备，福贵也请万应堂药店的医生给看过几次，吃了几服药也不见效。

一天，福贵娘跟东屋婶说："我看我这病也单现成了。人常说'吃秋不吃夏，吃夏不吃秋'，如今是七月天，秋快吃得了，恐怕今年冬天就过不去。"东屋婶截住她的话道："嫂！不要胡思乱想吧！哪个人吃了五谷能不生灾？"福贵娘说："我自己的病自己明白。死我倒不怕！活了五六十岁了还死不得啦？我就只有一件心事不了：给福贵童养了个媳妇在半坡上滚着，不成一家人。这闺女也十五了，我想趁我还睁着眼给她上上头，不论好坏也就算把我这点心尽到了。只是咱这小家人，少人没手的，麻烦你到那时候给我招呼招呼！”东屋婶满口称赞，又问了日期，答应给她尽量帮办。

七月二十六是福贵与银花结婚的日子，银花娘家哥哥也来送女。银花借东屋婶家里梳装上轿，抬在村里转了一圈，又抬回本院，下了轿往西屋去，堂屋里坐着送女客，请老家长王老万来陪。福贵娘嫌豆腐粉条不好，特别杀了一只鸡，做了个火锅四碗。

不论好坏吧，事情总算办过了。福贵和银花是从小就混熟了的，两个人很合得来，福贵娘觉着蛮高兴。

不过仍不出福贵娘所料，收过了秋，天气一凉病就重起来——九月里穿起棉袄，还是顶不住寒气，肚子里一吃东西就痛，一痛就吐，眼窝也成黑的了，颧骨也露出来了。

东屋婶跟福贵说：“看你娘那病恐怕不中了，你也该准备一下了。”福贵也早看出来，就去寻王老万。

王老万说：“什么都现成。”王老万的“万应堂”是药铺带杂货，还存着几口顶缺的杨木棺材。村里人病了可以吃药，死了可以用纸用布用棺材。可是不论你用什么，等到积成一个数目，就得给他写文书。王老万常教训他自己的孩子说：“光生意一年能见几个钱？全要靠放债，钱赚钱比人赚钱快得多。”

将就收晚秋，穰草还没有铡，福贵娘就死了。银花是小孩子，没有经过事，光会哭。福贵也才二十三岁，比银花稍强一点，可是只顾央人抬棺木、请阴阳，顾不得照顾家里。幸亏有个东屋婶，帮着银花缝缝孝帽、挂挂白鞋、坐坐锅、擀擀面，才算把一场丧事忙乱过去。

连娶媳妇带出丧，布匹杂货钱短下王老万十几块，连棺木一共算了三十块钱，给王老万写了一张文书。

三

小家人，一共四亩地，没有别的指望，怕还不了老万的钱，来年就给老万做了半个长工。银花从两条小胳膊探不着纺花车时候就学纺花，如今虽然不过才十六岁，却已学成了纺织好手。小两口子每天早上起来，谁也不用催谁，就各干各的去了。

老万一共雇了四个伙计种地，老领工伙计说还数福贵，什么活一说就通。老领工前十来年是好把式，如今老了，做起吃力活来抵不住福贵，不过人家可真是通家，福贵跟人家学了好多本领。

不幸因为上一年福贵办了婚丧大事，把家里的粮食用完了，这一年一上工就借粮，一直借到割麦。十月下工时候，老万按春天的粮价一算，工钱就完了，净欠那三十块钱的利钱十块零八毛。三十块钱的文书倒成四十块，老万念其一来是本家，二来是东家伙计，让了八毛利。

福贵从此好像两腿插进沙窝里，越圪弹越深，第四年便滚到九十多块钱本。十月里算账，连工钱带自己四亩地余下的粮食一同抵给老万还不够。

这年正月初十，银花生了头一个孩子。银花娘家只有个嫂，正月天要在家招呼客人，不能来，福贵只好在家给她熬米汤。

粮食已经给老万顶了利，过了年就没吃的。银花才生了孩子，一顿米汤只用一把米，福贵自己不能和她吃一锅饭，又不敢把熬米汤的升把米做稠饭吃，只好把银花米汤锅里剩下的米渣子喝两口算一顿。银花见他两天没做饭，只喝一点米渣子，心疼得很，拉住他的胳膊直哭。

四

十四那一天，自乐班要在庙里唱戏，打发人来叫福贵。福贵这时候正饿得慌心，只好推辞道："小孩子才三四天，家里离不了人照应。"

白天对付过去了，晚上非他不行，打发人叫了几次没有叫来，叫别人顶他的角，台底下不要。有些人说："本村唱个戏他就拿这么大的架子！抬也得把他抬来！"

东屋婶在厢房楼上听见这话，连忙喊道："你们都知道！不是人家孩子的架子大！人家家里没吃的，三四天没有吃饭，只喝人家媳妇点米渣渣，哪能给咱们唱？"东屋婶这么一喊叫，台上台下都乱说："他早不说？正月天谁还不能给他拿个馍？"东屋婶说："这孩子脸皮薄，该不是不想说那丢人话啦？我给人家送个馍人家还嫌不好意思啦！"老万在社房里说："再去叫吧！跟他说明，来了请他到饭棚底吃几个油糕。社里出钱！"

问题算是解决了，社里也出几个钱，唱戏的朋友们也给他送几个馍，才供着他吃了这三天戏。

社里还有个规矩：每年正月唱过戏，还给唱戏的人一些小费，不过也不多，一个人不过分上一两毛钱。福贵是个大把式，分给他三毛。

那时候还是旧社会，正月天村里断不了赌博。十七这一天前晌，他才从庙里分了三毛钱出来，一伙爱赌钱的青年孩子们把他拦住，要跟他要耍钱。他心里不净，急着要回去招呼银花，这些年轻人偏要留住他，有的说他撇不下老婆，有的说他舍不得三毛钱，话都说得不好听："三毛钱是你的命？不能给人家老婆攒体己？"说得他也不好意思走开，就跟大家跌起钱来。他是个巧人，忖得住手劲，当小孩子时候，到正月天也常跟别的孩子们要，这几年日子过得不称心才不要了。他跟这些年轻人跌了一会儿，就把他们赢干了，数了数赢够一块多钱。

五

回到家，银花说："老领工刚才来找你上工。他说正月十五也过了，今年春浅，掌柜说叫早些上工啦！"福贵说："住不住吧，不白受苦啦！咱给人家住半个，一月赚人家一块半，咱欠人家九十块钱，人家一月压咱三块六，除给人家受了苦，见一月还得贴两块多。几时能赚到头？"银花说："不住不是贴得越多吗？"福贵说："省下些工担担挑挑还能寻个活钱。"银花说："寻来活钱不还是给人家寻吗？这日子真不能过了呀？"福贵说："早就不能过了，你才知道？"

他想住也是不能过，不住也是不能过，为什么一个活人叫他拴住？"且不给他住，先去籴二斗米再说！"主意一定，向银花说明，背了个口袋便往集上去。

打村头起一个光棍家门口过，听见有人跌钱，拐进去一看，还是昨天那些青年。有一人跑来拦住他道："你这人赌得真不老实！昨天为什么赢了就走？真不算人！"福贵说："你输干了，叫我跟你赌嘴？"说着就回头要走，这青年死不放，一手拉着他，一手拍着自己口袋里的铜元道："骗不了你！只要你有本事，还是你赢的！"

福贵走不了，就又跟他们跌了一会儿，也没有什么大输赢。这时候，外边来了个大光棍。挤到场上下了一块现洋的注，小青年谁也不敢叫他一注，慢慢都抽了腿，只剩下四五个人。福贵正预备抽身走，刚才拉他那个青年又在他背后道："福贵！你能捉弄我，碰上一个大把式就把你的戏煞了！”福贵最怕人说他做什么不如人，呕着气跌了一把，恰恰跌红了，杀过一块现洋来。那人又从大兜肚里掏出两块来下在注上叫他复。他又不好意思说注太大。硬着头皮复了一把，又杀了。那人起了火，又下了五块，他战战兢兢又跌了一把，跌了两个红一个皮，码钱就又转到别人手里。这时候，老领工又寻他上工，他说：“迟迟再说吧！我还不定住不住啦！”那个青年站在福贵背后向老领工道：“你不看这是什么时候？赢一把抵住受几个月，输一把抵住歇几个月，哪里还能看起那一月一块半工钱来？”老领工没有说什么走了。

隔了不大一会儿，一个小孩从门外跑进来叫道：“快！老村长来抓赌来了！”一句话说得全场的人，不论赌的看的，五零四散跑了个光！赶老万走到院里，一个人也不见了。

晚上，福贵买米回来，老万打发领工把他叫到家，好好教训了他一番，仍叫他给自己住。他说：“住也可以，只要能借一年粮。”老万合算了一下：“四亩地打下的粮食不够给自己上利，再借下粮指什么还？不合算，不如另雇个人。”这样一算，便说：“那就算了，不过去年的利还短七块，要不住就得拿出来！”福贵说：“四亩地干脆缴给你吧！我种反正也打不够给你！”

就这么简单。迟了一两天，老万便叫伙计往这地里担粪。

福贵这几年才把地堰垒得齐齐整整的，如今给人家种上了，不看见不生气，再也不愿到地里去。可是地很近，一出门总要看见，因此常钻在赌场不出来，赌不赌总要去散散心。这样一来二去，赌场也离不了福贵——手不够就要来叫他配一配。

六

福贵从此以后，在外多在家少，起先还只在村子里混，后来别的光棍也常叫上他到外村去，有时候走得远了，三月两月不回来。东屋婶跟银花说：“他再回来劝一劝他吧！人漂流的时候长了，就不能受苦了！”银花有一回真来劝他，他说：“受不受都一样，反正是个光！”

他有了钱也常买些好东西给银花跟孩子吃，输了钱任凭饿几天也不回来剥削银花。他常说他干的不是正事，不愿叫老婆孩子跟他受累。银花也知道他心上不痛快，见他回来常是顺着他；也知道靠他养活靠不住，只能靠自己的两只手养活自己和小孩。自己纺织没钱买棉花，只好给别人做，赚个手工钱。

有一年冬天，银花快要生第二个小孩，给人家纺织赚了一匹布。自己舍不得用，省下布换米熬米汤，恰巧这时候福贵回来了。他在外边输了钱，把棉衣也输了，十冬腊月穿件破衣衫，银花实在过意不去，把布给他穿了。

腊月二十银花又生了个孩子，还和第一次一样，家里没有一颗粮，自己没米熬米汤，大孩子四岁了，一直叫肚饿，福贵也饿得肚里呱呱叫。银花说：“你拿上个升，到前院堂屋支他一升米，就说我迟两天给他纺花！”福贵去了，因为这几年混得招牌不正，人家怕他是捣鬼，推说没有碾出来。听着西屋的媳妇哭，她婆婆揭起帘低低叫道：“福贵！来！”福贵走到跟前，那老婆婆说：“有点小事叫你办办吧，可不知道你愿意不愿意？”福贵问他是什么事，她才说是她的小孙女死了，叫福贵去送送。福贵可还没有干过这一手，猛一听了觉着这老婆婆太欺负人。“这些事怎么也敢叫我干？”他想这么顶回去，可是又没说出口。那老婆婆见他迟疑就又追道：“去不去？去吧！这怕甚啦？不比你去借米强？”他又想想倒也对，自己混得连一升米也不值了，还说什么面子？他没有答话，走进西屋里，一会儿就挟了一个破席片卷子出去了。他找着背道走，生怕碰上人。在村里没有碰着谁，走出村来，偷偷往回看了一下，村边有几个人一边望着他一边咕咕呱呱谈论着。他没有看清楚是谁，也没有听清楚是说什么，只听着福贵长福贵短。这时候，他躲也没处躲，席卷也没处藏，半路又不能扔了，只有快快跑。

这次赚了二升米，可是自这次也做成了门市，谁家死了孩子也去叫他，青年们互相骂着玩，也好说："你不行了，叫福贵挟出去吧！"

来年正月里唱戏，人家也不要他了，都嫌跟他在一块儿丢人，另换了一个新把式。

七

人混得没了脸，遇事也就不很讲究了，秋头夏季饿得没了法，偷谁个南瓜拔谁个萝卜，有人碰上了，骂几句板着脸受，打几下抱住头挨，不管脸不脸，能吃上就算。

有一年秋后，老万的亲家来了，说福贵偷了他村里人的胡萝卜，罚了二十块钱，扣在他村村公所。消息传到银花耳朵里，银花去求老万说情。其实老万的亲家就是来打听福贵家里还有产业没有，有就叫老万给他答应住这笔账，没有就准备把他送到县里去。老万觉着他的四亩地虽交给了自己，究竟还没有倒成死契，况且还有两座房，二十块钱还不成问题，这闲事还可以管管，便对银花说："你回去吧！甲倒累甲，户倒累户，逢上这些子弟，有什么办法？"钱也答应住了，人也放回来了，四亩地和三间堂房，死契写给了老万。

写过了契，老万和本家一商量，要教训这个败家子。晚上王家户下来了二十多个人，把福贵绑在门外的槐树上，老万发命令："打！"水蘸麻绳打了福贵满身红龙。福贵像杀猪一样干叫喊，银花跪在老万面前死祷告。

福贵挨了这顿打，养了一月伤，把银花半年来省下的二斗多米也吃完了。

伤养好了，银花说："以后不要到外面跑吧！你看怕不怕？"他说："不跑吃什么！"银花也想不出办法，没说的，只能流两口泪。

这年冬天他又出去了。这次不论比哪一次也强，不上一个月工夫，回来衣裳也换了，又给银花送回五块钱来。银花问他怎样弄来的，他说："这你不用问！"银花也就不问了，把这几块钱，买了些米，又给孩子换换季。

村里的人见福贵的孩子换了新衣裳，又见银花一向不到别人家里支米，断定福贵一定是做了大案。丢了银钱的、失了牲口的，都猜疑是他。

来年正月，城里一位大士绅出殡，给老万发了一张讣闻。老万去城里吊丧，听吹鼓手们唱侍宴戏，声音好像福贵。酒席快完，两个吹鼓手来谢宾，老万看见有一个是福贵，福贵也看见席上有老万，赶紧把脸扭过一边。

丧事完了，老万和福贵各自回家。福贵除分了几块钱，并不觉得自己做了什么坏事，老万觉着这福贵却非除去不可。

这天晚上，老万召集起王家户下有点面子的人来道："福贵这东西真是活够了！竟敢在城里当起吹鼓手来！叫人家外人知道了，咱王家户下的人哪还有脸见人呀？一坟一祖的，这堆狗屎涂到咱姓王的头上，谁也洗不清！你们大家想想这这这叫怎么办啦？"这地方人，最讲究门第清，叫吹鼓手是"王八""龟孙子"，因此一听这句话，都起了火，有的喊"打死"，还有的喊"活埋"。

人多了做事不密，东屋婶不知道怎么打听着了，悄悄告诉了银花，银花跟福贵一说，福贵连夜偷跑了。

自那次走后，七八年没音信，银花只守着两个孩子过。大孩子十五了，给邻家放牛，别的孩子们常骂他是小王八羔子。

福贵走后不到一年，日本人就把这地方占了。有人劝银花说："不如再找个主吧！盼福贵还有什么盼头？"银花不肯。有人说："世界上再没有人了，你一定要守个王八贼汉赌博光棍哟？"银花说："是你们不摸内情，俺那个汉不是坏人！"

区干部打听清楚福贵的来历，便同村农会主席和他去谈话。农会主席说："老万的账已经算过了，凡是霸占人家的东西都给人家退了，可是你也是个受剥削的，没有翻了身。我们村干部昨天跟区上的同志商量了一下，打算把咱村里庙产给你拨几亩叫你种，你看好不好？"福贵跳起来道："那些都是小事！我不要求别的，只要求跟我老万家长对着大众表述表述，出出这一肚子王八气！"区干部和农会主席都答应了。

晚上借冬学的时间，农会主席报告了开会的意义，有些古脑筋的人们很不高兴，不愿意跟王八在一个会上开会。福贵不管这些人愿意不愿意，就发起言来：

"众位老乡们，我回来半个月了，很想找个人谈谈话，可是大家都怕沾上我这王八气——只要我跟那里一站，别的人就都躲开了。对不住！今天晚上我要跟我老万家长领领教，请大家从旁听一听，不用怕！解放区早就没有王八制度了，咱这里虽是新解放区，将来也一样。老万爷！我仍要叫你'爷'！逢着这种王八子弟你就得受点累！咱爷们这账很清楚：我欠你的是三十块钱、两石多谷；我给你的，是三间房、四亩地，还给你住过五年长工。不过你不要怕！我不是跟你算这个！我是想叫你说说我究竟是好人呀是坏人？"

老万闷了一会儿，看看大家又看看福贵道：“这都是气话，你跟我有什么过不去可以直说！我从前剥削过人家的都包赔过了，只剩你这一户了，还不能清理清理？你不要看我没地了，大家还给我留着个铺子啦！”

福贵道：“老家长！我不是说气话！我不要你包赔我什么，只要你说说我是什么人！你不说我自己说，我从小不能算坏孩子！一直长到二十八岁，没有干过一点胡事！”许多老人都说：“对！实话！”福贵接着说：“后来坏了！赌博、偷人、当王八……什么丢人事我都干！我知道我的错，这不是什么光荣事！我已经在别处反省过了。可是照你当日说的那种好人我实在不能当！照你给我做的计划，每年给你住上半个长工，再种上我的四亩地，到年头算账，把我的工钱和地里打的粮食都给你顶了利，叫我的老婆孩子饿肚，一年又一年，到死为止。你想想我为什么要当这样的好人啦？我赌博是因为饿肚，我做贼也是因为饿肚，我当王八还是因为饿肚！我饿肚是因为什么啦？因为我娘使了你一口棺材，十来块钱杂货，怕还不了你，给你住了五年长工，没有抵得了这笔账，结果把四亩地缴给你，我才饿起肚来！我从二十九岁坏起，坏了六年，挨的打、受的气、流的泪、饿的肚，谁数得清呀？直到今天，大家还说我是坏人，躲着我走，叫我的孩子‘王八羔子’，这都是你老人家的恩典呀！幸而没有叫你把我活埋了，我跑到辽县去讨饭，在那里仍是赌博、偷人，只是因为日本人打进来了，大家顾不上取乐，才算没有再当王八！后来那地方成了八路军的抗日根据地，抗日政府在那里改造流氓、懒汉、小偷，把我组织到难民组里到山里去开地。从这时起，我又有地种了、有房住了、有饭吃了，只是不敢回来看我那受苦受难的孩子老婆！这七八年来，虽然没有攒下什么家当，也买了一头牛，攒下一窑谷，一大窑子山药蛋。我这次回来，原是来搬我的孩子老婆，本没有心事来和你算账，可是回来以后，看见大家也不知道是怕我偷他们，也不知道是怕沾上我这个王八气，总是不敢跟我说句话。我想就这样不明不白走了，我这个坏蛋名字，还不知道要流传到几时，因此我想请你老人家向大家解释解释，看我究竟算一种什么人！看这个坏蛋责任应该谁负？”

…………

一九四六年八月三一日

（《晋察冀日报》1946 年 12 月 13 日、12 月 14 日、12 月 15 日连载）

路过家门口

董育华

这一带是解放区的边缘，蒋军进占这里的第五天，×团奉命反攻，完成任务后又调往某地。

李清云在二营五连三班当战士，队伍路过他的村子，由南向北穿过街心。这时在十字路西，南门子里露出一个妇女的头，短短的剪发，红红的脸，看样子有二十一二岁，亮晶晶的一双大眼睛，看着队伍的行进。当李清云走过来的时候，他们的眼光就碰在一块。那个女的羞答答地吐出两个字来："他爹……"脸立刻红了，身子退缩了一下。

李清云没说话就涨红了脸："报告班长，我去一下。"班里的老战士知道那女的是他老婆，大家都嚷闹起来："哦……哦……向左看齐呀！快看李清云的老婆……"

李清云被大家弄得怪不好意思的，快步走到老婆眼前："是你？"

"嗯！"

"在街上有啥事？"

"小黑子抬担架回来，说你们的队伍要往北面开呢，我等了半天啦！"

"一年多不见了，咱娘的老病没有发吧？孩子怎么样？"

"家里的人和咱娘都好！孩子也会走啦，比以前可胖多啦！我给你抱去。"转身就往巷子里走。

"等一等，敌人来了，咱村受害了没有？"

"我忘了给你说啦，他们……他们拉住我，可把我吓坏啦……你又不在家……"女的落下泪来。

老李有点生气："拉住你怎么样？"

"你放心吧！我就是死也不会让他们……"

"看那股劲儿！快说，到底怎么样？"

"我叫唤起来，他们打了我两个嘴巴，村副和张大伯来救了我。"

李清云有点心酸，低下头来。

"到家里歇一歇吧！"妻子用试探的眼光看着他。

"不，我要赶队伍去，你告诉咱娘说我身体很好。"

"你不住一宿？"女的有些难过。

"你还是妇救会主任，敌人还在面前，你就拉我的尾巴！是不是？"

女的脸红了一下："谁？谁？俺只想叫你看看咱娘，看看小孩！"

"打走了敌人，看的工夫多着呢！"

"俺可不敢耽误你的事！你快去追队伍吧！"

这时大队已经开过去了，李清云迟疑了一下，凑到老婆身边，低声说："你要知道，不是我铁心肠，这是敌人不让咱们在一块儿呀！……我就走！"李清云说罢转身就跑。

女的追了几步，站在街口，直到李清云走得看不见了，她还站着。

（《晋察冀日报》1947年1月29日）

大个子喊

——除夕在冀中农村

平梨

大年三十，“大个子喊”、他的大闺女“黑干巴”、二小子“小淘气”、三闺女“没个死”和他的老婆“小黑驴”走出走进，觉着今年更来了精神。天刚一显黑乎乎的，“大个子喊”二话不说，胳肢窝里夹着大喇叭，拔腿就往家走。村公所里开“总结工作检讨会”的村干部们都知道他的脾气，你指派他到哪他便到哪，就好像早先他当长工地主教他做到哪就做到哪一样。可是这阵和早先有了不同，早先他恨地主是憋在肚里骂，受了气回家骂孩子打老婆，这阵，他在村里虽说担任拿大喇叭广播的小“脚差”，但是村级工作做得够不上上级要的尺寸了，“大个子喊”可不管你村长主任，嘴里就许骂二溜丢地撒顿疯。村干部开会，他不管三七二十一，坐下就许听听，“会”开腻了弄着喇叭就走。他一看天黑了“会老没个完”，他几步就迈到了家。

“大个子喊”家只有三间北房，院也没有院墙。一想，东边猪圈把猪也杀了，不用先看看猪要吃不饱再喂他一把粗粮食了。屋里点了灯，窗纸明亮，风箱咕嗒咕嗒地响着。把门一推，头一低就进了屋。“好他妈的烟!”“小黑驴”正在灶火炕里烧火，“黑干巴”正立在风箱一边，桌上放着两片“杆板”“小白饺子”，风箱上也放着一“杆板”。“小淘气”钻过来就抢喇叭，才按在嘴上喊了一句“老乡们”，“没个死”跑过来就夺。“小淘气”十三岁了，今年在学里是三年级，“□苗”“开畦”在地里顶了事。“没个死”十岁，在学里是二年级，会纺线了，“开畦”“紧紧巴巴”地也办了事。小兄妹俩在家里都不吃闲饭了，正像“大个子喊”说的“都气粗了”，不像早先□光会咧着嘴啼哭了。“没个死”虽然力气小，可是不“草鸡”，嘴里喊着娘还是夺。“小黑驴”掉回头来骂了一句，“黑干巴”说了句“这蠢孩子”就要帮助“没个死”去夺喇叭，“大个子喊”就大声答了：“他妈的过年哩还打架！”劈手把大喇叭就夺了过来：“再打架我弄死你！”

这一场小乱子过去以后，锅里水开了锅，“黑干巴”把“小白饺子”煮到了锅里。“大个子喊”说：“把火烧欢些！”“小黑驴”不爱听：“就是你那么心急！”“小白饺子”漂到水面，逗得人怪眼馋，水又滚开了，浪打得“小白饺子”往四下里挤。“大个子喊”心里更着急了，说：“我尝尝。”“小淘气”正在“小黑驴”的“脊仰”后头给“没个死”“破谜”：“从南来了一群鹅，扑啦扑啦跳了河——是什么？”“没个死”听说尝饺子，从“大个子喊”的屁后头从前一挤，就挨着了锅台：“我吃！”“小淘气”一听，也往前一挤，一把扯住“没个死”的衣裳后身往后一拉，说：“我还吃哩！”“大个子喊”“串着”灰色粗布袍袖，“毛”着腰，歪着大脑袋，瞪着大黑脸上的两个大眼，咧着上嘴唇上半圈小黑胡的大嘴，说：“这兔羔子孩子们，一会儿，熟了，能不着你吃！”“黑干巴”用勺子捞出来了一个，“大个子喊”伸出两个大手指头，劈手就捏到嘴唇边：“好他妈的烫！”“沸沸”吹了两口，就送到大嘴里，仰着头“呵呵”了两声，在嘴里“倒卧倒卧”就咽了，说：“真他妈的香！……要是我不黑夜白日地惦记着喂猪，能吃上这么肥的猪肉？还一天家和我吵包子！”“小黑驴”听不上，说：“有像你那样的？没时到晌的到家里先喂猪！早先那么些年你可不喂？”“大个子喊”一听就火，说：“□话！穷得喂起了哦？有他妈的地吗？”“小黑驴”说：“还是呀！这暂有了地，吃不清喝不清了唧，也不能喂猪糟蹋粮食，人家区里县里好心好意断不了说，省俭细□把日子过得要一天比一天的红火，你这样的怎么也高不了眼！”“大个子喊”把眼一瞪，更火了，说：“哪个比里□的糟蹋过粮食？一五后饿跑了我，你把闺女弄到河北里，三斗麦子给闺女找了主，你卖麻糖，不好好地干，和他妈的两个孩子净吃嘴，人家谁不笑话你！还他妈的说我！”“小黑驴”一听气炸了肺，说：“甭讹着心说！俺和孩子们饿死饿活，灶火里冒不起烟！你个蠢东西跑得远远的，躲干净去了，还有你说的！”“黑干巴”见他俩又“倒旧线蛋子”，也急了，说：“大年三十也不怕人笑话，还唧唧吵吵的，拆翻老事有屁的用？穷根子穷样的，你谁也就变不过来！”“大个子喊”和“小黑驴”见大闺女噘了嘴，两个小的也没动静了，大年三十吵嘴也实在不像回子事。“大个子喊”没事似的说：“净你娘的过。”“小黑驴”“磕嗤”一笑，说：“你个蠢东西！”

“小白饺子”煮熟了，一家子守着灯，坐在炕上，就着炕桌吃，“大个子喊”说：“甭上供了，早先那么些年穷人们也跟着财主学，未从吃先烧香上供。可那时候是财主神，财主们越发越大越邪越横，穷人给人家死做一年一个窟窿，大年下吃上两顿小白饺子就算好年运。这暂财主神退位了，来了穷人神，穷人们和财主一样，这一二年有吃不清的猪肉白面了。这穷人神和财主神两样，不用烧香上供，心到神就知了。”“大个子喊”正心满意足地叨叨，又想起了给两个孩子买的那几筒“花”，说：“放一筒去吧！”“没个死”瞪着黑胖脸上的两个小眼，说：“爹，爹，不黑他就放！”“小淘气”斜楞了“没个死”两眼，瞪了他爹一下。“大个子喊”笑着说：“真他妈的，天不黑就放‘花’瞧见蛋了哇？”“没个死”一见“小淘气”挨了骂，更乐了，说：“爹，爹，赶明早俺穿上新衣裳扭秧歌。”“小淘气”也答了话：“爹，俺姊姊织的那四棚□的布，属那块布好，没那个花的，我见说，比洋布可好看多多了，她做了一身新衣裳过年穿，她不把那给俺做一件!”“小淘气”用箸子指着“黑干巴”的黑红黑红的小脸学着他娘的口气说：“黑干巴，你个小死妮子!”“黑干巴”把黑红脸一沉，说：“我揍死你!”

“大个子喊”吃得嘴唇油光，把肚挺起来了，放下了箸子。拿出烟袋来就掏烟，叠着腿，跷着脚。“大个子喊”猛然想起了一件事大声说：“呵，可想起来了，心里光觉着有事想不起来，这一过年我欢喜得和孩子们也是的，把他妈的正经事说忘就忘。今晚上，你们都吃饱了，咱一家子坐在炕上开个家庭会议，我的主席，一年了，咱一家子大大小小有什么缺点，批评批评，咱不兴吵包子，光说理，谁不说理也不沾，你要说出我有什么不对，以后不改，他妈的你们就一齐下手打我，我还手的是杂种，我还得自己打我自己两巴掌!”“小淘气”也知道家庭会议是什么，就抢着说：“对，咱谁也不能‘草鸡’，咱们分工，订生产计划，积极工作，优待抗属，大了，我当八路军。”

“大个子喊”正等着召开家庭会议，“荣军村长”哼着人们编的“顺嘴溜”：“大个子喊骑小黑驴，跟着八路军去赶集，在集上办的什么货？穷人翻身长生果，种在地里有饭吃，种在心里没折磨。”一边哼一边走着，三脚两步就进了屋。“大个子喊”立起来，一把就把“荣军村长”按坐在炕上，塞到他手里一双箸子就让他吃饺子，“荣军村长”执意不吃，说自己刚吃了个大饱肚子，“大个子喊”就是这么个脾气，见了人就让你吃，你就得吃，你要不吃，“大个子喊”就上火，满嘴骂人：“谁要不吃是杂种!”“荣军村长”只得吃了几个，“大个子喊”这才高了兴。“小淘气”在一旁早听见“荣军村长”在院里喊他爹娘“大个子喊骑小黑驴”了，光想报复还没得机会，这时就小声嘟哝人们给“荣军村长”送的“顺嘴溜”：“荣军村长庄稼汉，当兵抗日整五年，光荣受伤回家转，领着人们大改变，先翻身，后生产，户户帮助整家园，像只黑牛挨门串。”嘟哝完了，又对“荣军村长”说：“黑牛，给俺家耕地打场吧！”“没个死”也趁机喊了声：“黑牛！”“小黑驴”他们大笑了，“小黑驴”笑得前仰后合，小发髻的疙瘩直“□□”。

“大个子喊”跟“荣军村长”出门去了。街里家家笑语喧哗，道上明灯火照。“小淘气”和“没个死”在街里和孩子们大吵大叫扭秧歌的时候，听见“大个子喊”在高房上又用“打雷”似的大嗓子广播了，他喊一句，孩子们学一句：“老乡们，注意咧！咱不时兴封建咧，明早大年初一，吃了饺子，咱们不许挨门磕头拜年咧，都集合在十字街里，咱们团拜团拜，给抗属一鞠躬，咱们大家伙□看脸一鞠躬。又省事又好看又不封建，咱们就这么办啦！”

“大个子喊”刚落音，临街二娃家点着了一筒“花”，呼呼山响，那火花喷了一房多高，孩子们吱吱欢叫地就往二娃家跑去了。

（《晋察冀日报》1947年2月13日）

老　骨　干

森深

我到豆腐铺去找老骨干，半扇门锁挂着，我思疑没人在，趴在破纸窗上，往里瞅了瞅，只见有个穿了烂皮背心、满脸皱疙瘩的老头，斜歪歪地坐在豆腐灶边，两手插在袖里，合着眼皮像在盘算什么。

我推开门进去，叫声："老汉！"

那老汉忙抬起头来，"呵呵"翻了几翻眼皮，问：

"你喝水吧？"他顺手把铁壶提起。

"不，不，不渴！"

他把铁壶放下，望着我。

"你抽烟吧？"他把那杆酒杯一般大的铜烟锅递给我。我噗、噗吸起来。他抬着眼睛，又望着我，好像有点疑惑，慢慢地又问：

"你路过这？"

"不是，我是来你村帮助土地改革的！"不想，他老人家欢喜得连忙立起，把眼睛睁得核桃般大，一直凑到我鼻尖来，放低嗓子问：

"你吃了没？吓？没吃我给你闹！"

"别，别，早偏过了！你叫……？"我也放低了嗓子。

"侯偏！"

"呵，你就是老骨干？"

"哈哈，够不上，够不上，我给你坐上壶水！"

我们围坐在炉边，一面喝水，一面吸烟，一面胡乱扯。我问起前次斗争的失败，老汉吐了口长气，擦着那浑浊的还带有光芒的眼珠，说："妈的，斗不倒那狗日的死也不甘心！"

自打那遍，我就和老骨干认识了，我很喜欢这个老汉，他把自己甜、酸、苦、辣的一生，全告诉了我，我每天把挂包背到他那豆腐铺里办公，有时在那里聊天聊到夜深才回。

穷人们在豆腐铺召集开会酝酿。老骨干去支应军队没在场。照例区干部讲了一套土地改革的精神和意义。鼓励勇敢斗争，把情面搁转一边。跟着是农会主任训斥了一顿：你们的脑瓜壳里爬满鳖虫咧，哼?！妈的，死狗扶不上墙，一年汗汗水水□下两棵粮食，秋来眼巴巴看着东家拿去，恨得咯吱咯吱的，疤好了别忘了疮痛，小鬼还有投胎的一天，咱们就这样……？尹栓狗！你当了一辈子长工了，你起来发表发表！咿！起来呱嗒几句吧，看你！前怕狼后怕虎的，变天思想作怪！好个稀泥软蛋！咿——”农会主任说到这里，吐了口气，又补上一句：“没出息的土鳖！”

农会主任和骨干们跳嗒了半天，没一个人起来说话的。村长冷冷地问了一声：

“大家早上没吃饭？”

半天还是没人搭理。治安员沉不着气了，翻着红脸说：

“你们的嘴给糊住了?！我看你们黑夜躺在炕头和老婆嘀嘀咕咕个半宿也吐不完，这会个个都像泥菩萨样！侯七十一！喂！别打瞌睡，你立起来！你把夜里和我诉的苦，在这向大家说说！”这一来，侯七十一反而低着了头，拿着根柴节节在地上乱画，铁笆也扒他不起来。

干部们都泄了气了，人们都一个一个打起哈欠来了。恰好，这时老骨干回来了，推开了门，看看气象不对劲。

“怎的？砂锅又敲哑了？”

“可不！癞泥烧不成瓷碗！白下辛苦！”

老骨干宽厚的肩膊，高大的身干，立在人堆中间，抹了抹花白的络腮胡子，对大家说：

"大家听我诉诉苦吧！从前旧政府，百姓子民，有苦没个诉处，有冤没个申处，正是衙门朝南开，有理无钱莫进来！我侯偏活了六十五啦！心底压着几大瓮冤屈，今天毛口袋倒西瓜，全倒出来！

"那是事变前三年，我记得是三月三，庙里正唱戏，刘月桂，人家资产家，好厉害，到我酒面铺里，坐着不走，要当东家，我好不高兴，人家天天坐上两壶酒，盘腿坐在炕头，衔着烟袋说话，叫我提茶端饭的。住了三个月，见没利，不干了。临走掉转屁股说：'你的买卖里有我八块钱！回头我来取！'一会儿转回来了，把我那盘顶心大磨搬走，那盘二尺半的细磨也搬走了。两盘磨每天能出两斗麸子。第二天，又来了，说我的外甥欠他钱，把骡子也拉走了。那是我面铺的幌子，装载得特别光亮，大家听我说来。

铜眼□嘴青肚皮，边缘口，丈二筒子皮笼头，六尺长的毛缰子，缰子扯手，小花铜锥眉连子，十三太保响铃，铜盖子，小铁胸，二尺半约后揪，六尺长的棉花拉缰，绣花鞍架全副。一抹拉走了，拉走后买卖也塌啦，老鼠尾巴长疮，有多少脓血？就靠那嘛！我兄弟气不过，得了个□症，躺了两个月死了，老娘后来也饿死了。"

老骨干说到这里，声音低哑得像从喉咙里挤出似的。

"大家给我评评理！拉走骡子搬了磨，弄得我侯偏不能过！饿死了老娘，气死了兄弟，叫我侯偏好苦惨！"老骨干竟不由得哭起来了，老骨干是个有热泪又有钢骨的人。

这时，人堆里有个穷佃户老太婆挤到老骨干跟前，说：

"侯偏伯伯，你收住泪吧！有甚个冤屈，好好吐出来就舒快了！"那个穷佃户老太婆也掀起衫角擦眼。有好几个穿得露出肩膊的老年人，也低着头。也有人叽叽喳喳在默议着。

"尹大婶！你说得是，我还得控诉！我怕甚？烂对烂闹！打了太师也是个死，扯了龙袍也是个死！今天有大家给我做主，我给大家再说一件叫人抬不起头的冤屈！南头李官庭，那是个过石吓罅也得拣个石头回家熬油的家伙！我借了他三百元纸票，五分利。九月期满，还他票子不要，人家怕纸票不花，要到腊月才收。到了腊月，加了本利，钱已不够了，逼着我卖去几亩地。后来，李官庭打了斗□酒，过年了，他来到铺子坐下，我暖上酒给他喝。我好声好气地问："官庭叔！你的钱便意不咧？"李官庭眼睛一瞪，把酒杯往柜台上啪嚓一摔："妈的，我李官庭什么时候欠过人家的钱！"屁股一扭，走了。我思谋人家有钱有势，惹不起人家，不给就算了。嘿！谁知那家伙竟跑到村公所里告了我，说我打了他，犯了违警法罪！我脾气癞，眼皮包不住沙子，喉咙咽不下这块骨头，我要和他到区里打官司。可是，众人劝我："人不可跟鬼斗，好汉不要吃眼前亏，闹起来，非圈木笼不可！"古话说："人穷志短。"只好在人家跟前趴下磕个响头，妈的，磕了响头还不算，人家把我的皮袄哧一下扯下来。一脚踢到街边，众人看不过眼，才帮我把皮袄披上，叫我好丢人！我侯偏是偷过人？还是抢过人？我十二代祖宗做过什么坏事？叫我这样丢人？这事，后来众人做好做歹地劝住了。唉！我这一辈子命好苦，我不是个无能人，看！我六十大几了，没有个家，没有扑捞个女人……

老骨干的泪，好比烧酒桶蒸出来的酒一般，尽管往下流，好几个老太婆连头也抬不起了，人堆里也嚷起来了，你一句，我一句，满房里熬稀粥般咯嗒咯嗒响，当时只看见农会主任高高地立在炕上，提高嗓子嚷道："有苦赶快往上提！别乱嚷！"

（《晋察冀日报》1947年2月13日）

小 经 理

赵树理

小经理叫三喜，是村里合作社的经理。说他“小”，有三个原因：第一是他的年纪小，才二十三岁；第二是小村子的小合作社，只有一个经理和一个掌柜；第三是掌柜王忠瞧不起他——有人找掌柜谈什么生意里边的问题，掌柜常好说：“不很清楚，回来问一问俺那小经理。”说了就吐一吐舌头做个鬼脸。

这三喜从小就是个伶俐孩子，爱做个巧活：过年过节，搭个彩棚，糊个花灯，比别人玩得高；说个话，编个歌，都是出口成章，非常得劲；什么活一看就懂，木匠、石匠、铁匠缺了人他都能配手；村里人都说他是“百家子弟”。因为家穷，从小没有念过书，不识字，长大了不甘心，逢人便好问个字，也认了好多。不过字太多了，学起来跟学别的不一样，他东问西问，数起数来也认了好几百，可是一翻开书，自己认得的那些字都不集中，一张上碰不到几个，这是他最不满意的一件事。

三喜入共产党，只比他当经理早三天。这村是个自然村，只有四个党员，算是一小组，附在行政村的村支部。八月间，村里开斗争会，斗争合作社的旧经理张太，三喜出力不小，支部就把他收为党员。

原来这张太是个放高利贷起家的，抗战以前在村里开了个小杂货铺。说“杂货铺”只是个名，常是要啥没啥，卖的东西比集市上贵一半，没人买。张太根本不凭卖货赚钱，就凭的是放债。村里的穷人们，一到秋夏季和年关，都得到他铺里去送利，穷人们谈起家常话来，都说：“穷就穷到那小铺里，把咱的家当慢慢都给人家送进去了。”一到抗战时期，张太看见风头不对，把门一关，光收不放，几个月的工夫就把收得动的债都收回去。一九四二年实行减租减息，张太就只剩了一些收不起来的账尾巴，送了个空头人情，说“本利全让”，有些人还以为人家很开明，叫人家当本村合作社经理。人家当了经理以后，光人家一家的股本比一村人的股还多，生意好像又成了人家的，人家拣赚钱的买卖干，村里人仍是要啥没啥，村里人对这事不满意了好几年，直到去年八月才又翻起来。翻起这事来以后，三喜连觉也睡不着，又是找干部，又是找群众；发动东家，发动西家；搜材料，找证据；讲道理，喊口号；天天有他，场场有他。赶斗倒了张太，共产党的小组长把三喜的积极活动情形报告了支部，支部就派这小组长去和他谈入党的话。这小组长才跟他一谈，他说：“不是早就入了吗？”小组长还只当是别人已经介绍了他，就问他：“是谁跟你谈的？”他说：“我不是已经斗过张太了吗？”小组长说：“斗张太怎么就算入了党？”他说：“搞翻身不是共产党的主张吗？照着共产党的主张做事，怎么还不算共产党？”小组长听他这么一说，知道他了解错了，才给他解释怎样才能算入党。解释完了问他入不入，他说：“入入入，斗争了这么一回，连个共产党员也不算还行呀？”

“众人是圣人”。三喜自参加了这次斗争，共产党看起他来了，群众也看起他来了。张太一倒，合作社就得补选经理。头一天晚上提起选经理这事，每个人差不多都想到三喜身上，第二天一开会，还没有讨论，就跟决定了一样。三喜一看这风色，一颗头好像涨得有柳斗大，摆着两只手说：“不行。”可是也抵抗不住大家的“拥护”。他说：“我不识字。”大家说：“都不识字。”他说：“我两口人过个日子，实在没工夫。”大家说：“大家帮你生产。”他再没有说的。

说“不识字”，说“没工夫”，都只是表面上一个说法，实际上是他怕使用不了王忠这个掌柜。王忠这个人跟张太是一伙，伺候了张太半辈子（从张太开放债铺到后来当合作社经理，都是王忠当掌柜）。村里人说张太是严嵩，王忠是赵文华。这次斗张太，也捎带了王忠一下，不过生意是张太的，没有他的股本，他也只是穿黑衣保黑主，跟着张太得罪了许多人，自己也没落下个什么，因此大家只叫他反省了一下，没有动他的产业，还叫他当合作社掌柜。大家虽是这样决定了，三喜的思想上一时转不过弯来，总不想跟这“赵文华”共事。再者三喜自己也不懂生意，又要向王忠领教，又怕受王忠的捉弄，因此不敢领这个盘。

大家选起他来以后，他去向支部提出困难，支部说：“群众既要你当，你就该克服困难，起模范作用。”他说：“我干不了。”支部说：“你看谁比你强些？”他想想，没有。他说：“恐怕跟王忠合不来。”支部说：“你看换上谁合适就可以聘请谁。当经理有这个权。”他想想，也没有——村里识字的太少，没有担任别的工作的，还只有一个王忠。说个半天，还得自己跟王忠干。

三喜一上了任，王忠果然跟他掉蛋，在王忠的思想上也转不过弯来：第一，他虽做过了反省，可是只做了个样子，没有想到张太得利他惹人是件不合算的事——没有想到他是给张太当了半辈子狗，只是觉着张太是他的老主人，张太倒了他再干下去对不住张太，可是又怕群众说他仍然跟张太是一伙，又不敢不干，干着却实在是一肚子不满。第二，他觉着他自己要比三喜强一万倍，如今叫三喜当经理他当掌柜，实在有点不服劲，总想看三喜的笑话。三喜上任这一天，叫他把以前那一段结算结算，交代一下。这在他本来是极容易的事，可是他偏不按平常结算的办法来结算，事事叫三喜出主意。三喜说点什么货，他就点什么货，三喜说算哪宗账，他就算哪宗账。三喜总算是聪明人，应想到的项目差不多也都想到了，结算得也还差不多，只是手续上不熟练，磨了好几倍的洋工。

他觉着王忠这人果然不好对付，跟支部说了几回，支部叫他慢慢说服教育。可是天呀！王忠哪能把他的话放在心里呢？他为这个着实发了几天愁，后来想着只有把合作社这一套弄熟了，才能叫王忠老实一点，从此便事事留心，有个把月工夫，却也摸着了好多，只可惜自己识字太少，账本上还得完全靠王忠。

要学账，就得跟王忠学，他想要跟王忠说这话，王忠越发要拿一拿架子，因此他决定不在王忠面前丢这人，等王忠不在的时候，自己翻开账本偷偷地学。王忠晚上在家里睡，每天晚上过了账点了钱，就把门一锁回去了。他觉着这是个好机会，就跟王忠说合作社晚上不可没人，自己要到里边看门，王忠就把钥匙交了他。他等王忠每天晚上回去之后，就关起门来翻开账本研究，因为白天留过心，晚上还能慢慢看出点道理来。比方说白天入了一百二十五斤盐，晚上找着了一百二十五斤这个码，就能慢慢找出哪一个是“盐”字来。起先只是认字和了解账理，后来又慢慢学着写——把账本上的字写到水牌上，写满了就擦，擦了又写，常是半夜半夜不睡觉。

有一晚上，他正在水牌上练习一个“酱”字，写了半水牌“酱”，有人在外边打门，开开门跑进个女人来，是他老婆。他问：“你半夜三更来做什么？”老婆说：“来找你！你怎么白天白天不回去，晚上晚上不回去？家里就没有事了吗？”他说：“有什么事？家里少你的什么？”老婆说：“什么也不少，就是少你！”他说：“不要闹！快回去吧！我还有事啦！”老婆是个年轻娃娃，不听他的，只是跟他嚷：“不！今天晚上你不回去我就不走！”说着就去夺他手里的笔。他把笔举得高高地笑着说：“我是顾不上回去，你不走不会也住下？”他本来是说玩话，老婆可不客气地跟他说：“你说我不敢？住下就住下，里边又没别人！”说着就躺到他床上，赌气说：“不走了！”他没法，只好关住门。可是“酱”字还没学好，又坐上写起来，直写到和王忠写得差不多才睡。

半年工夫，账本上用的那几个字他学了个差不多。心里有了底，说话就硬一点，对王忠迁就得就少一点。王忠有点不高兴，就装起病来，一连三天没到合作社。到了第四天，他去看王忠，明知道病是装的，却也安慰了一番，说："你慢慢养着吧，不要着急，合作社的事情我暂且招呼几天！"王忠见他不发急，也莫名其妙，心想："我且装上半个月，看你怎么办。"可是真正装了半月，也不见三喜发急，自己反而沉不住气，摇摇摆摆到合作社去看。

王忠一进合作社，三喜装得很正经地说："好些了吗？这几天忙得也没顾上去看你！"他也客气了几句就坐下了。他一坐下就想看看三喜这半月来在账上闹了些什么笑话，顺手翻开了流水账，三喜还说："你歇歇吧，不要着急！才好了些，防备劳着了！"他一看这本账先吃了一惊。他看见这账上不止没有多少错字，连那些粮食和货物，现钱和赊欠……一切很复杂的账理，一项也没有弄错；又翻了翻另外几本，也都一样，要说跟自己有差别的话，只是字写得没有工夫些。这一下他觉着以后再不敢讲价钱了，再要掉蛋就得滚蛋，滚出去便再没有个干的了（这合作社的经理是义务职，掌柜却是薪水制）。他踌躇了半天，才搭讪着说："我这一病就累了你半月，心里急得很，只是病到身上由不得人，这会才算好了，我明天搬来吧！"三喜仍然很正经地跟他说："你看吧！不敢勉强，身体要紧！"

自此以后，王忠果然老实了：三喜吩咐他干啥，也跟从前张太吩咐下来一样，没有什么价钱可讲；每到一个月头上，不等三喜说话就先把应结算的算出来……三喜见他转变了，对他反而又客气好多，他也觉着比在张太手下还痛快。

三喜把改造王忠这事报告支部，恰是支部搞立功运动的时候，就给他记了一大功。

一九四七年六月二七日

（《晋察冀日报》1947 年 7 月 23 日）